Zu diesem Buch

«Verstecken Sie's für mich. Sagen Sie's niemand.»
«Was verstecken?» fragte ich.
Sie starrte mich verständnislos an, als hätte sie mich noch nie im Leben gesehen.
«Was verstecken?» wiederholte ich.
«Zu Hause... Dachboden... Spielzeugtruhe...»

Es ist noch gar nicht so lange her, daß eines unaufgeräumten Morgens eine nette alte Dame vor meiner Haustür steht und die Privatdetektivin Carlotta Carlyle zu sprechen wünscht. Margaret Devens faßt sich rasch, nachdem ich ihr erkläre, daß ich sowohl Carlotta Carlyle als auch Privatdetektivin sei (und Ex-Cop und Hin-und-wieder-Taxifahrerin). Bei einer Tasse Kaffee und ein paar Keksen bringt sie schließlich ihr Anliegen vor: Ihr jüngerer Bruder («Das Nesthäkchen. Völlig verzogen.»), Witwer und Taxifahrer, ist seit zehn Tagen verschwunden, und ich soll ihn suchen. Er fährt für das Taxiunternehmen Green & White, bei dem ich auch schon gearbeitet habe.

Ehe ich mich versehe, blättert die alte Dame aus ihrer dicken Geldbörse zehn Hunderter als Vorschuß hin. Ich kann eine Aufstockung des Haushaltsgeldes gut gebrauchen.

Bei allen Heiligen Irlands, zu dem Zeitpunkt wußte ich noch nicht, mit welcher Bande unverbesserlicher irischer Patrioten ich es zu tun bekam. Und erst die alte Dame...

Linda Barnes, Jahrgang 1949, war Lehrerin für dramatische Künste, ehe sie sich ganz der Schriftstellerei widmete und vier Bücher mit dem Privatdetektiv Michael Spraggue veröffentlichte. Mit «Lucky Penny» gewann sie 1985 den Anthony Award für die beste Kurzgeschichte: Es war der erste Auftritt von Carlotta Carlyle – und nicht ihr letzter. Inzwischen liegen in der Reihe rororo thriller vor: Carlotta fängt Schlangen (Nr. 2959), Carlotta jagt den Coyoten (Nr. 3099) und Carlotta spielt den Blues (Nr. 3160). Außerdem die Romane mit Michael Spraggue: Früchte der Gier (Nr. 3029), Marathon des Todes (Nr. 3040), Zum Dinner eine Leiche (Nr. 3049) und Blut will Blut (Nr. 3064).

Linda Barnes

Carlotta steigt ein

Deutsch von
Erika Ifang

Rowohlt

rororo thriller
Herausgegeben von Bernd Jost

Sonderausgabe
Veröffentlicht im Rowohlt Taschenbuch Verlag GmbH,
Reinbek bei Hamburg, April 1995
Copyright © 1990 by Rowohlt Taschenbuch Verlag GmbH,
Reinbek bei Hamburg
Die Originalausgabe erschien bei St. Martin's Press,
New York, unter dem Titel «A Trouble of Fools»
Copyright © 1987 by Linda Appelblatt Barnes
Wir danken für die freundliche Abdruckgenehmigung von
«Three Marching Songs» by W. B. Yeats
Copyright © 1940 by Georgie Yeats,
Michael Butler Yeats and Anne Yeats
«No Second Troy» by W. B. Yeats
Copyright © 1940 by Bertha Georgie Yeats
«That Sond About The Midway» by Joni Mitchell
Copyright © 1968 Siquomb Publishing Group
«Angels From Montgomery» by John Prine
Copyright © 1971 by Walden Music Inc.
and Sour Grapes Music
Umschlaggestaltung Walter Hellmann
(Illustration Frank Nikol)
Satz Bembo (Linotron 202)
Gesamtherstellung Clausen & Bosse, Leck
Printed in Germany
500-ISBN 3 499 43200 5

Die Hauptpersonen

Carlotta Carlyle: rothaarig, einsachtzig, Schuhgröße 11, Ex-Cop, Ex-Ehefrau, die erste Privatdetektivin in Boston.

Paolina: klein, zierlich, zehn, die «kleine Schwester».

Margaret Devens: Typ nette alte Dame, aber klug und zäh wie ein Rabe.

Eugene Paul Mark Devens: Bruder der alten Dame und spurlos verschwunden.

Gloria: zwei Zentner schwarzes Lebendgewicht mit erotischer Samtstimme.

Sam Gianelli: Geschäftspartner von Gloria, mit einflußreicher Familie.

Mooney: Immer noch Cop und Fan von Carlotta.

Sean Boyle, Joe Fergus, Dan O'Keefe, Pat O'Grady, John Flaherty, Andy O'Brien, Joe Costello: Taxifahrer und Kollegen von Eugene Devens bei Green & White.

Roz: ein Multitalent und Untermieterin von Carlotta.

T. C.: Tom Cat, steht im Telefonbuch und am Briefkasten.

Fluffy: alias Emma Goldman, mag lieber Körner als linke Sprüche.

In Liebe Bertha und Jacob Grodman gewidmet,
meiner *Babbe* und meinem *Zaide*.

Ein Dankeschön an mein treues Leser-Komitee: James Morrow, Karen Motylewski, Richard Barnes, Bonnie Sunstein, Steve Appelblatt, Amy Sims und Susan Linn. Auch die Damen, die sich um das Mittagessen kümmerten – Bonnie Sunstein, Joan Dunfey und Gail Leclerc –, haben mir sehr mit ihrer Unterstützung und Freundschaft geholfen. Dankbare Anerkennung schulde ich Matthew Bruccoli und Richard Layman, den Herausgebern von *A Matter of Crime*, für ihre begeisterte Reaktion auf «Lucky Penny»; ferner meinem Lektor Michael Denneny für sein hochgeschätztes Urteil; und ganz besonders meiner Literaturagentin Gina Maccoby, die sich rührend um Carlotta und mich verdient gemacht hat.

I

Hätte Margaret Devens mir auf Anhieb die Wahrheit gesagt, wäre womöglich alles ganz anders gekommen. Oder, wie meine Mam auf Jiddisch oder Englisch zu sagen pflegte, je nach Situation: «Wenn deine Omà Räder gehabt hätte, wäre sie ein Omnibus gewesen.»

Ich habe meine *Babbe*, meine Großmutter, die Quelle aller jiddischen Sprichworte, die meine Mutter wußte, nicht mehr gekannt, aber wenn ich es mir recht überlege, hätte ich nichts dagegen, sie mir als Ebenbild von Margaret Devens vorzustellen – eigensinnig, smart und gerissen hinter ihrer Nette-alte-Dame-Fassade.

«HERZLICHEN GLÜCKWUNSCH, Mr. und Mrs. Thomas C. Carlyle», fing der Brief förmlich an. Das Papier war dick und weich, scharf geknifft, die Namen in fetter Schrift, wie üblich bei derlei «persönlichen» Computerbriefen.

Es gab kein solches Ehepaar. Ich las weiter.

Der Staubsauger summte freundlich. Wenn Sie die Stimme Ihres Hoovers nie als besänftigend empfunden haben, dann sicher nur, weil Sie ihn mühsam über einen Hochflorteppich geschoben haben. Bei entsprechendem Abstand und von anderer Hand bewegt – in diesem Fall den farbverschmierten Händen von Roz, meiner Mieterin plus Neue-Welle-Künstlerin plus Gelegenheitsassistentin –, wirkt Staubsaugergebrumm fast wie ein Wiegenlied.

Roz bekommt Mietnachlaß als Gegenleistung für einfache Hausarbeiten. Als Putzfrau ist sie eine wahre Künstlerin. Meine Gewürze im Regal sind nach Farben sortiert, meine Nippsachen alle gekonnt aufgestellt. Bücher und Zeitungen sind ordentlich zu gefälligen schrägen Stapeln aufgebaut.

Meine Böden waren noch nie so dreckig, aber Roz hat keine Zeit für gründliches Reinemachen. Sie färbt ihr Haar alle drei Tage in einer anderen Farbe, und dabei gehen die Stunden eben hin. Ich mag Roz.

Ein Anwaltsbüro in Omaha geruhte mich davon in Kenntnis zu

setzen, daß die obengenannten Mr. und Mrs. Carlyle glückliche Gewinner bei seinem GROSSEN PREISAUSSCHREIBEN seien. Nach einer unverbindlichen Tour durch eine «luxuriöse Ferienwohnungsanlage» an irgendeinem Ort, den ich nie Lust hätte, zu besuchen, geschweige denn dort zu leben, dürfte ich – oder vielmehr Mr. und Mrs. Carlyle – den ERSTEN PREIS IM GROSSEN PREISAUSSCHREIBEN entgegennehmen, nämlich eine Reise nach Italien für die ganze Familie inklusive aller Kosten oder 20000 Dollar, nach freier Wahl.

Ich suchte eine kleingedruckte Anmerkung von der Art wie *gültig bis gestern* oder *vorausgesetzt, Sie spenden 30 000 Dollar an die Vereinigte Kirche der heiligen Armut*. Ich konnte nichts finden. Ich las das Ganze noch einmal. Ich murmelte vor mich hin: Reise nach Italien, alle Kosten inklusive, 20000 Dollar.

Den Preis einzulösen würde Schwierigkeiten machen.

Ich kenne Mr. T. C. Carlyle verdammt gut. Das T. C. steht für Thomas Cat alias Tom Cat oder Kater. Genau. Ein Prachtexemplar, dieser Mr. Carlyle, aber eindeutig dem Katzengeschlecht zugehörig. Von glänzendem Schwarz, die rechte Vorderpfote so weiß, daß es aussieht, als hätte er sie in Sahne getunkt, hat Thomas Cat eine Veranlagung zur Unabhängigkeit, wie ich es gern nenne, oder auch zum Eingeschnapptsein, was der Wahrheit näher kommt. Er ist keineswegs so ein beflissener Anzug-und-Krawatten-Typ. Ich kann ihn nur mit Mühe dazu bewegen, ein Glöckchen um den Hals zu tragen, eine notwendige Demütigung, die ihn davon abhält, mir tote Sperlinge auf meinen Teppich zu deponieren, und was zudem meinen Sittich vor dem Überschnappen bewahrt.

Ich habe meine Telefonnummer unter Thomas C. eintragen lassen. Ihm ist das recht. Er nimmt gern Anrufe von Bewunderern des verstorbenen Dichters, von Meinungsforschern, überhaupt von jedermann entgegen. Ich wollte meinen Namen nicht im Telefonbuch haben, weil erstens Frauen komische Anrufe kriegen und zweitens Polizisten a. D. komische Anrufe kriegen. Also habe ich Tom verzeichnen lassen, da er das einzige männliche Wesen ist, mit dem ich normalerweise die Wohnung teile. Und was glauben Sie: Er bekam schließlich sogar Post. Bittbriefe von Wohltätigkeits-Organisationen und Werbesendungen von Wahlkandidaten für den Kongreß. Kreditkartenangebote und Zeitschriften-Abonnements. Er abonniert die *New York Times Book Review* und *Mother Jones*.

Als Kater ist Tom ein echter Schatz, aber mir war völlig unklar, wie ich ihn rechtzeitig verheiraten sollte, um die Reise nach Italien oder das Geld einstreichen zu können.

Die Türklingel übertönte schrill das Staubsaugerbrummen, wie immer, wenn man gerade schäbige Trainingshosen anhat und den Mund halbvoll mit einem Schweizer-Käse-und-Roastbeef-Brot. Ich wartete, in der Hoffnung auf dreimaliges Klingeln. Dreimal ist für Roz, die Mieterin vom oberen Stock.

Es klingelte nur zweimal.

«Augenblick bitte!» schrie ich und schluckte schneller.

Es klingelte wieder, zweimal schnell hintereinander.

Nicht, daß ich weit zu laufen hätte vom Eßzimmer bis zur Diele. Nur habe ich etwa fünf Schlösser an meiner lausigen Etagentür. Statt über Baseball redet man in meiner Nachbarschaft fast nur noch über Einbruchsdiebstähle.

Kurz nach zwölf, ein Sonntag Ende September, etwas zu kühl für die Jahreszeit, und ich erwartete niemanden. Ich kniff mein linkes Auge zu und preßte mein rechtes an das Guckloch. Wenn ich jemanden erwartet hätte, dann bestimmt nicht die gemütliche alte Dame, die sich auf meiner Frontveranda niedergelassen hatte wie ein kekker Vogel. Als ich noch mit dem letzten Sicherheitsbolzen kämpfte, der immer klemmte, schlug sie den Kragen ihres flauschigen rosa Mantels hoch und schickte sich an, erneut auf den Klingelknopf zu drücken. Sie trug weiße Baumwollhandschuhe. Ich habe seit einer Ewigkeit kein Paar weiße Handschuhe mehr gesehen.

«Komme schon», rief ich, um dem Klingeln zuvorzukommen.

Sie war zu alt für eine Mormonen-Missionarin, und so machte ich mich auf den Sermon einer Zeugin Jehovas gefaßt. Vielleicht auch eine Gegnerin der Vivisektion. Hoffentlich war sie gegen die Vivisektion. Ob sie wohl das Gesicht verziehen würde, wenn ich sie fragte, wo ich meinen Sittich zu Forschungszwecken abliefern könnte?

Sie hatte dünne weiße Haare, als sei ihr rosa Schädel mit Puderzucker bestreut, und ein rundes Gesicht, das sicher freundlich wirkte, wenn sie lächelte. Ihre Haut war kreuz und quer von feinen Linien gezeichnet. Tiefe Furchen zerknitterten ihre Stirn und zogen scharfe Linien von ihrer breiten Nase zu ihrem kleinen ängstlichen Mund herab. Ihre grauen Augen starrten mit beunruhigend festem Blick ernst auf das Guckloch.

Das Schloß gab endlich nach, und ich riß mit einer Entschuldigung die Gittertür auf. Sie gab sich nicht so, als sei sie auf Bekehrung oder Spenden aus.

«Margaret Devens», machte sie sich erwartungsvoll bekannt. «Miss», fügte sie hinzu, «Miss Margaret Devens, Jungfer.»

Ich lächelte über den kurz in ihren Augen aufblitzenden Humor, über das altmodische Wort, über die sauberen weißen Handschuhe, doch der Name sagte mir nichts. Sie verzog ihr Mündchen zu einem breiten Lächeln und nickte, als müßte er das aber.

«Und Sie», fuhr sie mit einem rasch abschätzenden netten Blick fort, in dem eine Spur von Unglauben lag, «sind Miss Carlyle, die Privatdetektivin?»

Zugegeben, ich habe schon besser ausgesehen. Meine Hosen hatten ihre Glanzzeit längst hinter sich, und ein Riß ließ fast mein ganzes rechtes Knie frei. Meine obere Hälfte, ein übergroßer knallroter Pullover, ging gerade noch. Ich trage ihn nicht so oft, weil er, offen gestanden, nicht gut zu meinen Farben paßt. Ich habe nämlich rotes Haar, wirklich rotes Haar von der Art, für die Worte wie «flammendrot» kaum ausreichen, und Mam hatte mir immer geraten, Blau und Grün zu tragen, aber ab und zu ging es eben mit mir durch. Was meine übrige Person anbetrifft, war ich barfuß und hatte noch keinen Gedanken an Make-up verschwendet. Ich laufe viel barfuß herum, weil ich 1,85 groß bin und Schuhgröße 43 habe. Es ist Ihnen vielleicht entgangen, daß Damenschuhe praktisch mit Größe 42 aufhören. Einen Großteil meines Lebens verbringe ich mit der Suche nach Schuhen. Ich hoffte nur, mein Haar gebürstet zu haben, statt es einfach auf meinem Kopf zusammenzuraffen und mit Haarnadeln festzustecken.

Womöglich hatte ich das. Na ja, ich erinnere mich auch nicht immer daran, ob ich mir morgens die Zähne geputzt habe, tu's aber. Mit gebändigtem Haar sehe ich fast so alt aus, wie ich bin, um die Dreißig, aber auf der anderen Seite, als die meisten Leute sonst glauben.

«Für die Arbeit vereinbare ich normalerweise Termine», sagte ich, nicht so sehr in der Absicht, sie abzuschrecken, sondern um meine äußere Erscheinung zu entschuldigen.

«Es ist keine normale Angelegenheit.» Ihre Stimme war weich und zittrig, mit einem kaum merkbaren Akzent.

Bei dem geringen Arbeitsanfall, daß ich sogar die Katzenpost las, mußte ich wohl für jede «Angelegenheit» dankbar sein, also bat ich sie herein und hängte ihren Mantel an den Garderobenständer in der Diele. Der Geruch von Mottenkugeln und Lavendel stach mir in die Nase. Unter dem Mantel trug sie ein blaues Kleid mit Blumendruck und einem so ehrbar hochgeschlossenen Kragen, daß sie nur direkt aus der Kirche kommen konnte. Der Wollmantel hatte eine gewisse Fülle vorgetäuscht. Ohne ihn war sie so dünn, daß ich die spitzen Knochen zwischen ihren Schultern sehen konnte.

Sie öffnete den Mund, um etwas zu sagen, aber außer einem trockenen Hüsteln kam nichts, und so machte sie ihn wieder zu und fummelte eine Weile mit ihren Handschuhen herum, rollte sie zu einem festen Ball zusammen und steckte sie in eine Manteltasche. Meine Klienten sind im allgemeinen alle ziemlich nervös. Die meisten würden lieber eine Wurzelkanalbehandlung ohne Betäubung über sich ergehen lassen, als mit einem Fremden über ihre Probleme zu sprechen. Ich bot Kaffee an, um das unbehagliche Schweigen zu brechen.

Sie nickte dankbar und nahm sich Zeit bei der Durchquerung des Wohnzimmers. Ich hätte nicht sagen können, ob sie wegen ihres Alters, das ich mit Ende Sechzig veranschlagte, so langsam ging, oder weil sie die Einrichtung begutachtete. Ihre Augen wanderten über das Mobiliar, und sie gluckste und murmelte vor sich hin, als gefiele es ihr.

Falls die Wohnzimmereinrichtung für sie der Schlüssel zu meinem Charakter war, machte sie einen großen Fehler. Alles ist im großen und ganzen so, wie Tante Bea es nach ihrem Tod hinterlassen hat. Ich hatte sogar ihren blöden Sittich behalten, den Käfig jedoch an ein Seitenfenster des Erkers gestellt, damit er nicht das Licht wegnahm. Der alte Fluffy kreischte eine Woche lang empört. Das Wohnzimmer ist nicht mein Stil, aber das stört mich nicht weiter. Der Orientteppich ist ein wenig abgetreten, sieht aber toll aus, wenn sich das Sonnenlicht darüber ergießt – wie eine glitzernde Brosche mit Rubinen und Saphiren. Der Samt des Sofas ist um die hölzerne Schneckenverzierung herum fadenscheinig, und ich poliere auch das Mahagoni nicht so wie meine Tante. Roz schon gar nicht. Ihre Vorstellung vom Saubermachen beschränkt sich auf ein halbherziges Schwenken des Staubwedels hier und da, während ihre Gedanken auf Höheres gerichtet sind.

Margaret Devens ging unfehlbar auf Tante Beas Lieblings-

Schaukelstuhl zu, setzte sich und lehnte ihren schmalen Rücken mit einem zufriedenen Seufzer gegen das gestickte Kissen. Sie paßte in den Stuhl wie das fehlende Teilchen in ein Puzzle. Halb und halb wartete ich darauf, daß sie ihr Strickzeug hervorholte und drauflosklapperte. Mir war bisher gar nicht bewußt gewesen, wie sehr ich das Geräusch vermißte.

Ich holte Kaffee, auch für mich eine Tasse – mit Sahne und zwei Stücken Zucker –, und stopfte mir schnell einen Bissen von meinem Sandwich in den Mund. Eifrig kauend rollte ich ein paar Schokoladenplätzchen auf einen Teller. Als ich endlich ins Wohnzimmer zurückkam, schaukelte Miss Devens gleichmäßig vor sich hin, mit starrem Blick und hocherhobenem Kinn. Sie sah wie eine Frau aus, die sich entschlossen hat, in den sauren Apfel zu beißen, und den Geschmack abscheulich findet.

Ich setzte mich auf das Sofa, das mich mit seinem Knarren warnte; es war nur noch eine Frage der Zeit, bis es unter meinem Gewicht zusammenbrechen würde. Dicke Klienten scheuche ich mit stechenden Blicken vom Sofa. Bei Miss Devens bestand keine Gefahr. Sie nippte an ihrer Kaffeetasse und nahm den Plätzchenteller wohlwollend in Empfang.

«Wissen Sie, ich bin nur hier, weil mein Bruder nicht mehr da ist», sagte sie zwischen den Bissen, als setzten wir ein Gespräch fort, statt es zu beginnen.

«Nicht mehr da?» Ich war mir nicht sicher, ob sie damit ein beschönigendes Wort für «tot» gebrauchte, oder was sonst.

«Sie befassen sich doch mit solchen Sachen, nicht wahr?»

Ich befasse mich nicht näher mit Toten, und so ging ich davon aus, daß sie meinte, was sie sagte. Nicht mehr da, also verschwunden. Ich fragte mich, ob sie wohl meine Anzeige in den Gelben Seiten gesehen hatte. Ich fragte mich, ob überhaupt jemand sie sieht. Ich bezahlte extra für den augenfälligen Druck in Rot. «Wenn Sie einen Vermißten suchen lassen wollen», sagte ich sanft, «müssen Sie zur Polizei gehen. Die haben mehr Leute und mehr Möglichkeiten. Schritt eins. Geben Sie eine Vermißtenmeldung auf.»

Sie biß sich auf die Unterlippe und blickte hilflos drein. «Ich möchte nicht unbedingt die Polizei einschalten.»

«Gibt es einen bestimmten Grund dafür?»

Sie betrachtete ihre Hände, als erwartete sie, darauf die richtige Antwort geschrieben zu finden. «Sehen Sie, ich will keinesfalls meinen Bruder in Verlegenheit bringen, wissen Sie. Er ist jünger als ich und immer noch ein bißchen draufgängerisch. Aber ein guter Mensch, müssen Sie wissen, ein guter Mensch.» Fast trotzig brachte sie das heraus. Wieder fing sie zu reden an, brach aber gleich wieder ab. Ihre Hände zitterten.

Ich schielte auf den Haufen überfälliger Rechnungen auf dem Eßzimmertisch neben der Katzenpost. Ich mußte T. C. pfleglich behandeln, bis ich eine Möglichkeit gefunden hatte, wie er seine zwanzig Riesen kassieren konnte. Natürlich konnte ich noch mehr Mieter aufnehmen. Ich habe Platz satt, und Studenten würden sich darum reißen, in Gehweite vom Harvard Square zu wohnen.

«Wie heißt Ihr Bruder denn?» fragte ich.

«Sie sind ein Engel», sagte sie, «ein Engel.»

«Halt, stopp! Ich habe noch nichts entschieden, Miss Devens.»

«Ach ja, natürlich.» Noch stärkeres Händezittern. «Aber Sie haben sich doch auch nicht anders entschieden, oder?»

«Ich brauche ein paar Informationen. Zum Beispiel den Namen Ihres Bruders.»

Offenbar hatte ich sarkastisch geklungen. Die Unterlippe der Dame begann zu zittern, und mir war zumute, als hätte ich meine unbekannte Großmutter die Treppe hinuntergestoßen. Meine Runden als Bulle hatten meinen Manieren und meinem Vokabular nicht gerade gutgetan. Den dreckigen Pennern, mit denen ich damals zu tun hatte, konnte ich nicht mit «bitte» oder «danke» kommen.

«Lassen Sie sich Zeit, Miss Devens», murmelte ich, «noch Kaffee?»

«Danke», sagte sie und strahlte, als hätte ich ihr ein Geschenk gemacht. Das Lächeln wich schnell wieder aus ihren Augen, und sie preßte die Lippen zusammen, als sei es ihr peinlich, beim Lächeln ertappt worden zu sein. «Mein Bruder ist Eugene Paul Mark Devens.» Wieder hatte ich das Gefühl, sie erwarte eine stärkere Reaktion meinerseits, als sie bekam. Ich fragte mich, ob sie immer seinen vollen Taufnamen nannte.

«Wie lange ist er schon verschwunden?»

«Ganze zehn Tage», sagte sie, ohne den Versuch zu machen, ihre Besorgnis zu verbergen. «Und er hat sechzehn Jahre mit mir zusammengelebt, seit seine Frau gestorben ist.»

«Und?»

«Das ist alles. Es ist kaum vorstellbar, geschweige denn zu glauben, aber den einen Tag war er noch da und am nächsten nicht mehr.»

«Hatten Sie, hm, irgendwie Streit?»

«Ich bin kein besonders streitbarer Mensch, Miss Carlyle.» Sie glättete ihr weißes Haar und schaukelte sacht vor und zurück. «Offengestanden bin ich mit meinem Latein am Ende.»

«Wie steht's mit der Arbeit?» fragte ich. «Arbeitet Ihr Bruder?»

«Ja sicher, er ist Fahrer beim Green & White-Taxiunternehmen, meist nachts. Darum reden wir auch nicht soviel miteinander, wie Bruder und Schwester sollten. Die Schichten, wissen Sie. Ich bin selbst eine vielbeschäftigte Frau mit meinen vielen ehrenamtlichen Verpflichtungen und so, und unser Tageslauf war – also unser Tageslauf ist grundverschieden.»

Green & White. Bingo. Mir ging ein Licht auf. Daher kam mir der Name Devens bekannt vor. An das Gesicht des Typen konnte ich mich kaum erinnern, dafür aber um so besser an den Geruch seiner Zigarren. Ich war eine Zeitlang gleichzeitig mit ihm bei G&W beschäftigt gewesen, aber die Teilzeitfahrer und speziell solche wie ich, die «College Kid» betitelt wurden, hatten kaum etwas mit den Berufsfahrern zu tun gehabt.

Green & White. Die hatten mich also empfohlen. Auf die dicke Gloria in der Zentrale bei G&W war Verlaß. Eines Tages würde sicher einer meiner alten Polizeikollegen jemanden zu mir schicken. Ich konnte es kaum erwarten.

«Ein Taxifahrer.» Miss Devens schürzte die Lippen und schüttelte traurig den Kopf. «Er hätte mehr aus sich machen können, darüber besteht kein Zweifel. Wenn je ein Junge talentiert war, dann Eugene. Ich kann nicht behaupten, daß er faul war, aber er hatte immer seinen eigenen Kopf und keine Lust, sich anderen zu fügen. Weder seiner Mutter noch seiner Frau, noch seiner großen Schwester natürlich... Aber das tut jetzt nichts zur Sache. Ich habe meinen Bruder am Mittwoch, den 10. September zum letztenmal gesehen, ehe er zur Arbeit ging. Seitdem habe ich ihn nicht mehr gesehen.» Ihre Hände krampften haltsuchend ineinander. «Soll ich das für Sie aufschreiben?»

«Das behalte ich so. Ich habe ein gutes Gedächtnis.» Wenn ihm auf die Sprünge geholfen wird.

«Ich früher auch», sagte sie.

Ich fragte: «Was, glauben Sie, ist mit ihm passiert?»

«Ich weiß es nicht.»

«Sie sagten, er sei verheiratet gewesen.»

«Auch da hätte er *mehr* für sich herausholen können. Sein ganzes Leben. Könnte, sollte, hätte. Aber er hat das erstbeste Mädchen geheiratet... seine Frau Betty... nun ja, sie war nicht von unserem Schlag.»

«Irin?»

«Sie war Irin, ja, aber das stört mich nicht weiter.» Miss Devens benutzte das Wort «Irin» genauso wie die Verwandten meines Vaters, alles vornehme Iren, wenn sie von den Leuten sprachen, die sie Shanty-Iren nannten. «Es war nicht das, was man eine glückliche Ehe nennt. Ich glaube, es war eine Erleichterung für ihn, als sie starb. Aber was kann ich dazu sagen? Was weiß ich schon über Liebe und Ehe, Glücklichsein oder nicht?» Sie lächelte wehmütig. «Ich könnte einer Klostergemeinschaft angehören nach allem, was ich darüber weiß.»

«Hat Ihr Bruder Kinder?»

Sie seufzte, und das Lächeln verschwand von ihrem Gesicht. «Die Ehe war nicht gesegnet. In vieler Hinsicht nicht.»

«Könnte Ihr Bruder bei einem Freund sein?»

«Ich fürchte, ich – ich kenne seine Freunde nicht so gut, wie man meinen könnte.»

«Trinkt er?» Mit Blick auf die Taxifahrer, die ich kannte, nahm ich mir vor, in diesem Punkt gleich reinen Tisch zu machen.

«Ab und zu. In einem irischen Pub.»

Aha. Jetzt wußte ich, wo ich suchen mußte. Es gibt 200 irische Pubs in Boston. Und vielleicht weitere hundert in Cambridge.

«Übermäßig?» forschte ich weiter, so höflich ich konnte.

«Bisweilen schon», antwortete sie zurückhaltend. «Sie wissen ja, wie Männer so sind.»

Das überhörte ich. «Hat er Sauftouren gemacht?» fragte ich. «Bisweilen?»

«Nun, verneinen kann ich das nicht. Nachdem Betty gestorben war, ging er ab und zu aus. Wenn ihn irgendwie Trübsinn überkam, pflegte er für ein, zwei Tage zu verschwinden. Aber das ist inzwischen Jahre her. Und er ist nie so lange fortgeblieben. Nie.»

Ich biß in ein Plätzchen. «Hat er irgendwelche Sachen mitgenommen?»

«Sachen?»

«Haben Sie sich in seinem Zimmer umgeschaut? Hat er einen Koffer gepackt?»

«Wenn ja, dann wäre ich nicht hier, oder? Wenn er eine Reise gemacht hätte, wüßte ich, wo er ist. Mein Bruder und ich haben eine enge Beziehung miteinander, ganz gewiß.» Sie suchte in ihrer ausgebeulten Handtasche herum. «Ich habe ein Bild von ihm mitgebracht», sagte sie, und als sie das Foto ihres Bruders betrachtete, wurden ihre Züge weich. Sie versuchte zu lächeln, aber ihre Mundwinkel zitterten, und Tränen stiegen ihr in die Augen.

«Darf ich es sehen?»

Sie gab es mir mit zittrigen Händen.

Wenn je ein Mensch die Landkarte Irlands ins Gesicht eingegraben hatte, dann Eugene Paul et cetera. Ich erkannte ihn von unserer Zeit im Taxiunternehmen her, erinnerte mich vage an ihn, einen fröhlichen, rotgesichtigen Mann mit widerspenstigem Haarschopf. Er sah seiner Schwester ein wenig ähnlich, hatte jedoch ein volleres Gesicht und entschieden weniger Kummerfalten. Er sah aus als wüßte er, wie man sich des Lebens freut.

«Wie alt ist er?» fragte ich.

«Sechsundfünfzig. So sieht er nicht aus, nicht wahr? Das Nesthäkchen. Völlig verzogen.»

Er wirkte viel jünger, fast jungenhaft. Sehr nett.

Wenn Tante Bea jemanden in einer ganz bestimmten Art ansah, war alles zu spät. Sie wußte, daß man die Schulaufgaben nicht gemacht hatte. Sie wußte, daß die Prüfung in Geschichte schiefgegangen war. Sie konnte einem auf den Grund der Seele blicken und den Abgrund an Nichtsnutzigkeit ausloten, der dort gähnte. Man denke sich meine Überraschung, als ich aufsah und bemerkte, daß mich Margaret Devens mit einem ebensolchen Blick anstarrte – diesem festen, zielbewußten Blick.

Sie wandte sich rasch ab und machte fahrige Bewegungen mit den Händen, Ablenkungen, die zu spät kamen. Ich hatte sie erkannt.

Nein, ich kannte sie nicht von früher oder anderswo, jedenfalls nicht persönlich. Aber ich habe Frauen in ihrem Alter gekannt, Frauen aus Stahl, die in einer Zeit aufwuchsen, als Federn und Fächer und lange Wimpern zum Klimpern der Hit waren. Die cleveren Damen hatten das Spielchen gut gelernt. Ich sah in Margaret Devens' albernen Gesten und Blumenkleidern und wollenem rosa

Mantel und weißen Baumwollhandschuhen das, was es war: Verschleierungstaktik.

Sie wäre mir durch die Lappen gegangen, wenn sie nicht in Tante Beas Stuhl gesessen hätte. Tante Beas Schals und Tücher, Armreifen und Hüte dienten allesamt als Panzer.

«Was genau wollen Sie?» fragte ich. «Wollen Sie wissen, wo er steckt? Mit ihm reden, ihn sehen? Wollen Sie, daß er zurückkommt?»

«Ich möchte, daß Sie ihn finden», sagte sie lächelnd, nickend, ganz aufgeregt. «Sonst nichts.»

«Frauen?»

«Möglicherweise.» Sie errötete sittsam, und einen Augenblick lang fragte ich mich, ob ich mir das Ganze nicht bloß einbildete. Ich meine: Sie saß ja tatsächlich in Tante Beas Stuhl. Vielleicht wirkte das wie eine Art Rückblende auf mich. Mit Sicherheit ließ nichts in ihrem Benehmen auf etwas anderes schließen als eine freundliche alte Schachtel, die aus der Kirche kam und sich über ihren Bruder beruhigen wollte.

Also erwähnte ich die schlimmen Möglichkeiten mit keinem Wort – die Krankenhäuser, die Kühlladen im Leichenschauhaus –, weil sie so nett errötet war, aus Ehrerbietung ihrem Alter gegenüber und wegen ihres Gesichtsausdrucks beim Blick auf das Foto ihres Bruders. Ich habe keinen kleinen Bruder, aber so etwas wie eine kleine Schwester, und ich habe das dumpfe Gefühl, daß ich auch so verträumt dreinschaue, wenn ich Paolinas Schulfotos betrachte.

«Wie hoch ist Ihr Honorar?» fragte sie.

Ich warf einen raschen Blick auf ihre Schuhe. Bei Klienten, die bei mir den vollen Preis bezahlen, handelt es sich meistens um Scheidungsanwälte mit Korduanlederslippern Marke «Gucci». Margaret Devens trug orthopädische Omaschuhe mit abgetretenen Absätzen, vielgetragen, häufig aufpoliert, von schäbiger Eleganz. Meine Honorarvorstellungen schrumpften in sich zusammen.

«Ich bin kein Sozialfall», sagte sie bestimmt. «Sagen Sie mir den gleichen Preis, den Sie den Reichen sagen. Ich habe viel Geld. Was zahlen Ihnen die Reichen?»

«300 pro Tag plus Spesen», sagte ich und ging damit 100 unter das Spitzenhonorar. «Aber bei Fällen mit vermißten Personen nehme ich normalerweise einen Spesenbetrag im voraus und eine

Pauschale bei Erledigung des Falles. Vielleicht finde ich ihn mit einem winzigen Telefonanruf. Vielleicht auch nie.»

«Genügen tausend Dollar als Abschlag? Oder als Vorschuß, wenn Sie so wollen?»

Ich nickte. Es waren zwar nicht die zwanzig Katzenriesen, aber immerhin genug, um ein paar fällige Rechnungen zu begleichen.

Ich erwartete, daß sie nun ihr Scheckbuch vorziehen würde, aber sie holte eine dicke lederne Geldbörse aus ihrer Handtasche. Sie versuchte sie hinter der Tasche vor meinen Blicken zu verbergen.

Aufrecht sitzend konnte ich klar und deutlich einen riesigen Pakken Scheine erkennen. Sie zog zehn Hunderter heraus, strich sie glatt und legte sie ordentlich auf den Plätzchenteller.

Verstehen Sie mich also nicht falsch. Ich behaupte keineswegs, daß mir nicht von Anfang an etwas faul vorgekommen wäre.

2

«Proletarier aller Länder, vereinigt euch!» stimmte ich mit deutlicher Aussprache an.

«Fluffy will trinken», quietschte Red Emma. Als sie mein Mißfallen sah, versuchte sie's noch mal. «Fluffy ist ein Schmutzfink», sagte sie.

«Fluffy ist blöd», erwiderte ich.

Ehrlich gesagt habe ich sie nicht nur deshalb umbenannt, weil sie so viel kreischte. Die «Red Emma», die «rote» Emma Goldman, berüchtigte Anarchistin der frühen zwanziger Jahre, war ein Idol meiner Mutter. Auch von mir, möchte ich behaupten, obwohl ich sie eher wie Maureen Stapleton in *Reds* sehe. Ich bin mit den ruhmreichen Geschichten aufgewachsen, die meine Mam von ihrer Mam und dem Streik der New Yorker Textilarbeiter erzählte. Meine zukünftige Großmutter haute offenbar einem Streikbrecher eins über den Schädel, wurde dabei erwischt und verbrachte die Nacht im Kittchen der Bowery. Wenn meine Mutter davon erzählte, hatte es ganz den Anschein, als sei diese Nacht im Gefängnis eine Art Tapferkeitsmedaille gewesen – mein Vater nannte Großmutter schlicht eine Knastschwester. Als ich älter war, merkte ich, daß mit diesen Worten immer ein Streit anfing, und dann setzte ich mich auf die

Frontveranda, bis keine bissigen Bemerkungen und Tassen mehr durch die Luft flogen.

Vielleicht konnte ich Emma das Fluchen beibringen. Schmutzige Wörter machten ihr offenbar keine Schwierigkeiten.

Wenn ich ihr beibrachte, verständlich zu fluchen, konnte ich sie das nächste Mal ans Telefon lassen, falls mich wieder einmal so eine Krankenhaus-Telefonzentrale irgendwo in der Leitung kaltstellte, bevor ich noch Protest äußern konnte.

Wie Sie richtig vermutet haben, war Eugene Devens in keinem der Ortskrankenhäuser zu finden. Wenn er sich nicht gerade das Standardleiden für solche Fälle zugezogen hatte – Gedächtnisschwund –, war er gesund und ging eigene Wege.

Gedächtnisschwund. Wenn ich Red Emma sanft auf den Kopf klopfte, löste sich ihre frühere Existenz als Fluffy vielleicht in Wohlgefallen auf. Sie würde ins Wellensittich-Kindheitsstadium zurückfallen, und ich könnte sie endlich weiter in dem unterrichten, was Paps und ich die «Reden der Vorsitzenden Mam» zu nennen pflegten.

Eine gute Nachricht. Ich war zum Leichenschauhaus durchgekommen, und sie hatten keine liegengebliebenen Leichen, die Eugene Devens ähnlich gesehen hätten.

«Wellensittiche aller Länder, vereinigt euch!» sagte ich zu dem Sittich. «Ihr habt nichts zu verlieren als euren Kopf.»

«Fluffy will 'n Keks», erwiderte er hoffnungsvoll.

Ich merkte, daß wir eine Sackgasse erreicht hatten, sagte gute Nacht, steckte ihn in den Käfig zurück und ließ die Haube herunter, die für sofortige Dunkelheit sorgte. Dieser Vogel hat genau die Stimme meiner verstorbenen Tante Bea. Er ist auch genauso eigensinnig. Manchmal ist es direkt gespenstisch.

Ich stellte T. C. sein Futter hin, zog eine Windjacke über mein Grateful-Dead-T-Shirt und untersuchte meine Jeans. Beide Knie heil. Ich vergewisserte mich, daß überall Licht brannte, ehe ich fortging. Die Einbrecher sollen nicht stolpern. Ich lasse auch das Radio plärren, da T. C. nicht gerade ein guter Wachkater ist.

Es kam wohl einige Lauferei auf mich zu für Margaret Devens' Tausender. Lauferei, der ich mit gemischten Gefühlen entgegensah.

Mein alter roter Toyota sprang beim zweiten Startversuch an. Ich mag das Auto, das erste, das ich je gekauft habe, und immer noch munter. Meine Liebe zu Rot lasse ich am Auto aus. Autos brauchen nicht zum Haar zu passen.

Green & White ist kein besonders gut florierendes Unternehmen. Es liegt eingebettet zwischen Händlern, die Autoglas zu Niedrigpreisen anbieten, und einer Reihe von Gebraucht-Teppich-Läden, die an der alles andere als schönen Massachusetts Pike liegen. Die Garage ist aus häßlichen gelben Ziegeln, die Inneneinrichtung im Stil der frühen Altölzeit. Acht Taxen können drinnen parken, solange niemand irgendwelche Türen öffnen muß. Es gibt eine Hebebühne für den Fall, daß der Mechaniker vom Ehrgeiz gepackt wird. Der Mechaniker, den sie zu meiner Zeit hatten, brachte kaum soviel Ehrgeiz auf, um die Blätter des Kalenders mit spärlich bekleideten Mädchen umzuschlagen.

Das Büro ist das Glanzstück. Die beiden Zwei-mal-ein-Meter-Fenster sind noch nie geputzt worden. Wenn man das nicht weiß, denkt man glatt, sie wären aus Milchglas. Die linke Jalousie, eine Ansammlung schwarzer, von vergilbtem Klebeband dreifach unterteilter Schmutzstreifen, wird an Häßlichkeit nur von der rechten überboten, die noch dreckiger und total kaputt ist, so daß die Rippen alle nach links herunterhängen. Ein Brett voller Autoschlüssel ist der attraktivste Einrichtungsgegenstand. In die Ecken guckt man lieber nicht.

Ich hatte hier einen Teilzeitjob, als ich an der Uni von Massachusetts in Boston mein Soziologiestudium abschloß. Dabei habe ich gelernt, in der Stadt herumzukommen, ohne jemals an einer roten Ampel anhalten zu müssen. Außerdem bin ich dadurch vorm Kellnern bewahrt worden, was auch nicht schlecht war, da ich nie etwas dafür übrig hatte, mich herumkommandieren zu lassen.

Ich habe nachts gearbeitet. Von elf bis sieben klang die Stimme von der Zentrale so weich und edel, daß es eine Freude war, die Knatterkiste abzuhören. Ich wette, eine Menge Aufträge hatten wir nur durch Kerle, die rein zum Vergnügen unsere Nummer wählten, um die sexy Altstimme sagen zu hören, sie würden in fünf Minuten abgeholt. Ich lernte die Besitzerin der Stimme erst nach Monaten kennen, als ich mir schon ein Bild von der Person gemacht hatte.

Ich hatte sie mir immer schwarz vorgestellt. Eine tiefe, etwas rauchige Stimme, die mich an Gospelsänger und Feuer-und-Schwefel-Prediger denken ließ, bestärkte mich in dieser Idee. In meiner Vorstellung war sie groß, schlank und höllisch exotisch, und sie atmete schwer ins Mikrofon wie ein Motown-Rhythm & Blues-Star.

Ihre Hautfarbe war das einzige, womit ich recht hatte.

Gloria. Ihre ungeheure Körperfülle haute mich glatt um. Ganz zu schweigen von dem Rollstuhl. Also wirklich, die leise erotische Stimme ließ auf nichts anderes als Gemütsruhe schließen, selbst wenn alle Lampen an ihrer Schalttafel brannten, alle Taxen zusammengebrochen waren und ein Hurrikan angesagt war.

Gloria. Eine Rückenmarksverletzung durch einen Autounfall mit neunzehn. Sie lebte in einem Raum hinter der Garage, rollstuhlgerecht und ohne Stufen. Sie hielt sich für sich und sonst offenbar nur an ihre drei Kolosse von Brüdern. Wenn die Fahrer einmal Witze über sie machten – was nicht oft vorkam und dann auch nur mit unterdrückter Stimme und raschem Blick über die Schulter, ob nicht etwa Brüder in der Nähe waren –, sprachen sie von ihr als einer potentiellen Selbstmörderin, die sich zu Tode esse.

Ich hatte mir angewöhnt, ab und zu bei ihr im Büro hereinzuschneien. Zu Anfang ging ich wohl aus Mitleid hin, obgleich Gloria keins brauchte. Sie saß in ihrem Rollstuhl wie eine für den Thron geborene Königin und reagierte das G&W-Königreich mit Samthandschuhen, in denen sich eine eiserne Faust verbarg.

Sie machte nie Frühstücks- oder Mittagspause, denn sie aß den ganzen Tag über, während sie das Telefon überwachte. Ich knabbere selbst gern etwas zwischendurch, aber jemanden wie Gloria habe ich noch nie gesehen. Sie packt diese riesige Tasche jeden Morgen mit einem Zeug voll, daß einem Ernährungsexperten die Spucke wegbleiben würde. Sie ist die beste Kundin von «Hostess», das steht fest. Wenn sie je einmal wütend wird, nimmt sie ihre Zuflucht zu Twinkies.

«Hey, Glory», sagte ich. Sie hob das Gesicht von einem cremegefüllten Kuchenteilchen und grinste mich an. Sie sah dicker denn je aus, mit einem glatten Gesicht, das ewige Jugend ausstrahlte. «Hey, Babe», sagte sie.

Ich ließ mich auf einem verblaßt orangenen Plastikstuhl nieder, nachdem ich mich vergewissert hatte, daß er nicht schon von Schaben besetzt war. «Danke, daß du Miss Devens vorbeigeschickt hast.»

«Alte Schulden, Kleine.»

«Jetzt sind wir aber quitt.» Nach meinem Universitätsabschluß hatte ich das Jobben aufgegeben und war zur Polizei gegangen. Ich hatte Gloria ab und zu einen Gefallen tun können.

Sie grinste noch breiter und sagte: «Wer zählt schon mit?»

«Hast du 'ne Minute Zeit?»

Das Telefon klingelte. Sie kritzelte eine Nummer auf einen Block, drückte auf einen Knopf an ihrem Mikrofon und sang hinein: «Kelton Street. Wer macht's?»

Pause. Dann füllte eine blecherne Stimme den Raum. «Scotty. Park und Beacon.»

«Eins-acht-fünf», sagte sie. «Dritter Stock. Ein Typ namens Booth. Hast du's?»

«Gebongt.»

«Ende.»

«Ich kann zwischendurch mit dir reden, Carlotta», sagte sie. «Ein sonniger Tag. Warm. Die Leute gehen zu Fuß.»

«Läuft das Geschäft?»

Sie hob eine fette Hand und winkte damit hin und her. Kaum jemand weiß, daß Gloria Mitinhaberin von G&W ist. Sam Gianelli, der glattzüngige Sohn eines zwielichtigen Kerls aus der Bostoner Mob-Szene, ist Glorias Partner. Sam, der sich darauf spezialisiert hat, kleine Unternehmen herunterzuwirtschaften, hatte sie mit hereingenommen, als er wieder einmal knapp vor der Pleite stand; er pumpte Geld aus ihrer Versicherungsabfindung in die müden Adern von G&W und richtete ihr als Gegenleistung das rollstuhlfreundliche Hinterzimmer ein.

Wahrscheinlich das Cleverste, was er je getan hatte.

Sam und ich hatten was miteinander gehabt. Er war der Grund dafür, daß ich die Garage mit gemischten Gefühlen betrat. Ich war ein paarmal mit ihm ausgegangen. Ich wurde sogar durch die Erfahrung klüger: Schlaf nie mit dem Boss.

«Wette, du bist nicht vorbeigekommen, um zu fragen, wie das Geschäft läuft», sagte sie. «Was gibt's?»

«Sam ist wohl nicht hier, oder?»

«Liegt dir was dran?»

Jeder will ein Psychologe sein. «Eugene Devens», sagte ich ausdruckslos. «Ist er auf Sauftour?»

Sie sagte: «Scheiße, Carlotta, ich mag diese Sache mit Gene überhaupt nicht. Er hat nicht mal sein Taxi hergebracht. Hat es unten an den Docks gelassen, und sie haben es zu dem gottverdammten Cambridge-Schrottplatz geschleppt.»

«Dem mit den zwei Dobermännern?»

«Genau.»

«Vielleicht hat er sich davongemacht, um die Abschleppgebühr nicht bezahlen zu müssen.»

Gloria zuckte ihre massigen Achseln. Von der Taille aufwärts kann sie sich gut bewegen.

«Hat er so was schon mal gemacht?»

«Im großen und ganzen ist er zuverlässig.»

«Und was meinst du dazu?»

Gloria aß ihr Kuchenteilchen auf und fegte die Krümel sorgsam von ihrem Schreibtisch, um die unten lebenden Tierchen zu füttern. «Hast du dir die Schwester angesehen?»

«O ja.»

«Vielleicht hat sie ihn allsonntäglich zweimal in die Kirche gejagt. Oder er ist einfach nur über die Stränge geschlagen», sagte Gloria. Es klang, als wollte sie sich selbst etwas einreden.

«Ist er mit jemandem befreudet? Mit dem er zusammensein könnte?»

«Sie hängen alle zusammen», sagte sie. «Bei allem möglichen. Du erinnerst dich doch sicher noch an die Clique, mit der er immer loszog.»

Ich lächelte. «Old Geezers, die alten Käuze, nicht? Nannten wir sie nicht so?»

«Richtig. Eugene Devens, Sean Boyle, Joe Fergus, Dan O'Keefe, Pat O'Grady, alles alte Iren. Joe Costello ist auch mit von der Partie, aber ich weiß nicht, was Costello für ein irischer Name sein soll. Sie hängen jetzt enger zusammen durch all die neuen Fahrer. Ich meine, für die Iren waren die russischen Juden schon schlimm genug. Jetzt stoßen immer mehr Haitianer, Jamaikaner und Afghanen dazu. Devens und seine Kumpel betrachten sich als die letzten echt amerikanischen Taxifahrer. Sie hocken zusammen, saufen und jammern, das ganze Gewerbe sei bald zum Teufel.» Sie lächelte ihr hinterhältiges Lächeln. «Komisch, bei mir meckern sie nicht viel. Vielleicht denken sie, ich sei voreingenommen. Was sagst du dazu?»

Bei Gloria beklagt sich kaum einer. Erstens kann sie so ätzend sein, daß sie eigentlich bei der Atomkontrollbehörde registriert sein müßte, und zweitens hat sie drei Brüder, die für sie durch dick und dünn gehen, einer größer und hartgesottener als der andere. Der kleinste und netteste wurde aus dem nationalen Fußballverband herausgeworfen, weil er irgendeinem Typen ein Ohr abgebissen hat, wie das Gerücht geht. Die Brüder hatten das Zimmer hinter der Garage mit allem überhaupt erhältlichen elektrischen Schnickschnack ausgestattet. Überall Kabel und Motoren. Und allenthalben Flaschenzüge, Leitern und Metallhebel und -griffe, damit sie sich hochziehen und an den Kühlschrank oder Herd kann. Aus der schmutzigen Garage in Glorias High-Tech-Zimmer und -Bad zu kommen ist so, als galoppiere man nonstop aus dem 19. Jahrhundert geradewegs ins 21.

«Was ist mit Pat?» sagte ich. «Hast du Pat gefragt, wo Eugene sein könnte? Er war doch immer in jede kleine Intrige eingeweiht.»

«Pat ist weg, Carlotta, schon etwa sechs Monate. Krebs. Operation, Chemotherapie und das ganze Zeugs.»

«Mist.» Im Grunde waren die übrigen alten Käuze nur durch Pat mit seiner Selbstironie und seinem ewigen Grinsen einigermaßen zu ertragen gewesen. «Hast du die Jungs überhaupt gefragt, wo Eugene hin ist? Hast du Boyle gefragt?»

Ich wartete, bis Gloria wieder ein Telefongespräch beendet hatte. Sie runzelte die Stirn, als sie auflegte. «Hör zu, Carlotta, ich hoffe, daß die ganze Sache nur Schall und Rauch ist. Könnte nämlich sein. Ich habe alle Käuze über Gene ausgefragt, und ich sage dir, sie machen sich keine Sorgen. Sie sind ein bißchen, wie soll ich sagen, seltsam drauf und aufgeregt, und sie reden keinen Stuß. Er könnte doch mit einer Frau durchgegangen sein, einer, die seine Schwester auf den ersten Blick gehaßt hätte, irgend so ein Teeny, liebe Güte noch mal. Ich weiß nur, daß er weg ist.»

«Hat er seinen letzten Lohn abgeholt?»

Gloria starrte auf die Schreibtischplatte. «Wir schulden ihm noch zwei Tage.»

«Das gefällt mir nicht besonders.»

«Wir heben's für ihn auf.»

«Hat er irgend etwas zurückgelassen?»

Das Telefon piepte, und Gloria zog ihre Schau ab. Bis sie den Hörer einhing, hatte ich meine Frage neu formuliert.

«Was hat er hiergelassen, Gloria?»

Sie wühlte erst eine Weile in ihrer Tasche nach Plätzchen, holte eine Packung Peanutbutter-Kekse heraus und dann einen Beutel Marshmallows. Ich bezweifle, daß sie darin Platz hat für Schlüssel, Geldbörse oder Kamm. «Also», sagte sie schließlich, «seiner Schwester habe ich nichts von seinem Spind erzählt.»

Ich zog nur meine Augenbrauen hoch.

«Ach, ich weiß nicht, Carlotta. Teufel noch mal, sie sah so süß aus, weißt du, weiße Handschuhe und Blumenhütchen. Ich dachte mir, sie würde ihn bestimmt aufknacken und irgendwelches Zeug finden, das sie für den Rest seines Erdenlebens gegen ihn verwenden konnte. Kondome zum Beispiel und anderes Sündhaftes mehr.»

«Ich würde es ihm nicht übelnehmen, Glory.»

«Ich habe keinen Schlüssel.»

«Habt ihr einen Seitenschneider?»

«Das wird ihm gar nicht gefallen, wenn er zurückkommt.»

«Wenn er zurückkommt, kaufen wir ihm ein neues Schloß.»

«Sam wird es auch nicht gefallen.»

Sie sah mich schräg aus halbgeschlossenen Augen an, als sie Sam erwähnte. Das tut sie immer, ich war also darauf gefaßt. Ich starrte so ausdruckslos zurück, daß ich damit einem Falschspieler Ehre gemacht hätte.

«Sam wird nichts davon erfahren», sagte ich ruhig, «oder? Und wenn er es herausbekommen sollte, wickeln wir ihn irgendwie ein.»

«Du bestimmt, Babe. Du bist groß im Einwickeln.»

Sie kritzelte Genes Spindnummer auf einen Fetzen Papier. Die Telefone klingelten jetzt so eindringlich, daß ich sie damit allein ließ. Der Mechaniker holte aus einem Winkel voller Spinnweben hinter der Werkbank einen rostigen Seitenschneider hervor. Er hatte den Kalender immerhin bis April umgeschlagen, es fehlten nur noch fünf Monate bis heute. Vielleicht war die silikonbusige Blonde mit den gespreizten Beinen auf dem roten Motorrad seine Traumfrau.

Die Spinde an der Hinterwand hatten einige Beulen mehr, aber sonst waren sie unverändert – khakifarben und vollgeschmiert mit fettigen Fingerabdrücken.

Kein Bedarf für einen Seitenschneider. Das Schloß von Nr. 8 A war offen. Der Spind war leer.

Ich schloß die Augen und lehnte meine Stirn gegen die kühle Metalltür von Nr. 7 A. Vielleicht wußte Margaret doch etwas von dem Spind. Vielleicht hatte sie den Schlüssel gefunden und Eugene Paul et ceteras Sonntagshemd zum Bügeln mit nach Hause genommen.

In einer Ecke des Spindes lagen ein paar zerknüllte Papiere. Ich strich sie glatt. Das eine war ein Bankbeleg über fünfzig Dollar, wie man ihn beim Abheben an Geldautomaten bekommt, das andere der Bon eines über Nacht geöffneten Lebensmittelgeschäftes über einen Dollar und etwas. Toll. Mit fünfzig kam er nicht weit. Ich schob beides in meine Umhängetasche und tastete mit den Fingern die staubigen Ecken des Spindes ab.

«Autsch!» Was immer es sein mochte, das verdammte Ding stach jedenfalls. Ich saugte an der Fingerspitze und setzte meine Untersuchung nun vorsichtig mit der anderen Hand fort. Zweifellos irgendeine seltene Art beißwütige Kakerlake.

Was ich schließlich in der Hand hielt, war aus Gold oder zumindest vergoldet. Es war eine Art Anstecknadel für den Rockaufschlag. Ich habe selbst eine an meinem Schwarzen Brett zu Hause mit der Aufschrift ERA. Auf dieser stand GBA, und das sagte mir überhaupt nichts.

«Greater Boston Association? Geile Böcke von Amerika? Goof Balls Alliance?» Wieder im Büro, versuchte ich, mit Gloria ein paar Möglichkeiten durchzuspielen.

«Vielleicht ist es eine Rockgruppe», sagte sie und knallte eine halbleere Pepsidose auf den Schreibtisch.

«Funk oder Heavy Metal? Worauf stand Eugene denn?»

Sie lachte. Von Glorias Lachen wird man unweigerlich angesteckt. Jemand muß es mal für Eingeschlossene auf Band aufnehmen.

«Danke dir jedenfalls», sagte ich, obwohl sie mir nicht viel erzählt hatte. Vermutlich habe ich mich für ihr Lachen bedankt.

«Nett, daß du vorbeigekommen bist. Laß dich wieder sehen. Und bring die kleine Spanierin mit.»

«Du gibst ihr zu viele Bonbons.»

«Bis dann, Carlotta.»

Ich war halb aus der Tür, als sie etwas hinter mir her schrie. Schreien kann man es eigentlich gar nicht nennen. Ihre Stimme wird mit zunehmender Lautstärke tiefer und dunkler.

«He», sagte sie, «ich wollte nur noch fragen, ob der nette Typ dich gefunden hat.»

«Ein Typ?»

«Jemand hat hier vor ungefähr drei Tagen nach dir gefragt. Deshalb bist du mir eingefallen, als Miss Devens hereinplatzte.»

«Hat er seinen Namen gesagt?»

«Habe ich vergessen.»
«Was wollte er denn?»
«Wie lange du hier gearbeitet hast, und so.»
«Hast du's ihm gesagt?»
«Er wußte bereits deine Adresse und Telefonnummer, Kleine. Ein Klient, habe ich mir gedacht.»
Oder auch nur ein potentieller Einbrecher.
«Wie sah er aus?»
Sie überlegte einen Augenblick, während sie an einem Marshmallow kaute. «Hübsch, wie ich schon sagte. Anständig, oder ein guter Schauspieler. Dunkles Haar. Mittelgroß. Mittelkräftig gebaut. In den Dreißigern. Weiß.»
«Wenn er wieder auftaucht, ruf mich an, ja?»
Wer weiß! Vielleicht konnte er die Rolle von Thomas C. Carlyle spielen und ich endlich meine 20 Riesen einsacken.
«Was macht dein verrückter Vogel?» fragte Gloria.
«Willst du ihn haben?»
Mein Übereifer muß mich verraten haben.
«Teufel auch, nein», sagte Gloria.

3

«Das Leben», pflegte meine Großmutter zu sagen, «ist ein schlimmes Kopfweh auf einer lauten Straße.»
«Hallo?» sagte ich. «Hallo?»
Aus dem Telefon drang eine quietschende Version von «A Hard Day's Night» an mein linkes Ohr.
«Juhu.»
Wieder kaltgestellt.
«Test», sagte ich, «eins, zwei.»
Berieselungsmusik hat keinen Zauber, der dieses wilde Zorngefühl dämpfen könnte. Ich nahm den Sekundenzeiger meiner Timex aufs Korn. Noch maximal 30 Sekunden wollte ich ihnen geben. Sonst...
17, 16, 15. Die Musik wechselte jetzt zu etwas über, das «Raindrops Keep Falling on My Head» gewesen sein konnte, ehe Brei daraus wurde.

10, 9.

Eine Stimme, die zu der Musikkonserve paßte, sagte mir, ich solle dranbleiben, sie würde mich mit Blabla verbinden.

«Was?» sagte ich.

Regentropfen fielen mir weiter auf den Kopf.

Ich murmelte einiges vor mich hin. Wahrscheinlich brauchte ich dem Sittich das Fluchen nicht extra beizubringen. Er konnte es einfach durch Mithören lernen.

Eine Frauenstimme, weiblich, näselnd. «Und hier ist unser Mr. Andrews von der Cedar-Wash-Ferienwohnungs-Gesellschaft.»

Ich holte Luft. Aber bevor ich etwas sagen konnte, setzte die Musik wieder ein, bis das ergreifende Gefiedel barmherzigerweise jäh abgewürgt wurde.

«Mit wem spreche ich?» verlangte ein schroffer Baß zu wissen. Er klang, als hätte ich ihn warten lassen.

«Carlotta Carlyle», wiederholte ich zum zigstenmal. «Soll ich's buchstabieren?»

«Hm. Die Frau von Thomas C. Carlyle?»

«Hm», betete ich ihm nach.

«Sie rufen sicher wegen des Preisausschreibens an», fügte er hinzu.

Bingo.

«Mrs. Carlyle», sagte er so aufgekratzt, als probe er seine Rolle als Showmaster beim Fernsehspiel der Woche, «könnten Sie mir bitte die Nummer in der linken oberen Ecke Ihres Briefes vorlesen?»

Ich bin nicht Mrs. Carlyle. Carlyle ist mein Mädchenname, den ich nie abgelegt habe. Ich bin Ms. Carlyle, manchmal auch Miss Carlyle, obgleich ich nicht einsehen kann, was Leute mit meinem Familienstand zu tun haben sollten, die mich nicht einmal beim Vornamen kennen. Ich war nicht einmal Mrs., als ich verheiratet war. Aber ich leg mich nicht mit Leuten an, die mir Geld zukommen lassen wollen.

Der Brief war unten an der Kühlschranktür angeheftet, mit einem von diesen Magneten, die wie Frikadellen aussehen. Ein Geschenk von Roz. Alle meine einfachen silbernen Magnetscheiben sind verschwunden. Wieder Roz. Sie leiht sich die verschiedensten Haushaltsgegenstände aus, um sie in Acryl zu verewigen. Hier mal eine Vase, da mal eine Schachtel Stahlwollschwämmchen. Ihre Variationen zum Thema «Tote Smurfs in Prilflaschen» sind höchst eindrucksvoll. Manchmal tauchen Magneten, Vase und Prilflasche auf genauso mysteriöse Weise wieder auf, wie sie verschwanden. Manchmal gibt es nur Ersatz.

Ich klemmte den Telefonhörer zwischen Schulter und Ohr und bückte mich, um besser sehen zu können.

«Wie wär's mit A-198306?»

«Herzlichen Glückwunsch.»

«Wirklich? 20000 Dollar?»

«Oder die Reise nach Italien. Für die ganze Familie. Bis zu acht Personen. Alles in der Luxusklasse.»

«Du meine Güte!»

«Sie werden mit uns einen Termin vereinbaren wollen», sagte er steif.

«Was will ich? Oh – natürlich will ich.»

«Über die Hälfte der Wohneinheiten mit zwei Schlafzimmern im herrlichen Zederngrund sind bereits vorverkauft, aber wenn Sie Ihre Wünsche noch innerhalb der nächsten dreißig Tage anmelden, dürfen Sie und Ihr Mann sich eine Mehrpersonen-Badewanne in der Farbe Ihrer Wahl aussuchen.»

«Und die 20000 –»

«Um den großen Preis gewinnen zu können, brauchen Sie nur die Anlage zu besichtigen. Ohne Kaufverpflichtung. Wäre es Ihnen am nächsten Samstag recht?»

«Mein Mann ist verreist. Aber ich könnte kommen.»

«Sie müssen beide anwesend sein.»

«Wie schon gesagt, mein Mann ist verreist.»

«Nun, solange Sie beide Ihren Gewinn innerhalb von 14 Tagen einlösen, können wir Ihnen schon ein wenig entgegenkommen.»

Das Entgegenkommen erstreckte sich wahrscheinlich nicht auf Katzen. «Thomas ist nach Übersee», sagte ich mit bedenklicher Stimme, «es kann eine ganze Weile dauern, bis ich eine Verbindung zu ihm hergestellt habe.»

Ich stellte mir einen imaginären Thomas C. Carlyle vor, der mit einer gutbewaffneten Schar afghanischer Guerillas durch einsame, zerklüftete Berge zog, die Burnusse flatternd im Wind. Er sah wie Robert Redford aus. Nur jünger.

T. C. strich mir am Bein entlang. Er sah überhaupt nicht wie Robert Redford aus.

«Das tut mir wirklich leid», sagte der Mann am Telefon. In seiner Stimme lag aufrichtiges Bedauern.

«Besteht irgendeine Möglichkeit, die vierzehn Tage noch zu verlängern?» fragte ich.

«Normalerweise nicht. Ich müßte mit meinen Vorgesetzten sprechen.»

«Dann tun Sie das doch bitte», sagte ich, «und ich rufe zurück.»

«Versuchen Sie, mit Ihrem Mann in Kontakt zu kommen, Mrs. Carlyle.»

«Klar.» Ich legte auf und starrte T. C. haßerfüllt an. Also wirklich, man kann ja einen Frosch auf die Nase küssen und hat immerhin die Chance, daß ein Prinz daraus wird, aber was zum Teufel macht man mit einem Kater?

4

Ich hätte vermutlich ohne Umschweife gleich neben einem der Käuze Platz nehmen und ihm in Erinnerung an unsere frühere Kumpanei bei Green & White einen Whiskey oder drei spendieren können, um dann endlich die entscheidenden Fragen loszuwerden: Wo ist eigentlich der alte Gene Devens? Was macht er denn so heutzutage? Allerdings hatte ich den Verdacht, daß sich der eine oder andere von den alten Jungs womöglich an meine Verwandlung vom Taxifahrer zum Bullen erinnerte. Und wenn sie schon Gloria nichts von Eugenes Verschwinden erzählt hatten, würden sie mir erst recht keine Auskunft geben.

Diese Situation war nur durch List zu meistern. Und Tücke. So was mache ich für mein Leben gern. Wenn ich auch nur die Hälfte – na, sagen wir lieber ein Viertel – der Aktivitäten der CIA gutheißen könnte, wäre ich ihr vielleicht beigetreten. Das Spionieren hat für mich durchaus seinen Reiz. Der Staatsdienst nicht.

Eins wußte ich von Eugene Devens: Er trank.

Ich hätte jede irische Kneipe in Boston durchgehen können, angefangen beim *Eire Pub* in Southie, dem Großvater aller anderen Pubs, aber dann hätte ich sechs Monate lang saufen müssen, und Margaret Devens sah nicht so aus, als würde sie die Rechnung für eine sechsmonatige Sauftour begleichen wollen.

Ein Mann mag ja sein Zuhause aufgeben. Er wirft sich vielleicht einer absolut untragbaren grünen Vorstadtwitwe in die Arme oder kommt sogar richtig ins Schleudern und vergißt die Freuden des häuslichen Lebens mit einer treuen älteren Schwester einfach. Aber wenn dieser Mann schon immer getrunken hat und mit ein paar Kumpels regelmäßig einen hebt, spricht alles dafür, daß er eines Abends wieder in deren Gesellschaft auftaucht.

Gloria hatte versichert, nicht den blassesten Schimmer zu haben, wo Gene und die Käuze zusammen soffen. Also fing ich Montag abend noch mal von vorne an und hing bei ihr rum – wobei ich meine ganze Willenskraft aufwenden mußte, um nicht ihren Peanutbutter-Keksen zu verfallen –, bis sie mir, weil sie für eine höfliche Unterhaltung den Mund zu voll hatte mit Twinkies, durch ein Kopfnicken bedeutete, daß ein paar von Eugenes Saufkumpanen ihre Taxen nachts herbringen würden.

Das erste Mal, als ich ihnen zu folgen versuchte, trennten sie sich und zischten in verschiedene Richtungen davon. Ich spielte auf Risiko und blieb dem alten Sean Boyle dicht auf den Fersen, der direkt nach Hause fuhr und ins Bett ging.

Ich auch.

Die zweite Nacht verlief ähnlich, außer daß Glorias Bruder Leroy, ein wahrer Schrank von fast zwei Metern Länge, mir zehn Dollar beim Fünferpoker abnahm. Wenn Leroy gewinnt, entfährt mir immer ein Seufzer der Erleichterung. Diesmal folgte ich Joe Fergus bis zu seinem offenbar untadeligen Laken daheim.

Die dritte Nacht, Mittwoch, war von Anfang an vielversprechender. Drei der alten Käuze zwängten sich in einen gelben Dodge Charger, der aussah, als hätte er schon einmal eine Schrottauto-Rallye gewonnen. Taxifahrer sind alles andere als leicht zu verfolgen. Sie fahren, wie sie wollen, in der festen Überzeugung, Verkehrsregeln seien nur für Nicht-Berufsfahrer da. Ich hatte die spannenden Wendemanöver, die Musik zweier Räder in scharfen Kurven, die Freude, mich durch eine enge Seitenstraße zu schlängeln, schon fast vergessen. Diese Kerle nahmen eine Route, auf der sie durch Straßen kamen, die kein ausgewachsenes Auto je gesehen hatte, mit Geschwindigkeiten, von denen Chrysler nichts ahnte. Ich glaube, ich habe den Atem angehalten, bis der Dodge auf den Parkplatz des *Rebellion* einbog.

Das *Rebellion* ist *die* irische Kneipe in Brighton. Es liegt an der

Harvard Street inmitten des Arbeiterviertels, in dem allmählich die Vietnamesen überwiegen. «Vietnamesische Frühlingsrollen» steht in Neonbuchstaben über dem neuen Schnellimbiß. Die Waschsalons werden in einer Schrift angepriesen, die ich nicht lesen kann, ebenso das Kao-Palace-Fischgeschäft und -restaurant, das übrigens die besten Krabben hat.

Soweit ich sehen konnte, war der Shamrock, das irische Kleeblatt, immer noch der beliebteste Aufkleber an den zerbeulten Chevys und rostigen Fords auf dem dem *Rebellion* zugehörigen Parkplatz im Taschenformat. Auch zwei G&W-Taxen hatten sich hineingezwängt, was Gloria einen Schlaganfall eingetragen hätte. Sie will, daß die Taxen jede Sekunde auf der Straße sind.

Ich bog um die Ecke und ließ meinen Toyota gut verschlossen in einer Lieferzone stehen. Was ich seit meiner Zeit als Boston-Cop am meisten vermisse, ist der kleine Aufkleber an der Windschutzscheibe, der verhindert, daß man jede Stunde neu einen Strafzettel wegen Falschparkens bekommt. Außerdem hat er eine ernüchternde Wirkung auf potentielle Autodiebe, sofern sie lesen können.

Es war kurz vor Mitternacht. Ich war froh, daß es Mittwoch war, denn Mittwochnacht ist keine «Mach-sie-an-und-nimm-sie-mit-nach-Hause-Nacht».

Ich gehe gut als Irin durch. Ich habe die entsprechenden Farben – rotes Haar, grüne Augen. Ich habe einen Teil irisches Blut in den Adern, nur damit Sie es wissen. Ferner einen Teil schottisches und zur Hälfte russisch-jüdisches. Irgendwann in grauer Vergangenheit soll ich eine Urgroßmutter mütterlicherseits gehabt haben, die gut 1,80 Meter maß und mir wohl meine erstaunliche Länge vererbt hat. Meine Eltern waren beide klein, Mam eine leidenschaftliche Gewerkschafterin, Paps ein schottisch-irischer katholischer Bulle und mit sich selbst uneins, wenn er nicht gerade mit Mam stritt.

Da es nicht St.-Patricks-Tag war, trug ich kein Grün. Ich war vielmehr der Arbeiterklasse entgegengekommen: enge schwarze Jeans und ein blau-schwarz kariertes Lumberjack-Hemd mit Gürtel. Schuhe sagen alles; hätte ich schwarze Stöckelschuhe mit 10 Zentimeter hohen Absätzen dazu angehabt, hätte ich wie ein anschaffendes Mädchen ausgesehen. In Turnschuhen war ich okay – so okay, wie eine Frau nur sein kann, die allein in eine Kneipe geht.

Eines schönen Tages werden Frauen auch ohne Begleitung Kneipen aufsuchen können, ohne gleich von jedem Kerl, der noch eben über sein Bier wegschauen kann, einladende Blicke zugeworfen zu bekommen. Aber dieser glorreiche Tag läßt noch auf sich warten. Ich rege mich nicht groß darüber auf – ich bin nicht erbittert, wohlverstanden. Nur hasse ich es, begutachtet zu werden, als hätte ich ein Preisschild auf dem Arsch. Dagegen ist absolut nichts zu machen. Keine Aussicht auf einen Sieg oder wenigstens ein Unentschieden. Einmal habe ich einen ganzen Sommer damit zugebracht, Bauarbeitern bewundernd hinterherzupfeifen und ziemlich schale Triumphe gefeiert, wenn ich endlich so einen armen Trottel zum Erröten gebracht hatte.

Die Geschäftsführung des *Rebellion* erleichterte mir das Betreten der Kneipe durch gedämpftes rötliches Licht, das in mir den Verdacht weckte, sie wollten zu genaue Blicke auf ihre Speisen verhindern. Ein Baseballspiel, die Red Sox gegen die Oriols, flimmerte auf einem großen Fernsehschirm über einer zerkratzten dunklen Holztheke. Die Luft war rauchgeschwängert, und das ganze Etablissement roch, als würden die Aschenbecher, ob nötig oder nicht, auf jeden Fall alle Ostern geleert.

Eine Trennwand aus Holz schirmte ein halbes Dutzend Tische vom Tresen ab. Die meisten waren eckig und groß genug, daß vier Personen daran Karten spielen konnten. Ein Podium hinten im Raum bot einem Mikrofon und einem Klappstuhl Platz. «Am Wochenende Unterhaltung», versprach ein handgeschriebenes Schild. «Original irische Musik.» In einer rückwärtigen Ecke waren zwei Tische zusammengeschoben, so daß die Fläche jetzt für acht Personen passabel war. Um den Acht-Personen-Tisch hatte man zwölf Stühle gequetscht.

Meine drei Taxifahrer machten es sich an dem großen Tisch bequem, und nach dem Händeschütteln und Lächeln rundum zu urteilen, hatten sie hier eine Menge Bekannte. Ihr Tisch war am weitesten vom Tresen entfernt, wie man sich denken kann, in einem Winkel in der Nähe der Toiletten.

Da saß nun mein Dreigespann, ein seltsam zusammengewürfeltes Trio. Als erster fiel mir Sean Boyle ins Auge, der alte Kauz, dem ich Montag nacht bis nach Hause gefolgt war. Er hatte einen weißen Haarschopf und ein rundes, schwammiges Gesicht. Rote Äderchen traten auf seiner teigigen Nase hervor, so daß er aussah wie eine Kreuzung aus Nikolaus und Weinsäufer.

Wenn ich sein Taxi angewinkt hätte, hätte ich erst von ihm verlangt, mich anzuhauchen, ehe ich eingestiegen wäre. Andererseits hätte ich mich vielleicht lieber nicht von ihm anhauchen lassen.

Zur Rechten von Boyle saß ein Mann, der noch zu muskulös war, um fett zu sein. Um die fünfzig, schätzte ich, mit schmutziggrauem Haar, und er sah aus wie ein ehemaliger Hell's Angel, aber das lag wahrscheinlich nur an seiner schwarzen Lederjacke. Er hatte eine spitze dünne Nase und einen schmallippigen Mund. Gemeine Augen. Ich dachte mir, daß er Costello sein könnte, ein Typ, der die Schicht tagsüber fuhr, als ich noch bei G&W arbeitete. Er erinnerte sich bestimmt nicht mehr an mich.

Der dritte war Joe Fergus, ein gütig wirkender kleiner Mann, wie man ihn gerne hat. Er war geschrumpft, seit ich ihn zuletzt gesehen hatte, und dabei konnte er damals schon kaum größer als 1,55 Meter gewesen sein. Er war drahtig und verrunzelt und besaß ein unwahrscheinliches Temperament. Ich habe ihn nie in höchster Wut erlebt, aber so einiges gehört. Fahrer, die ihn bei einem Fahrbahnwechsel abdrängten, pflegten hinterher sehr mitgenommen auszusehen.

Von den elf Männern am Tisch kamen mir etwa sechs bekannt vor. G&W-Fahrer, kein Zweifel, aber ich konnte mich nicht mehr an ihre Namen erinnern. Sie waren schätzungsweise 50 bis 60, bis auf einen. Er wirkte jünger als die übrigen, obgleich ich mir nicht sicher war, weil er mir den Rücken zudrehte. Er fuchtelte beim Reden viel mit den Händen. Die Alten lächelten und nickten ihm zu, offenbar einverstanden mit dem, was er sagte.

Alles, was ich hören konnte, waren die Tore der Red Sox, zu schade.

Vier Krüge mit Bier standen unangetastet auf der Berührungslinie der zwei Tische. Die Tischordnung hatte etwas so Förmliches, daß es einen seltsam berührte angesichts des rötlichen Lichts, des Rauches und des Fernsehgeflimmers. Nach einem feierlichen Händeschütteln wurde das Bier ausgeschenkt, und die Männer murmelten etwas beim Zusammenstoßen der Gläser. Es klang wie ein Trinkspruch. Hätte es in unmittelbarer Nähe einen offenen Kamin gegeben, hätten sie die Gläser wahrscheinlich hineingeworfen. Ich konnte kein Wort verstehen, weil der Sportreporter immer aufgeregter redete.

Ich hatte als Bulle nie in diesem Stadtviertel gearbeitet. Ich hatte in der Innenstadt Dienst getan und den Nahkampf-Bezirk nach süchtigen Nutten abgekämmt und ihre Zuhälter zu schnappen versucht. Aber ich brauchte nur zwei Minuten, um zu merken, daß die Bullen hier waren. Keine uniformierten Bullen, Detektive in Straßenkleidung.

Ah, welch eine Wahrnehmungsgabe, sagen Sie jetzt sicher. Einen Bullen gleich zu riechen, an dem unverkennbaren Geruch der Autorität zu erkennen. Ich möchte ihnen ja nicht alle Illusionen rauben, aber ich kannte die Typen. Oder zumindest einen. Mooney.

Mit Mooney ein Schwätzchen zu halten war eines der wenigen Vergnügen meiner Copzeit. Moon und ich kamen so gut miteinander aus, daß ich nicht im Traum daran gedacht hätte, mit ihm anzubandeln, obwohl er nicht schlecht aussieht. Viele Typen sind gut im Bett, aber sich unterhalten zu können, das ist eine andere Kunst. Als ich durch den verrauchten Raum zu ihm hinüberstarrte, wie er die Augenbrauen zusammenzog und mit lebhaftem Mienenspiel redete und zuhörte, fragte ich mich, ob ich es mir nicht doch noch einmal überlegen sollte.

Er war an einem Tisch in der Nähe der provisorischen Bühne in ein Gespräch mit zwei Herren vertieft. Noch hatte er mich nicht gesehen, und ich war mir auch nicht sicher, ob es überhaupt von Vorteil für mich wäre, wenn er mich entdeckte. Wollte ich mit Bullen zusammen gesehen werden? Würden Bullen gern mit mir gesehen werden? Waren sie im Dienst? Oder soffen sie nur? Würde Mooney wissen wollen, ob ich dienstlich unterwegs war? Margaret Devens hatte mir eingeschärft, keine Vermißtenmeldung aufzugeben und den geheiligten Namen ihres Bruders mit keiner Silbe vor Bullen zu erwähnen.

Von meiner Warte auf einem hohen lederbezogenen Barhocker aus konnte ich keine Größen des organisierten Verbrechens sehen, aber ich sagte mir, daß ich trotzdem Mooney den Anfang machen lassen sollte. Es sei fern von mir, jemanden auffliegen zu lassen.

Ich habe das Rauchen schon vor Jahren aufgegeben, aber wenn ich in einer Kneipe bin, packt mich das Verlangen doch wieder. Es ist so natürlich. Steig auf deinen Barhocker, zünde dir eine an, Frühling. Der Krebs wartet bis zum Herbst. Mein Paps ist an Lungenkrebs gestorben. Sie hätten einen Marlboro-Werbespot machen sollen aus seinen letzten Tagen mit all den Schläuchen und Schmerzen und kleinen Demütigungen. Und trotzdem stieg immer noch diese leise Gier nach einer Zigarette in mir auf, griff ich automatisch nach meiner Tasche, als würde ich ein Päckchen Kool darin finden.

«Was darf's denn sein?» Der Barmann rauchte, und ich sog den Rauch ein. Ich weiß, daß das Selbstbetrug ist und schädlich und was weiß ich noch alles, aber Teufel auch, man kann schließlich auch von einem Mercedes aus Gold überfahren werden und nach kurzer, jäher Verzückung hin sein.

Ich bestellte ein Harp vom Faß und erntete ein anerkennendes Lächeln für meinen irischen Sachverstand. Ich hatte mal einen irischen Freund vom Boston College. Der Barkeeper zapfte los, und ich lehnte mich zurück, um meine drei Taxifahrer im Spiegel beobachten zu können. Sie schienen nicht auf einen weiteren Genossen für den einen leeren Stuhl zu warten. Offenbar fand eine heftige Diskussion statt. Ich wünschte, sie würden lauter reden, damit ich mithören konnte.

Der Barmann kam mit einem schäumenden Glas zurück und stellte es ganz sachte vor mir ab, um den Schaum nicht zu verderben. In seinem jugendlich frischen Gesicht stand ein anziehendes zahnlückenreiches Grinsen. Er sah aus wie der beste Beweis für die Güte seiner Ware. Er sah aus, als würde er sich selbst anzeigen, wenn er je an einen Minderjährigen ausschenkte.

Geh nie in eine Kneipe, um Männer aufzugabeln. Ein paar junge Burschen in einer Ecke klatschten sich gegenseitig kichernd auf die Schultern, und ziemlich bald würde einer zu mir herüberkommen und mir ein Angebot machen, das ich leicht ablehnen konnte. Vielleicht lag es an ihrer kollektiven Lüsternheit, daß ich meine Lizenz aus der Geldbörse gleiten ließ, als ich das Bier bezahlte. Der Barmann warf einen Blick darauf.

Manchmal bin ich raffiniert, manchmal nicht. Ich hatte das Gefühl, lieber im Einvernehmen mit dem Typen zu sein, falls die Halbstarken in der Ecke zu rüpeln anfingen oder Mooney auf einen Plausch herüberkam. Außerdem kam mir der Barkeeper wie jemand vor, der seinen Spaß an einer kleinen Intrige hat.

Seine Augenbrauen schossen in die Höhe, und er grinste. Es war ein nettes Grinsen, ohne merkliche Ungläubigkeit. «Sie möchten mir ein paar Fragen stellen, richtig?» sagte er, als ob er nur auf den Tag gewartet hätte, an dem jemand vorbeikäme und genau das täte. Er schaute sich um wie in vager Hoffnung, Fernsehkameras auf sich gerichtet zu sehen. Das Fernsehen hat praktisch das ganze Ermittlungsgeschäft versaut. Die Leute haben jetzt so unrealistische Erwartungen.

«Eugene Devens», sagte ich im Flüsterton, meiner angenommenen Rolle getreu.

«Gene», pflichtete der Barmann bei.

«Ja.»

«In Schwierigkeiten?»

«Keine Schwierigkeiten.»

Er warf einen kurzen Feldherrenblick umher. «Er ist nicht hier.»

«Ich weiß.»

«Ach so.»

«Ist er oft hergekommen?»

«Warum?»

«Zapfen Sie sich ein Bier», sagte ich, «geht auf meine Rechnung.»

«Warum?» wiederholte er noch einmal und langte nach einem Glas. Er rieb mit einem angegrauten Geschirrtuch ein paar Flecken blank.

«Seine Schwester hat ihn ein paar Tage nicht gesehen. Sie macht sich Sorgen.»

«Seit wann braucht ein Typ in dem Alter eine Erlaubnis, um auf Tour zu gehen?»

«Eins zu null», sagte ich. «Ist er auf Tour?»

Er zuckte die Achseln. «Wahrscheinlich nur eine Spritztour. Hartes Leben mit 'ner Schwester.» Er sprach mit Gefühl, und ich fragte mich, wie es wohl um seine häuslichen Verhältnisse bestellt war.

«Sie kennen ihn ziemlich gut.»

«Mich interessieren meine Kunden eben.»

«Hat er mit dem Verein da hinten an dem großen Tisch zusammengehangen?»

«Warum?» sagte er mit strahlendem Lächeln.

«Wie heißen Sie?»

«Billy.» Er starrte auf meine Lizenz hinunter. «Carlotta. Gibt es dazu einen passenden Spitznamen?»

«Nee», sagte ich und sann darüber nach, warum Barkeeper immer Kleinjungen-Namen haben. «Also angenommen, Gene Devens hätte es satt gehabt, auch nur eine Nacht länger mit seiner Schwester zusammenzubleiben, wohin würde er dann gehen?»

«Nach Irland», sagte Billy im Brustton der Überzeugung. «Irland.»

«Hat er davon gesprochen, abzuhauen?»

«Dauernd. Hat praktisch von nichts anderem gesprochen. Er hat die alte Heimat seit seiner Kindheit nicht mehr gesehen, wissen Sie, aber er hatte eine genaue Vorstellung davon. Alles, was hier schlecht ist, muß dort gut sein. Als ob Irland in seinem Kopf genauso geblieben wäre wie in seinen Kindertagen, während dieses Land hier inzwischen auf den Hund gekommen ist, verstehen Sie?»

«Ja.»

«Grüne Felder. Hübsche Mädchen, die nichts dagegen haben, wenn man's ihnen auch sagt.»

«Ist Gene nicht langsam zu alt für so was?»

«Gene nicht.»

«Hat er eine Freundin? Ein Mädchen?»

«Er hätte sie nicht hierher mitgebracht. Sie sehen doch, wie die Alten hier Ihretwegen mit der Zunge schnalzen. Das ist eine Kneipe. Die Männer kommen nach der Arbeit her. Die Frauen bleiben zu Hause.»

«Wie altmodisch. Hat Gene eine Frau erwähnt? Ein Mädchen?»

«Nee.»

«Was hat er denn so erzählt?»

«Von der alten Heimat natürlich. Der ruhmreichen Revolution. Den schrecklichen Briten. Den großen Dichtern.»

«Großartig.»

«Gene und ich waren gute Freunde.» Billy trank sein Bier aus und wischte sich mit dem Handrücken den Schaum von den Lippen. «Warten Sie's ab. In ein paar Tagen kriege ich bestimmt Post von ihm. Aus Dublin vielleicht. Wünscht sich all seine alten Kumpel nach dort.»

«Hatte er das Geld für so eine Reise?»

«Er hat ja gearbeitet. Hat Taxi gefahren.»

Zumindest sprachen wir von ein und demselben Typen. Ich schob eine meiner Karten über die Theke. «Rufen Sie mich an, wenn Sie von ihm hören», sagte ich.

Ein Kerl am anderen Ende der Theke gab durch Zeichen zu verstehen, daß er noch einen Scotch wollte, und Billy verschwand. Ich trank schlückchenweise mein Bier, das stark und kalt war, wenn auch nicht meine Lieblingssorte.

Irland. Geht ein Mensch ins Ausland, ohne sich von seiner Familie zu verabschieden und ohne einen Koffer zu packen? Wenn Gene in Irland war, warum hielten sich die alten Käuze dann so bedeckt? Warum feierten sie nicht die Rückkehr des Sohnes in seine alte Heimat so laut, daß man es deutlich bis hinüber nach Southie hören konnte? Warum sollte seine Schwester nichts davon wissen, verdammt noch mal?

Fest stand, daß ich am nächsten Morgen alle Flüge und Schiffspassagen zur grünen Insel checken mußte.

«Hi, Puppe», sagte eine Stimme dicht an meinem Ohr.

Ich wandte mich um, gewappnet, dem mutmaßlichen Sexbolzen seine Illusionen zu rauben, und sah mich Mooney gegenüber. Das entsprach gar nicht seiner Art, denn zu seinem offenen, ehrlichen Gesicht paßte solche Anzüglichkeit überhaupt nicht. Ich wußte gleich, daß er nicht von mir erkannt werden wollte; Mooney weiß, daß ich für die Anrede «Hi, Puppe» nicht viel übrig habe.

«Hallo, du Blödmann», sagte ich seidenweich. Wer uns von seinem Tisch aus beobachtete, mußte denken, ich hätte etwas Nettes gesagt.

«Was machst du denn hier?» fragte er lächelnd, als hätte er etwas ganz anderes gesagt.

«Ich trinke.»

«Ich habe eine Wette abgeschlossen, Carlotta. Ich kann schnell einen Hunderter verdienen, wenn du mit mir gehst.»

«Und was kriegst du, wenn ich dir Bier über die Eier schütte?»

«Ich hab was für dich», sagte er.

Ich muß doch das Preisschild auf meinem Arsch vergessen haben.

«Wette verloren, Moon», sagte ich. «Die Dame geht allein.» Ich leerte mein Glas und schüttelte ihm die Hand. «Sag deinen Freunden, ich hätte eine Geschlechtskrankheit.»

«Schätze, mein Ton gefällt dir nicht.»

«Du kapierst schnell. Genau das mag ich an dir.»

«Ich muß dir etwas sagen.»

«Sag's.»

«Etwas Wichtiges. Etwas, das einen Gefallen wert ist.»

«Dann sag's endlich.»

«Jemand stellt Fragen über dich.»

«Ach, Scheiße», murmelte ich. Jemand stellte Mooney Fragen.

Jemand stellte Gloria Fragen. «Sind die Typen an deinem Tisch Bullen?»

«Nein. Und ich könnte wirklich einen guten Grund gebrauchen, hier rauszukommen.»

«Dann will ich den Hunderter.»

«Zehn», konterte er.

«Zehn, daß ich nicht lache», sagte ich. «Achtzig.»

«Halbe, halbe! Und das ist Raub.»

«Kannst mich ja festnehmen», sagte ich. Ich stockte den Preis für zwei Bier an der Kasse um ein großzügiges Trinkgeld auf und winkte dem Barmann zu. «Gehen wir.»

Die alten Vogelscheuchen an der Bar schnatterten wie eine Horde Affen, als wir gingen. Mooney legte mir locker den Arm um die Schultern. Ich trat ihm auf den Fuß. Was bin ich doch für ein Trampel.

5

«Das macht fünfzig Scheinchen», sagte ich fröhlich, sobald wir aus der Tür heraus waren. Die Nachtluft roch nach schalem Bier und Autoabgasen. Blasse Sterne mühten sich ab, mit den Straßenlichtern zu wetteifern. Ein Halbwüchsiger in Lederjacke trottete mit einem plärrenden Recorder auf hochgezogener Schulter vorbei.

Mooney ließ seine Hand länger als unbedingt nötig auf meinem Arm. «Mehr, als ich je dafür bezahlt habe, jemandem die Schulter zu tätscheln», sagte er.

«Es hat sich aber doch gelohnt.» Ich lächelte, um nicht zu spitz zu klingen. «Gib her.»

«Du kannst erst kassieren, wenn ich kassiert habe.»

«Mein Gott, Mooney. Bei den Schlägern kassieren, mit denen du zusammengesessen hast? So lange kann ich nicht warten.»

«Wenn ich warten kann, kannst du's auch», sagte Mooney. «Du bist noch jung, du wirst mich überleben.»

Mooney verfällt gern auf diese Alte-Herren-Tour; ich nehme an, er sieht langsam die Vierzig auf sich zukommen. Er hat ein paar graue Strähnen im Haar und beim Lächeln Krähenfüße um die Augen, aber er hält sich in Form, und das ist nicht zu übersehen.

«Wild leben, jung sterben», sagte ich. Roz besitzt ein lila T-Shirt, von dem einem dieser Slogan in sattem Gold quer über der Brust entgegenleuchtet. Roz ist um die Zwanzig. Ich frage mich immer, wie lange sie es wohl noch zu tragen gedenkt.

«Falsch, Carlotta», sagte Mooney. «Ich habe es in der Schule gelernt. Es heißt: Nur die Guten sterben jung. Ehe sie noch die Chance haben, Unsinn zu machen.»

«Was hast du da drin eigentlich gemacht?» fragte ich.

«Polizeiarbeit.»

Das kam rüber wie ein Schlag ins Gesicht, und ich trat einen Schritt zurück, um Mooney zu zeigen, daß er an Deutlichkeit nichts zu wünschen übriggelassen hatte. Manchmal denke ich, daß er immer noch sauer auf mich ist, weil ich den Polizeidienst quittiert habe. «Ach ja? Drogen? Ich kannte die Punks an deinem Tisch gar nicht.»

«Und was hast du dort gemacht?»

«Ermittlungen.»

«Mach keinen Quatsch! Du bearbeitest einen Fall?»

«Es wäre schmeichelhafter für mich, wenn du nicht so überrascht dreinschauen würdest, Mooney.»

«Wußte nicht, daß du mein Gesicht sehen kannst.»

«Liegt an den Straßenlaternen. Sie dienen der Verbrechensbekämpfung.»

«Mein Wagen steht drüben am Woodlawn.»

«Laß uns einfach ein bißchen um den Block schlendern», sagte ich.

Wir gingen eine Weile still nebeneinander her, in der Art von Stille, die eine Großstadtstraße kennzeichnet, mit Türenknallen und Autohupen. Ich weiß nicht, was in Mooney vorging, aber ich genoß das Stück Weg, das ich brauchte, bis ich mit ihm Schritt halten konnte. Ich mochte Spaziergänge mitten in der Nacht immer gern. Mein Ex-Mann und ich waren große Spaziergänger. Boston ist eine Stadt für Fußgänger. Und außerdem – nun ja, ich bin schon lange nicht mehr auf einem nächtlichen Streifzug gewesen.

Nicht daß ich Angst hätte. Ich kann selbst auf mich aufpassen. Ich bin in Detroit aufgewachsen, und verglichen mit den Kids der Motorstadt wissen die hiesigen Punks gar nicht, was hart drauf wirklich heißt. Ich habe keine Angst vor den Straßen. Höchstens vor dem blöden «Hab ich dir doch immer gesagt». Sie wissen ja, wie das geht: «Siehst du, Carlotta, das wäre alles nicht passiert, wenn du so vernünftig gewesen wärst, zu Hause zu bleiben.»

Traurige Zustände, nicht wahr, wenn sich eine über einsachtzig große Frau wie eine im eigenen Haus Gefangene benimmt, sobald es dunkel wird. Ich sog den scharfwürzigen Geruch der Szechuan-Imbißstube ein und schwor, mir endlich wieder nächtliche Spaziergänge zu gönnen.

«Lust auf ein Eis?» fragte Mooney.

Mooney behauptet, mein Geschmack sei irgendwo in den Kinderschuhen steckengeblieben. Eis ist meine Lieblingsspeise, und Boston ist ein Mekka dafür. Ich ging im Geiste rasch die einschlägigen Örtlichkeiten durch. «Bei *Herrell's*?» fragte ich und vergaß, meine hörbare Begeisterung zu unterdrücken.

Er grinste. «Klar. Wir nehmen's von den fünfzig.»

«Wessen fünfzig?» fragte ich.

Bei *Herrell's* gibt es Mokkaeis, auf das ich geradezu versessen bin. Herrell ist eigentlich Steve, um genau zu sein. Er hat einen Salon unter dem Namen *Steve's* vor Jahren in Davis Square, Somerville, eröffnet und fast im Alleingang das Eisschlecken wieder attraktiv gemacht. Dann ist er in den Ruhestand getreten und hat sein erfolgreiches Imperium, damals bereits eine Ladenkette, an einen Typen mit Namen Joey verkauft, der damit Inhaber von *Steve's* wurde. Doch Steve beschloß auf einmal, ein Comeback zu wagen, nur hatte er ja seinen Vornamen an Joey verkauft. *Steve's* gehört also jetzt Joey, und *Herrell's* gehört Steve.

Denken Sie daran, wenn Sie mal nach Boston kommen.

Ich bekam einen großen Becher Mokkaeis mit M&M-Murks-ins. Eigentlich heißen die guten Sachen, die in das Eis gemischt werden, Mix-ins, aber – richtig geraten: Steve hat den Namen an Joey verkauft, und jetzt heißen sie eben Murks-ins. Für einen Erwachsenen entwürdigend, dort zu bestellen, aber ich habe mich daran gewöhnt. Mooney bestellte Vanille, kaum zu glauben! Ich wüßte gern, ob ich wohl je einen Kerl lieben könnte, der Vanilleeis bestellt.

Die Ausstattung von *Herrell's* ist nicht vom Feinsten. Wenige runde Tischchen und ein paar Marterstühle aus Draht verstecken sich in einem Winkel. Mooney und ich schnappten uns den abgelegensten Platz, den wir finden konnten. Ein Teenager saß neben einem blondgefärbten stacheligen Irokesen an einem Tisch auf der anderen Seite des Ganges. Ihre Ohren waren durchstochen. Genauer gesagt, das rechte Ohr war einmal durchstochen und mit einer gewöhnlichen Sicherheitsnadel geschmückt. Das andere war fünfmal durchstochen und mit fünf verschiedenen Ohrringen behängt, darunter einer mehrstufigen vielfarbigen Bergkristallkreation, die ihre Schulter streifte. Ich starrte sie unverhohlen an – bestimmt wollte sie das auch.

Sie blickte finster drein. Ich würde Roz von diesen Ohrringen erzählen müssen. In allen Einzelheiten.

«Und wie geht's Paolina?» fragte Mooney.

Ich lächelte. Paolina ist meine kleine Schwester. Keine richtige Schwester. Ich bin ein Einzelkind. Als ich noch bei den Bullen war, trat ich diesem Verein bei, Big Sisters, den großen Schwestern. Sie weisen dir ein Kind zu, das eine ältere Freundin gebrauchen kann, eine Art Bezugsperson. Ich hatte Glück. Ich bekam Paolina.

«Sie ist jetzt zehn Jahre alt», sagte ich, «denk doch nur! Hatte letzte Woche Geburtstag.»

«Habt ihr gefeiert?»

«Und ob. Ich habe sie zum Ballett mitgenommen. Ich hatte sie gefragt, was sie am liebsten hätte, und das wünschte sie sich, das Bostoner Ballett. Sie muß es mal im Fernsehen oder sonstwo gesehen haben. Ich war noch nie da gewesen. Es war mir peinlich, ihr das zu sagen, also gingen wir einfach hin. Und sie schaute zu. Wirklich, ich habe nie jemanden so zuschauen sehen. Ein paarmal kam es mir so vor, als hätte sie den Atem angehalten. Ihre Augen, du meine Güte, riesengroß. Es war, als wolle sie sich jeden Augenblick einverleiben, einprägen, für alle Zeiten bewahren. Was mich betrifft, ich fand's ganz gut, das Tanzen, aber ich habe doch lieber sie beobachtet. Dann habe ich sie noch zu einem Eis eingeladen, und danach ging's heim.»

«Nett», sagte Mooney. Er ist auch geschieden. Seine Mutter zog zu ihm, als sein Vater starb.

«Es gibt auch die Großen Brüder, Mooney», sagte ich.

«Ich brauche keinen Bruder, Carlotta.»

Ich schlug die Augen nieder und widmete mich meinem Eis. Daran wollte ich nicht rühren, jedenfalls nicht, nachdem er den Satz so seltsam betont hatte. Um ehrlich zu sein: Ich fand Mooney in jener Nacht ziemlich attraktiv, aber ich kämpfte dagegen an. Ich habe mich frühzeitig vom Mann-Frau-Geschäft zurückgezogen. Mir einen ehrenvollen Abschied gegönnt.

«Carlotta?» Ich konnte an seiner etwas heiseren, tiefen Stimme hören, daß ich so leicht nicht davonkommen würde. «Sag mal», sagte er, als ich aufsah, «willst du nicht mal mit mir ausgehen?»

Ich biß kräftig auf ein gefrorenes Stück M&M. «Nein.»

«Weißt du, Carlotta, ich habe es schon irgendwie kapiert, als wir beide Cops waren. Das gleiche Kommando, und ich im höheren Dienstgrad und all das. Es hätte unangenehm sein können, aber jetzt —»

«Nein.»

«Ich glaube einfach nicht, daß ich dich so anwider.»

«Ärgere dich nicht, Mooney. Bitte. Du widerst mich nicht an.»

«So?»

Wie soll man es erklären? Irgendwie brachte ich es nicht fertig, Mooney in einem gottverdammten Eissalon zu sagen, daß ich mir mein Leben eingerichtet hatte, auch ohne Sex. Hier war in meinen Augen weder die Zeit noch der Ort, um von den ewigen einsamen Kneipenbesuchen zu erzählen, auf die ich verfallen war, nachdem Cal und ich uns getrennt hatten. Zurückgezogenheit, Enthaltsamkeit, Leere ... *nichts* mehr – alles war, verflucht noch mal, besser als das. Eines Tages würde ich vielleicht stark genug sein, die schlafenden Dämonen wieder zu wecken.

«Ich bin noch nicht so weit», sagte ich lahm.

«Du siehst aber so aus. Es ist schließlich eine Weile her, seit —»

«Außerdem brauche ich jemanden, mit dem ich reden kann.»

«Ich kann mich überall unterhalten, Carlotta. Auch bei einer Verabredung.»

Wir aßen eine Zeitlang unser Eis. Der Punk mit dem Irokesenschnitt fiel fast vom Stuhl, so intensiv lauschte er.

«Also», sagte ich schließlich, «irgend jemand hat auf der Wache nach mir gefragt?»

Mooney sagte: «Richtig. Zurück zum Geschäftlichen.»

«Laß mich raten.» Ich wiederholte Glorias Personenbeschreibung. «Der Typ war mittelgroß, mittelkräftig, dunkel, irgendwie hübsch —»

«Du kennst ihn?»

«Noch nicht.»

«Hast du irgendwelche Schwierigkeiten?»

«Nicht, daß ich wüßte.»

«Er hat gesagt, er wäre vom Sozialamt.»

Ich atmete erleichtert auf. Sozialamt. Wahrscheinlich etwas mit Paolina. Sie konnten Paolina und mich von Kopf bis Fuß überprüfen und würden doch auf nichts anderes stoßen als grenzenlose Zuneigung.

«Nur sah er nicht nach Sozialamt aus», sagte Mooney. «Zu geschniegelt. Zu gut gekleidet. Teure Schuhe. Deshalb habe ich, als er weg war, zwei Groschen investiert; da arbeitet niemand dieses Namens.»

«Welches Namens?»

«George Robinson. Er hatte eine Visitenkarte.»

«Achtzehn Dollar die Schachtel zu dreihundert Stück, ja?»

«Sie sah gut aus», sagte Mooney.

«Scheiße.»

«Paß lieber auf, wer hinter dir her ist.»

«Ich hab schon einen steifen Hals», sagte ich.

«Kann ich sonst noch was für dich tun?»

«Sonst noch was?» wiederholte ich.

«Fällt dir was ein?»

«Hör mal, wie wär's, wenn wir die fünfzig Scheinchen, die du mir schuldest, vergessen und du mir dafür einen Gefallen tust?»

«Ein 50-Dollar-Gefallen klingt nach Schwierigkeiten, Carlotta.»

«Ich möchte nur, daß du herausfindest, ob etwas legal ist, in einer hypothetischen Situation.»

«Hypothetisch», wiederholte er.

«Ja.»

«Und?»

«Es geht darum, für eine Katze aufzutreten.»

«Auf allen vieren herumzulaufen und zu miauen?»

«Es ist wichtig, Mooney. Es dreht sich um T. C.»

«Macht jemand deinen Kater nach?»

«Mooney, wenn ich dir jetzt davon erzähle, mußt du versprechen, mir die Sache nicht zu verpatzen. Ich meine, ich erzähle es dir als einem Freund, nicht als Bullen.»

«Das ist immerhin schon ein Fortschritt.»

«Ich will nur wissen, welche Schwierigkeiten ich bekommen könnte, wenn ich beispielsweise dich oder jemand anders als Thomas C. Carlyle ausgebe.»

«Mich, ja?»

«Zum Beispiel.»

«Ich würde sagen, es kommt darauf an», sagte er.
«Worauf?»
«Werde ich gestreichelt?»

6

Am nächsten Morgen wachte ich in einem Wirrwarr von Laken auf, mit einem sauren Nachgeschmack von Bier auf der Zunge. Komisch, daß weder Eis noch Zahnpasta diesen typischen Biergeschmack verdrängen. T. C., zusammengerollt auf einem Kissen neben mir, ist nicht allzu empfindlich, deshalb kümmerte mich mein Mundgeruch nicht weiter. Entweder hatte ich vergessen, meinen Wecker zu stellen, oder ich hatte ihn ausgestellt und weitergeschlafen. Als ich mir gerade ein beruhigendes Ja-du-hattest-Schlaf-dringend-nötig einreden wollte, stellte ich fest, daß es Dienstag morgen war. Das hieß, daß ich noch zwanzig Minuten Zeit hatte bis zu meinem regelmäßigen 8-Uhr-früh-Volleyballspiel beim YWCA.

Ich schlug die Laken zurück und sprang aus dem Bett.

Der Y ist der einzige Verein, wo man hingehen kann, wenn man verschlafen hat. Niemand kümmert sich darum, ob man Make-up aufgelegt hat oder nicht. Lippenstift wird beim Y vor 9 Uhr mit Argwohn betrachtet.

Ich sprinte für die Y-Birds, und das sagt alles. Wir spielen Killer-Volleyball und nicht etwa so ein Sandkastenspielchen, und das dreimal die Woche. Darum schillern meine Knie und Ellbogen auch in allen Farben von dunkelrotblau bis gelb. Ich bin innigst vertraut mit dem Holzboden der YMCA-Turnhalle am Central Square und würde um nichts auf der Welt ein Spiel auslassen.

Am Volleyball liegt es auch, daß die Fingernägel an meiner rechten Hand kurz und gerade geschnitten sind. Die Nägel an der linken Hand halte ich kurz, weil ich Blues-Gitarre spiele, nicht so gut, wie früher einmal, aber doch verdammt gut, wenn man bedenkt, wie wenig ich heutzutage übe. Akustische Gitarre. Die guten alten Sachen: Lightnin' Hopkins, Son House, Reverend Gary Davis. Keine schmalzigen Liebeslieder, nur echten Blues.

Ich möchte noch darauf hinweisen, daß ich zwar dreimal die Nase gebrochen habe, so daß sie jetzt einen kleinen Knick zur Seite hat, aber nie beim Volleyball. Das erste Mal war ich noch ein Kind. Ronnie Farmer, der Kleine von nebenan, schlug mir einen Hammer auf die Nase, ohne ersichtlichen Grund, außer vielleicht, um festzustellen, wie sich Hämmer und Nase bei einem Zusammenstoß verhalten. Das zweite Mal kam meine Nase mit dem Steuer meines Taxis in Konflikt. Das dritte Mal war es Bullenpech.

Leute, die ich mag, behaupten, meine Nase hätte Charakter.

Ich spiele Volleyball, weil ich reinen Fitneßsport nicht ausstehen kann. Mich schaudert es bei dem bloßen Gedanken an all diese Trainingsräder, auf denen man sich abstrampelt, ohne irgendwohin zu kommen. Die Symbolik dahinter ist mir einfach zu schaurig.

Volleyball hingegen finde ich super. Und die Frauen, mit denen ich spiele, sind toll: eine Sportlehrerin aus Cambridge, Polizistinnen, eine Computer-Amazone, ein paar Studentinnen. Wir spielen hart, aber in aller Freundschaft. Du wirfst dich hinter einem Ball her, gibst dein Bestes, und selbst wenn du das Mistding verfehlst, bekommst du noch den Rücken geklopft oder einen Händedruck. Das gefällt mir. Und nach dem Spiel schwimme ich ein paar Runden, um mich abzukühlen.

Dreimal pro Woche, das ist jedesmal ein Morgen nach meinem Geschmack. Gut und gesund. Ich berste fast vor Genugtuung, wenn ich hinterher bei *Dunkin' Donuts* mein Frühstück einnehme.

Ich nahm mein Eugene-Devens-Notizbuch mit und schlug es auf dem orangenen Resopaltisch neben zwei Donuts mit Zuckerguß und einer Tasse Kaffee mit Zucker auf. Ich hatte noch ein paar Krankenhäuser angerufen, ohne Erfolg. Wenn Gene in Behandlung sein sollte, dann unter einem Decknamen, und ich konnte mir zwar etwa fünfzig Gründe vorstellen, sich anonym behandeln zu lassen, aber nach allem, was ich von Eugene Devens wußte, kam für ihn keiner davon in Frage.

Das war herzlich wenig.

Ich starrte in mein Notizbuch, zog die Bilanz all dessen, was ich von der Schwester, von Gloria, von Billy dem Barkeeper und von meinen wenigen noch erhaltenen Polizeikontakten über den Mann herausgefunden hatte.

Eugene Paul Mark Devens. Nicht vorbestraft. Am 28. Mai 1929 geboren. Im St. Margaret's Hospital in Dublin, Irland, als zweites Kind von Mary Margaret und Patrick Joseph Devens zur Welt gekommen, die zwei Totgeburten und drei Fehlgeburten zwischen

Margaret und ihrem Bruder nicht mitgerechnet. Was mußte er für ein behütetes Kind gewesen sein! Wie wachsen kleine Babys aus ihren winzigen Windeltüchern heraus und zu Männern heran, die spurlos verschwinden?

Eugene Paul kam im Alter von fünf Jahren in die Vereinigten Staaten und wurde an dem üblichen Sortiment katholischer Schulen erzogen. Ich fragte mich, ob seine Mutter ihren Sohn wohl für den Priesterberuf ausersehen hatte und enttäuscht war, als er von der Highschool abging. Ich hätte gern gewußt, ob sie enttäuscht oder erleichtert war, als er schließlich mit fünfunddreißig heiratete. 1964 Heirat mit Mary Elizabeth Reilly. Die Frau starb sechs Jahre später, vor sechzehn Jahren. Keine Kinder.

Niemand hatte im Zusammenhang mit Gene andere Laster erwähnt als Saufen und Frauen. Nichts deutete darauf hin, daß er etwa am Nuttengewerbe oder Drogengeschäft beteiligt gewesen wäre, aber wenn es um hohe Einsätze ging und Gene die Haie nicht bezahlen konnte, hätte er verdammt guten Grund gehabt, unterzutauchen.

Eugene Devens besaß kein Auto, was für einen Taxifahrer in einer anderen Stadt sicher merkwürdig wäre. In Boston, wo höchstens einer von zehn Einwohnern einen Parkplatz findet – ganz zu schweigen von den Pendlern –, ist es durchaus vernünftig, kein Auto sein eigen zu nennen. Man spart dabei – nicht allein die Bußgelder für Falschparken, sondern auch die Behandlungskosten für psychosomatische Leiden. Leider ist es immer noch am einfachsten, die Spur eines Vermißten über die Zulassung seines Wagens zu verfolgen. Eugenes Glück, mein Pech.

Dunkin' Donuts am Central Square hat hintendurch eine Telefonkabine, eine der wenigen echten Telefonzellen dieser Welt, wo man noch einigermaßen ungestört telefonieren kann. Nachdem ich eine Menge Münzen verbraucht und die hilflose Mitarbeiterin eines Reisebüros gespielt hatte, die mit einem verlorengegangenen Touristen mittleren Alters geschlagen ist, erfuhr ich, daß kein Eugene Devens via Aer Lingus von Logan nach Shannon oder Dublin geflogen war. Aer Lingus insofern, als sie von Boston nach Irland direkt fliegt. Ich hatte überlegt, daß jemand, der den Briten gegenüber solche Gefühle hatte wie Eugene Devens, seinen Fuß wohl kaum auf die verabscheute Erde Heathrows setzen würde, erkundigte mich aber trotzdem auch bei British Air, TWA und Pan Am.

Nichts. Ich überprüfte sogar People Express ab Newark, falls er Viehwagen gebucht hatte.

Ich rief bei einem seriösen Reisebüro an und brachte in Erfahrung, daß die einzigen Charterflüge der letzten zwei Wochen mit einer Gruppe von Universitätsangehörigen besetzt waren, Leuten, mit denen Gene Devens schwerlich warm geworden wäre. Nein, man kannte keinen Reiseveranstalter mit den Initialen GBA. Schiffe waren schnell erledigt. Boston ist nicht mehr die große Hafenstadt von einst. Zero. Nada. Im vergangenen Monat war kein Passagierschiff zur grünen Insel ausgelaufen.

Wenn Gene also im guten alten Irland weilte, dann inkognito. Zu Fuß über's Wasser. Solo gesegelt. Mit dem Fallschirm aus einem geheimen Militär-Jet gesprungen. Und binnen kurzem würde er eine Postkarte an Billy den Barmann schicken, und alles wäre in Ordnung, nur daß ich mich dann moralisch dazu verpflichtet fühlen würde, Miss Devens das meiste von ihrem Tausender zurückzuerstatten.

Ich ging nochmals mein Notizbuch durch, auf der Suche nach Gottweißwas. Meine Notizen sahen aus wie ein Nachruf. Geboren, aufgewachsen, verheiratet. Alles bis auf das Todesdatum.

Ich schüttelte den Gedanken mit Donutkrümeln ab. Zeit für mich, noch einmal mit meiner Klientin zu reden. Ich mußte einen Blick in Genes Zimmer werfen.

Mein Wagen stand auf einem jener Hinterhöfe an der Seitenstraße gleich hinter der Mass. Ave., dem Bischof-Sowieso-Sträßchen. Diese Art von Straße läßt vermuten, daß der Bischof nicht gerade hochgeachtet wurde. Mein kleiner roter Toyota war trotzdem noch da, unberührt. Wußten Sie schon, daß es beinahe Hochverrat ist, wenn eine Frau, die in Detroit aufgewachsen ist, ein japanisches Auto fährt?

Ehe ich die Richtung zum Devens-Haus einschlug, bog ich eben zu Paolinas Haus ab. Es handelt sich um eine dieser flacheren Wohnanlagen aus Stein, eine städtische Wohnungsbaumaßnahme, besser durchdacht als die Ghetto-Wohntürme, denn Armut und Hoffnungslosigkeit konzentrieren sich hier nicht so, da und dort wächst sogar ein Baum oder ein Fleckchen Rasen. Liegt in einer versteckten Ecke von East Cambridge. Ringsum sind die Stahlhochhäuser des High-Tech-Booms emporgewachsen, haben es umzingelt und nehmen ihm die Sonne weg.

Bei Tage ist es gar nicht so schlimm, aber nachts würde ich am liebsten Paolina samt Familie dort hinausschleppen. Paolinas Mutter Marta ist Kolumbianerin. Sie hat hier irgendeinen Puertoricaner geheiratet, der sich nach dem fünften Kind davonmachte. Es herrscht ein ständiges Kommen und Gehen von Vettern und Onkeln auf Besuch. Marta ist ein Original. Setz sie in der Wüste ab, und sie wird dir Sand verkaufen. Du würdest dich nicht nur dumm und dämlich zahlen, sondern dich auch noch geehrt fühlen. Wenn sie nicht durch rheumatische Arthritis behindert wäre, hätte sich ihre Familie nie auf den Sozialbau eingelassen. Ab und zu bricht bei ihr das alte Feuer noch einmal durch, aber meistens legt sie jetzt ein gemäßigtes Tempo vor.

Paolina war tagsüber in der Schule, aber ich hatte auch keinen Besuch vor.

Er lümmelte auf der Veranda des Hauses neben Paolinas herum, lehnte sich an die schmutzig gelben Ziegel und starrte etwas an, das nur er sehen konnte. Der gleiche Typ, den ich seit drei Wochen beobachtete, ein knochiger Spanier mit ungesunder gelblicher Haut, die sich über einem schmalen Gesicht spannte. Er hatte einen zipfeligen Schnurrbart und einen dünnen, zerzausten Kinnbart. Dunkle Schatten unter seinen Augen machten ihn älter, als er sich kleidete. Sein T-Shirt hatte Schweißringe unter den Achseln, und seine Jeans waren zur Farbe eines blassen Morgenhimmels ausgebleicht. Er drückte eine abgenutzte Ledermappe an sich.

Die Ledermappe interessierte mich. Und noch mehr das, was herauskommen mochte.

Drogen und Sozialwohnungen gehen Hand in Hand wie Räuber und Gendarmen. Das wußte ich. Aber nicht Drogen und Paolina. Die beiden werden nie in einem Atemzug genannt werden.

Der Zipfelbart war mir ein paar Mal aufgefallen, als ich sie abholen kam. Ich wurde neugierig. Ich vertraute mich einem Cambridge-Bullen an, den ich kannte, einem ganz netten Burschen, aber zu beschäftigt, um die Art von Überwachung durchzuführen, die schließlich zur Festnahme führt. Ich bin nicht so beschäftigt. Die Welt werde ich sicher nicht säubern können, aber an der Nachbartür meiner kleinen Schwester wird jedenfalls niemand kleine Päckchen aus einer alten Ledermappe verteilen.

Ich blieb in meinem Auto sitzen und machte mir Notizen. Kommen und Gehen. Zwei Kinder von höchstens zwölf Jahren gaben dem Zipfelbart etwas und bekamen dafür etwas anderes zurück. Genaue Personenbeschreibungen wanderten in mein Notizbuch. Sobald ich einen klaren Überblick hatte, bekam mein Polizeifreund den Tip mit Datum und Zeitpunkt von mir, und der Bastard würde sich selbst ans Messer liefern.

In meinem Kopf waren seine Tage bereits gezählt.

7

Ich blieb zu lange auf meinem Beobachtungsposten, deshalb raste ich den Memorial Drive hinunter, meine Gedanken verbissen auf diesen Drecksterl von Dealer konzentriert. Erst halben Wegs zur Boston University Bridge konnte ich mich davon losmachen; jetzt bemerkte ich, daß die Ulmenblätter goldgerändert waren und hohe Wolken das Sonnenlicht zu feinen Strahlen bündelten. Mit atemberaubender Plötzlichkeit bäumte sich die Straße auf und gab einen überwältigenden Ausblick auf Bostons Kirchtürme, Sandsteinbauten und Wolkenkratzer frei. Nach all den Jahren bekomme ich dabei immer noch eine Gänsehaut.

An klaren Herbsttagen ist Boston unvergleichlich, besonders wenn man sich von der Cambridge-Seite des Charles River heranpirscht. Es ist der Fluß, der der Stadt ihren Zauber verleiht und sie mit seinem silbernen Band umschlingt. Heute war der Charles glasglatt, bis auf zwei einzelne Ruderer, die das Wasser durchschnitten und auf das M. I. T.-Bootshaus zuhielten. In Richtung Innenstadt ist die Skyline ein einziges Durcheinander, aber weiter rechts wachen die Hancock- und Prudential-Türme über die hintere Bucht. Auf dem Gipfel von Beacon Hill fing die goldene Kuppel des Parlamentsgebäudes einen Sonnenpfeil auf und strahlte ihn in meine Augen zurück, so daß ich den Blick senken mußte.

Es wird behauptet, im Charles River würden heutzutage wieder Fische herumschwimmen. Man braucht nicht mehr für eine Tetanusspritze zum Arzt zu jagen, falls man von seinem Segelboot gefallen ist. Seit ich nach Boston zu Tante Bea gezogen bin, nachdem meine Eltern gestorben waren, hieß es immer, es dauerte höchstens noch fünf Jahre, bis die Leute wieder im Charles schwimmen könnten. Dann noch fünf Jahre. Und wieder fünf mehr.

Wie es aussah, mußte ich wohl ebensolange am Fuß der Brücke warten. Autos hupten, Fahrer fluchten, aber vergebens. Die College-Studenten waren wieder zurück in der Stadt und zahlenmäßig so stark, daß sie sich den Weg über die Straße einfach erzwingen konnten. Als sich der Studentenschwarm schließlich weit genug auseinanderzog, daß ich mich mit meinem Auto hindurchschlängeln konnte, bog ich zum Park Drive ab und folgte dem Riverway, bis er in den Jamaicaway übergeht. Die Straße führt durch die aneinandergereihten städtischen Grünanlagen von Olmsted und hat genug Windungen und Kurven, um eine ehemalige Taxifahrerin in Entzücken zu versetzen. Ich fuhr sie zu schnell, aber das tun alle. Im Gegensatz zu allen anderen blieb ich jedoch auf meiner Fahrspur.

Links am Jamaica-Pond-Bootshaus. Rechts auf die Centre Street. Ich folgte den Schienen einer Straßenbahn, die seit Gott weiß wie vielen Jahren nicht mehr fährt. Jamaica Plain ist ein echtes Bostoner Viertel, eine Wohngegend, ein für Touristen unattraktiver Stadtteil. Ich weiß noch, daß in der Centre Street ein Schuster neben dem anderen war, Waschsalons, Läden mit allem, was Väter und Mütter zu ihrer Bequemlichkeit brauchen, und Restaurants mit Stehtischen, wo die Stammgäste auf ihrem Weg zur Arbeit bei Eiern und Speck und politischen Streitgesprächen Pause machten.

Jetzt gibt es Blumenläden in der Centre Street, jedenfalls glaube ich, daß es Blumenläden sind. Bei einem staken zwei rosa Lilien in einer einsamen Vase im Schaufenster. Ein anderer hatte aus Angst vor krasser Übertreibung einen einzigen Orchideenzweig aufgestellt. Ich zählte drei Hörnchen-Bäckereien, vier kleine Lokale mit Rolläden und handgeschriebenen Speisekarten und zwei Schuhgeschäfte. Anzeichen zunehmender Vornehmheit.

Wo sollen sich nun all die Yuppies ihre Schuhe besohlen lassen?

Sagt mir eine Adresse irgendwo in Boston, und ich finde sie blind. Margaret Devens hatte angefangen, Wegangaben durchs Telefon zu babbeln, aber ich hatte ihr das Wort abgeschnitten. Taxifahrer kennen sich aus.

Ich bog nach rechts ein in eine ruhige Wohnstraße mit großen Villen im viktorianischen Stil; ein paar müde Ruinen mit verbeulten Aluminiumverkleidungen, einige frisch pastellfarbig gestrichene Häuser mit geraniengefüllten Blumenkästen. Große Häuser für große Familien. Die meisten Bostoner Iren zogen direkt in die eleganten South-Shore-Vorstädte, sobald sie den Southie-Slums entkommen waren, während einige wenige, insbesondere solche mit Verbindungen zum Stadtparlament, auf Gegenden wie diese in Jamaica Plain zusteuerten. Es muß einmal ein vornehmes irisches Viertel gewesen sein, mit einer intakten Pfarrkirche und Häusern voller Kinder. Jetzt sah die Mehrzahl der besser gepflegten Häuser so aus, als sei sie in einzelne Apartments, vielleicht auch Eigentumswohnungen, aufgeteilt. Sie wirkten nicht so luxuriös wie die Traumhäuser, die meine Katze und ich in Cedar Wash besichtigen sollen, aber ich wette, die Preise waren ganz schön hoch.

Als ich das weiße viktorianische Monstrum an der Ecke erblickte, hielt ich an und wunderte mich nicht mehr länger, warum Margaret und Eugene nicht gerade viel voneinander wußten. Wenn die beiden Geschwister in Nr. 19 wohnten, konnten sie sich auf verschiedenen Stockwerken einrichten, ohne sich je zu begegnen. Dann brauchten sie zwei Telefonanschlüsse, um sich im Notfall anrufen zu können.

Die Familie muß einmal Geld besessen haben, um dieses Haus erstehen zu können. Und etwas mußte davon übriggeblieben sein für die Grundsteuer, den blendend weißen Anstrich und die Pflege des sanft abfallenden, sauber geschorenen Rasens und der geschnittenen Eiben und Azaleen.

Nun ja, Margaret besaß ja einen Packen knisternder 100-Dollar-Noten.

Und Eugene fuhr ein Taxi.

Jamaica Plain hat sein Gutes, man hat kaum Parkprobleme. Ich steuerte den Toyota an den Bordstein, genau vor das Devens-Haus.

Der Weg aus Zement- und Rasenplatten hätte mich beinahe dazu verlockt, wie beim Himmel-und-Hölle-Spiel zur Veranda hoch zu hüpfen. Ich beherrschte mich jedoch für den Fall, daß meine Klientin durch eine der Sonnenblenden spähte.

An der Eingangstür war ein blankpolierter Klopfer aus Messing in Form einer Ananas. Ich ignorierte die Türklingel, um meine Chance wahrzunehmen, ein paar Fingerabdrücke auf der blanken Oberfläche des Klopfers zu hinterlassen. Es gab einen lauten, befriedigenden Ton.

Ich wartete ein Weilchen und summte ein Lied vor mich hin, das Paolina mir beigebracht hatte und in dem auf Spanisch eine Menge Tiere vorkommen, dann probierte ich die Klingel. Sie schrillte vernehmlich und hallte drinnen wider. Ich klingelte noch einmal und brüllte Margarets Namen.

Verdammt. Ich sah auf die Uhr. Zwanzig nach elf. Ich hatte mich länger in Cambridge aufgehalten, als ich vorgehabt hatte, aber Margaret hätte doch bestimmt zwanzig Minuten gewartet.

Na ja, vielleicht hatte sie's vergessen. Sie war schließlich nicht mehr die Jüngste. Vielleicht war sie in der Kirche oder saß bei einer Nachbarin und klatschte bei einem Täßchen Kaffee mit ihr, während ich hier in der Kälte fröstelte. Aus lauter Unmut drehte ich den Knauf und drückte gegen die Tür. Sie ging leicht auf, und da stand ich nun und gaffte.

Stadtbewohner pflegen ihre Haustüren abzuschließen.

«Margaret!» rief ich wieder mit Stentorstimme, um zum einen jeden im Hause von meiner Anwesenheit in Kenntnis zu setzen und zum anderen eine Antwort zu erhalten. Meine Hand fuhr automatisch zu der Pistole im Schulterhalfter, wie früher, wenn ich als Polizistin ungesichert irgendwelche Räumlichkeiten betrat. Als Privatdetektivin lasse ich die Finger lieber von Pistolen, solange es geht.

Ich denke immer an das, was Humphrey Bogart in dem alten Film sagt, wo er dem jungen Ganoven die Knarre wegnimmt: «So viele Knarren, und so wenig Gehirn.»

Der Eingangsraum war groß und kühl, mit ausgetretenen, matt glänzenden Holzdielen. Kein schneller Kunststoffscheuerjob. Nur Pflege, jahrelange Pflege – von der Art, die meine Tante Bea ihrem Haus in Cambridge hatte angedeihen lassen –, verlieh ihm diesen warmen Schimmer. Die Wände waren mit einer dieser alten Grastapeten in blassem Beige tapeziert. Ein abgetretener achteckiger chinesischer Teppich brachte Farbe in die Fußbodenmitte. Darüber hing ein vielarmiger Kronleuchter so tief herab, daß es bedrohlich wirkte.

Vom Eingangsraum führten vier Wege tiefer ins Haus hinein: drei Bogengänge, der hintere davon schmaler als der rechte und der linke, und eine steile Treppe mit beigefarbenem Teppichboden. Ich wandte mich nach links, wo ich das Wohnzimmer vermutete, und blieb mit offenem Mund stehen.

Polstermaterial quoll aus einer umgestürzten Couch. Jemand hatte drei riesige Kreuze in den geblümten Bezug geschlitzt und sein Bestes getan, das Sofa auseinanderzunehmen. Ein Beistelltisch war in Stücken, und unter dem abgesplitterten Furnier kam helles

Holz zum Vorschein. Ein abgebrochenes Lehnstuhlbein stak in der zertrümmerten bleiverglasten Tür eines antiken Schranks. Ein Haufen zerbrochenes Geschirr lag am Fuß einer Wand. Es sah aus, als hätte jemand Margarets Schätze aus reiner Freude am Krachen und Klirren gegen die Wand geschleudert.

Ich schluckte und schob die Hände automatisch in die Taschen meiner Jeans, um nicht in Versuchung zu kommen, einen Stuhl zurechtzurücken oder ein zerfetztes Kissen glattzustreichen.

Margaret.

Als ich eben den Mund öffnen wollte, um nach ihr zu rufen, hörte ich Schritte, schwere, schnelle Schritte und das Zuknallen einer Fliegengittertür. Hintertür, Seitentür, wie zum Teufel sollte ich das wissen? Ich rannte nach vorne, starrte nach rechts und links, sah nichts und niemanden. Ich hastete den schmalen Fußweg zum hinteren Gebäudeteil. Irgendwo heulte ein Motor auf, kreischten Reifen auf dem Asphalt. Zwischen Fliederbüschen hindurch erspähte ich noch flüchtig einen davonrasenden dunklen Lieferwagen. Bis ich mich über Margarets hinteren Gartenzaun geschwungen hatte, war er verschwunden.

Margaret.

Ich rannte ins Haus zurück, rief sie beim Namen, aber meine Stimme brach, und ich glaube, sie klang nicht besonders voll und wohltönend.

Ich begann zu suchen und gab dabei sorgsam auf meine Füße acht. In der Küche war die Verwüstung noch größer – Dosen, Getreideflocken, Mehl, alles mitten auf den Fußboden ausgeleert.

Das sah nicht nach Raub aus. Es sah nach Vergeltung aus. Oder nach Krieg.

Ich fand sie im Eßzimmer, in eine Ecke gedrückt, das geblümte Kleid an ihr hochgeschoben, eine große weiße Schürze halb über dem Gesicht. Ein Rinnsal Blut sickerte ihr aus einem Mundwinkel. Ich hielt mein Ohr an ihre Brust und spürte, wie sie sich beim Atmen hob und senkte. Ich glaube nicht, daß ich das Herz hätte hören können. In meinen Ohren sauste und brauste es.

Ich berührte sie an der Schulter, rief ihren Namen, beides heftiger, als ich wollte. Meine Hand zitterte, und ich merkte, daß ich vor Wut die Zähne zusammenbiß. Wut über das Chaos, über das unbrauchbare zerbrochene Geschirr. Wut über mich selbst, daß ich nicht ein paar Minuten früher angekommen war, dies alles nicht verhindert hatte. Wut über meine Hilflosigkeit, wie ich da neben dem zerschlagenen Gesicht meiner Klientin kniete.

«Alles in Ordnung, Margaret», sagte ich sanft, sobald ich meine trockenen Lippen zum Sprechen zu zwingen vermochte. «Bewegen Sie sich bitte nicht. Ich bin gleich wieder da.»

Das Telefon war aus der Wand gerissen, also lief ich über die Straße und benutzte den Apparat eines aufgeschreckten Nachbarn. Ich kenne eine Nummer, die schneller ist als die 911. Mooneys Nummer.

«Sie werden bald wieder gesund sein», säuselte ich in Margarets Ohr, während ich angestrengt auf die Sirene des Krankenwagens horchte. Ich ergriff ihre Hand. Sie fühlte sich kühl und trocken an. Sie bewegte sich, legte sich schlaff um meine, packte fester zu. Die alte Dame stöhnte, vielleicht versuchte sie auch, etwas zu sagen. Ich neigte meinen Kopf ganz nahe an ihre Lippen, konnte jedoch keine Worte heraushören.

Alles, woran ich noch denken konnte, war Tante Bea, und wie sie meine Hand umklammert hielt in diesem schrecklichen Krankenhauszimmer, bevor sie starb. Ich hörte eine Stimme in dem stillen Raum flüstern, und es war meine, die Margaret anflehte, durchzuhalten, durchzuhalten.

Wenn Eugene Devens hierfür verantwortlich war, würde ich ihn finden. Ganz bestimmt würde ich ihn finden.

8

Zimmer 501 Süd, Boston City Hospital. Einmal abgesehen von der frischen weißen Farbe und den mit roten und blauen Mohnblumen übersäten Vorhängen habe ich schon Gefängniszellen gesehen, die um vieles fröhlicher wirkten. Es war ein Doppelzimmer von der Größe eines ausladenden Schrankes. Vorhänge umschlossen bedrohlich das Bett des Insassen, der zuerst eingeliefert worden war, und engten die Aussicht auf die Müllcontainer vor dem Fenster ein.

Margarets Augen waren geschlossen, eins zugeschwollen und hübsch blau angelaufen. Luft rasselte durch ihre Nasenlöcher. Aus einem Infusionsbeutel tropfte eine farblose Flüssigkeit in einen dünnen, durch Kanülen und Pflaster mit den Venen ihrer linken Hand verbundenen Schlauch. In dem erhöhten Krankenhausbett sah sie zwergenhaft aus. Weiße Kittel umringten sie. All das Weiß, all die Technik – diese Kombination schlug mir auf den Magen.

Ein Schlüsselbeinbruch, Schürfwunden, Quetschungen, möglicherweise eine Gehirnerschütterung. Ein unglaublich junger und vergnügter Arzt sagte, sie habe Glück gehabt, daß die Hüfte nicht gebrochen sei.

Krankenhäuser und Gefängnisse kann ich nicht ausstehen. Vielleicht liegt das am Geruch. Wahrscheinlich aber eher an dem Gefühl von Räumlichkeiten, in denen man gegen seinen Willen eingesperrt ist.

In Gefängnissen gibt es wenigstens keine Ärzte, die einem sagen, daß man noch Glück hatte.

Margaret hatte im Rettungsfahrzeug kurz das Bewußtsein wiedererlangt. Mit zittriger Stimme hatte sie dem Sanitäter gesagt, sie müsse nach Hause, um Ordnung zu schaffen, und er könne sie ruhig an der Ecke absetzen, sie kenne den Weg, und vielen Dank auch. Und die ganze Zeit über litt sie sichtlich Höllenqualen und konnte mit ihrem geschwollenen Mund kaum Worte hervorbringen. Ich hoffe, ich habe zumindest halb soviel Mumm, wenn ich in ihrem Alter bin.

Ich wartete in einem trostlosen, nach Desinfektionsmitteln riechenden Gang, während zwei Polizisten, die ich nicht kannte, ihr Fragen zu stellen versuchten. Ein pickeliger blonder Halbwüchsiger in Klinikgrün schob eine dieser schweren Bohnermaschinen in langsamen Kreisen über den Linoleumboden. Trotz des lauten Summens konnte ich die Stimmen der Polizisten hören. Margaret konnte ich nicht hören. Ab und zu knatterte ein Lautsprecher den Namen eines Arztes oder eine Zimmernummer heraus, und dann folgte ein plötzlicher Andrang von weißen Kitteln und eiliges Fußgetrappel. Sonst waren nur der bohnernde Junge und ich da. Wir lächelten einander kurz zu.

Als die Polizisten herauskamen, stellte ich mich vor. Einer von ihnen kannte Mooney.

«Er läßt grüßen», sagte der Mann. Er war groß und hager, und die Uniform stand ihm gut. «Hatte keine Zeit, sich selbst um das Täubchen zu kümmern.»

«Stimmt», pflichtete der zweite Polizist bei. Er war älter, klein und dickbäuchig, mit einem vorspringenden Kinn. Paßte überhaupt nicht in die Uniform.

Ich nickte zu Margarets Tür hinüber. «Hat sie was gesagt?»
«War sie kaum zu fähig», sagte der dicke Polizist sofort mit einem warnenden Seitenblick auf seinen Partner. Er war nicht der Typ, um einem leidigen Zivilisten Informationen zu geben.

«Sagte, sie sei die Treppe hinuntergefallen», sagte der hagere Polizist sanft.

Eine stämmige blonde Krankenschwester sauste mit einem Glas Eisstückchen samt Strohhalm in 501. Ich entschuldigte mich und ging hinter ihr her.

Je näher ich kam, um so schlimmer sah sie aus, und glauben Sie mir, der Blick durch das Gangfenster war schon übel genug. Aus einem halben Meter Entfernung wirkte ihre Haut, der Teil ihrer Haut, der nicht verbunden oder rohes Fleisch oder rot und blau von Prellungen war, grau. Der Verband um ihre Stirn herum war zwar reinlich, aber an der linken Seite vergrößerte sich ein bräunlicher Fleck. Durch all die Schläuche und Drainagen sah sie aus wie eine hilflose alte Marionette, der Gewalt des riesigen mechanischen Bettes und der vielen Geräte an der Wand hinter ihrem Kopf ausgeliefert.

Die Krankenschwester sprach zu ihr, als sei sie wach. Ich war mir nicht sicher, aber ich dachte mir, die Schwester müsse es eigentlich wissen.

«Ich hoffe, diese Polizisten haben Ihnen nicht allzusehr zugesetzt», sagte sie lebhaft und glättete eine störende Falte im Laken. «Sie müssen wohl ihre Fragen stellen.» Sie warf einen Blick auf ihre Armbanduhr, dann auf mich. «Ich glaube, Ihre – hm – Enkelin wird Ihnen mit dem Eiswasser behilflich sein.»

Ich nickte gehorsam und versuchte, jung und besorgt auszusehen. Die Prügel hatten Margarets Äußeres um Jahre älter gemacht.

Auf dem Tablett lag auch eine Spritze. Die Schwester entfernte die Schutzkappe von der Nadel, hob sie gegen das Licht, überprüfte irgendein Gekritzel am Fußende des Bettes.

«Was ist das?» Margaret war tatsächlich wach.

«Es ist gegen die Schmerzen.»

«Ich will es nicht.»

«Sie spüren nur einen ganz leichten Stich, Miss Devens, das ist alles.»

«Ich will nicht –» Sie war ganz Abwehr, hatte jedoch nicht die Kraft, sich durchzusetzen.

«Da», sagte die Schwester ruhig und zog die Spritze aus Margarets Hüfte. «Das Mittel wirkt schnell, machen Sie sich also keine Sorgen, wenn Sie schläfrig werden. Vielleicht bleibt Ihre Enkelin bei Ihnen, bis Sie eingeschlafen sind.»

Ich schenkte ihr ein aufrichtiges, zustimmendes Angehörigenlächeln. Den Bullen waren widerwillig drei Minuten gewährt worden. Ich hingegen hatte gerade unbegrenzte Zeit am Krankenbett bewilligt bekommen, wenn auch bei einer unter Drogen stehenden Klientin. Manchmal macht es sich bezahlt, nicht wie der typische Bulle auszusehen.

«Morgen wird es ihr viel besser gehen, mein Kind», versprach mir die Schwester beim Hinausgehen.

Ich lotste einen Stuhl nahe ans Kopfende des Bettes, setzte mich und wartete.

«Gehen Sie», flüsterte Margaret. Ich hatte sie nicht die Augen öffnen sehen, seit die Schwester gegangen war, aber sie hatte den Kopf in meine Richtung gedreht, und ich nehme an, daß sie heimlich gelinst hatte.

«Was wollte er?» fragte ich.

Sie schwieg und hielt die Augen geschlossen.

«Haben Sie ihn gekannt? Mehrere?»

Wieder nichts.

«War es Gene? Hat Ihr Bruder Ihnen das angetan?»

Das riß ihr heiles Auge auf. «Nein.»

«Warum versuchen Sie dann, es zu vertuschen?»

Stille. Das Auge schloß sich wieder.

«Hören Sie, Margaret, ich bin kein Polizist. Ich bin auf Ihrer Seite. Sie haben mich bezahlt. Vielleicht kann ich helfen. Sie sind nicht die Treppe hinuntergefallen. Und es hat auch kein Tornado Ihr Haus verwüstet.»

Keine Antwort.

«Haben sie bekommen, was sie wollten?»

«Nein.» Sie stieß das kurze Wort mit grimmiger Befriedigung hervor. Noch einmal, und dabei brach ihre Stimme.

«Wasser?»

Ich hielt das Glas, während sie sich abmühte, mit ihren geschwollenen Lippen an dem Strohhalm zu saugen. Sie zuckte bei der Berührung zusammen und drückte das Glas weg.

«Hören Sie.» Ihre Stimme war so schwach, daß ich mich über das

Bett beugen mußte. Sie ergriff meine Hand, die von dem Glas eiskalt war. Ihre war noch kälter. «Finden Sie Gene. Bitte.»
«Ich suche. Und ich werde weitersuchen.»
«Wenn ich sterbe –»
«Sie werden nicht sterben, Margaret. Der Arzt –»
«Ärzte.» Sie spuckte das Wort förmlich aus. «Eugene... wenn ich sterbe, ist niemand anders mehr da.»
Ich dachte, sie wäre eingenickt, aber als ich meine Hand aus der ihren lösen wollte, zog sie mich mit erstaunlicher Kraft näher zu sich. «Verstecken Sie's für mich. Sagen Sie's niemand.»
Was immer sie ihr gegeben hatten, Valium oder Morphium, es begann zu wirken. Ihr eines Auge war weit offen und starrte blickleer zur Zimmerdecke. Ich weiß nicht, ob sie meine Anwesenheit überhaupt wahrnahm.
«Was verstecken?» fragte ich.
Sie starrte mich verständnislos an, als hätte sie mich noch nie im Leben gesehen.
«Was verstecken?» wiederholte ich.
«Nach... Hause... gehen», murmelte sie. Die Worte kamen einzeln, abgehackt, wie ein neu aufsteigender Gedanke. «Zu Hause... Dachboden... Spielzeugtruhe.»
«Eine Spielzeugtruhe auf dem Dachboden?»
Sie blickte mich gespannt, ja geradezu eindringlich mit dem einen umherschweifenden Auge an. «Zu Hause... hinter... Truhe... Dachboden...» Sie sprach, wie Betrunkene gehen, wenn sie geradeaus wollen, aber unkontrolliert torkeln. Sie brachte die Worte nicht richtig heraus, und trotzdem mit Nachdruck. «Nach Hause... verstecken Sie das... verstecken Sie's. Gene...»
«Margaret, was hat Gene damit zu tun? Haben Sie Gene gesehen?»
Sie gab auf, seufzte tief, schloß das eine Auge und schlief ein.
Ich blieb noch ein Weilchen bei ihr. Der Tropf gluckste. Der Sekundenzeiger der großen Uhr zog seine Kreise. Margarets Atem wurde leiser und gleichmäßiger, ihre Hand wärmer.
Bevor ich ging, steckte ich ihre Hand unter die dünne Bettdecke und strich ihr eine weiße Haarsträhne aus der Stirn. Wie gesagt, ich habe meine Großmutter nicht mehr gekannt.

9

Ich hielt an einem Schnellimbiß auf dem VFW-Parkway und bestellte mir Pastrami auf Roggentoast, zwei mittelsaure Picklesorten und eine Dose Dr. Browns Vanillesodawasser. Das ist die Art von Essen, mit der ich groß geworden bin, und obwohl die Imbißstuben Bostons kein Vergleich mit denen meiner Kindheit in Detroit sind, finde ich sie doch in Zeiten der Anspannung recht tröstlich.

Ich verschlang noch ein Riesenstück Erdbeer-Käsekuchen zum Nachtisch. Ohne den Volleyball und meinen Superstoffwechsel wäre ich garantiert genauso fett wie Gloria.

Als ich die letzten Krumen mit den Fingerspitzen auflas, war es schon nach drei; das hieß, daß Paolina von der Schule zurück sein mußte. Die Imbißstube besitzt eine von diesen Minitelefonkabinen, die die Telefongesellschaft neuerdings installiert, seit Superman keinen Platz zum Umziehen mehr braucht. Ich haute auf die Tasten. Manchmal vermisse ich tatsächlich die alten Telefone mit Wählscheibe.

«¿Allo?» Sie meldet sich am Telefon wie ihre Mutter: «Allo?» statt «Hallo?». In der Schule und mit mir spricht sie echten amerikanischen Slang. Nur daß sie ab und zu einmal einen Satz mit diesem langgezogenen «Nooooo!» anfängt, das sofort den Kolumbianer verrät.

«¿Como esta usted?» erwiderte ich.

«Carlotta!» sagte sie sofort. «Hey!»

Mein Schulspanisch hat immerhin einen Vorteil. Es entlockt Paolina unfehlbar ein Kichern, und sie behauptet, ich hätte einen Akzent wie ein venezolanischer Bauernpapagei.

Sie war merklich froh, mich zu hören. Als ich noch Cop war, habe ich mich irgendwie nie an die Tatsache gewöhnen können, daß Zuhälter und Nutten keineswegs erfreut waren, wenn ich aufkreuzte. Selbst jetzt sind manche Leute nicht unbedingt davon erbaut, jemanden wie mich in ihrem Wohnzimmer zu empfangen. Paolina ist für mich wie heilsame Medizin, mein offizielles Empfangskomitee.

«Is was, Carlotta?» Manchmal redet sie absichtlich schnoddrig daher, um anzugeben.

«Hast du deine Prüfung in Geschichte bestanden?»

«Du behältst wirklich alles.»

«Das ist keine Antwort.»
«Ich habe 88 Punkte. Aber ich glaube, nach ihrem Zensurensystem müßte ich damit ein ‹Sehr gut› haben.»
«Hast du gebüffelt?»
«Ja.»
«Angst?»
«Zu Anfang, als Miss Vaneer die Blätter verteilte, hatte ich Herzklopfen, klar, aber mir fiel ein, tief zu atmen, wie du mir geraten hast, und dann war es okay. Ich habe mich nicht abgehetzt oder so, und bin doch rechtzeitig fertig geworden.»
«Du warst großartig. Auch ohne das Zensurensystem.»
«Wirklich?»
«Einfach super», sagte ich.
«Einfach super», plapperte sie mir nach. Ich wußte, daß sie jetzt lächelte, und stellte sie mir am Telefon vor, die Turnschuhe wie immer mit losen Schnürriemen, mit leuchtenden Augen.

Als ich Paolina kennenlernte, war sie sieben Jahre alt, sah aus wie dreißig, dünn und zäh wie eine Gerte, und hatte auf der rechten Wange eine Reihe von blauen Knöchelmalen, eine Liebenswürdigkeit von seiten eines jener «Onkel», die immer zu Besuch kamen. Marta, Gott segne sie, hatte für so was nichts übrig. Die Kerle konnten zwar mit ihr umgehen, wie sie wollten – etwas, das ich nie begreifen konnte und nie begreifen werde –, aber legten sie Hand an ihre Kinder, war Schluß. Als der Typ, der Paolina geschlagen hatte, wiederkam, zeigte sie ihn lieber an, und irgendeine freundliche Seele auf dem Polizeirevier schlug die Big Sisters für das kleine verängstigte Mädchen mit den großen Augen vor.

Marta läßt Paolina nicht gerade viel Lob zukommen, und schon gar nicht für Schularbeiten, denn sie glaubt nicht, daß Frauen überhaupt einen Nutzen davon haben. Ich habe mit ihr darüber gesprochen, und wir haben uns irgendwie darauf geeinigt, geteilter Meinung zu sein. Also versuche ich, die Lücke zu füllen. Ich informiere mich genau, wann Prüfungsarbeiten anstehen und wie es um die Zensuren bestellt ist, und ich bin außerordentlich großzügig mit Lob. Paolina pflegte so große Angst vor Prüfungen zu haben und so sicher zu sein, daß sie durchfallen würde, daß sie vorher schon ohnmächtig wurde oder sich erbrach. Prüfungstage verbrachte sie im allgemeinen in der Krankenstube. Und jetzt heimst sie Einsen und Zweien ein.

Bin ich stolz? Nicht so, daß es Ihnen auffallen würde, vorausgesetzt, Sie sind blind und taub.

«Hör mal, Samstag...» sagte ich.

«Kannst du nicht?» Paolina ist immer auf Enttäuschungen gefaßt.

«Natürlich kann ich.» Als ich noch Cop war, mußte ich unsere normalen Verabredungen manchmal verschieben. Seit ich selbständig bin, passiert das nicht mehr. Nie. Wenn man zehn ist, muß jemand da sein, auf den man sich verlassen kann. «Ich wollte nur wissen, ob du daran gedacht hast.»

«Mittags, *no?*» sagte sie und ließ wieder ihr Herkunftsland durchklingen. «Ich warte auf dich.»

«Ich werde hupen.»

«Was machen wir?»

«Überraschung», sagte ich und verschwieg, daß ich es noch nicht wußte. «Jeans und Turnschuhe.»

«Klasse. Ich möchte auch mit dir reden.»

«Du redest doch mit mir.»

«Nicht am Telefon. Wenn ich dich treffe.»

«Liegt was Besonderes an?»

Ihre Stimme klang bekümmert, aber sie sagte lediglich: «Es geht um den Volleyball.»

«Hat es bis Samstag Zeit?»

«Sicher», sagte sie, aber nicht sehr überzeugend.

«Irgendwelche Prüfungen morgen?»

«Nur eine Klassenarbeit. In Spanisch.»

«Besser du als ich», sagte ich.

«*Es verdad*», pflichtete sie mir kichernd bei.

«*Adios, amiga.*» Ich legte den Hörer auf. Vor mir stand einer und wartete aufs Telefon. Ich hatte ihn nicht einmal bemerkt.

Früher war es einfacher, etwas zu finden, wo ich mit Paolina hingehen konnte. Das Puppentheater in Brookline war herrlich, aber inzwischen ist sie zu alt für derlei. Sie sind so frühreif, es ist zum Auswachsen. Und eine der Regeln der Big Sisters lautet, nicht zuviel Geld auszugeben. Die Kinder stammen aus armen Familien, und wir sollten nicht wie Märchen-Patentanten auftreten. Nur wie Freunde.

Auf dem Weg zu Margarets Haus zurück beschloß ich, Paolina zu dieser Wildtierfarm in New Hampshire mitzunehmen. Die Bäume oben im Norden mußten in voller Herbstfärbung sein, und Tiere mag sie. Sie besaß bereits zwei knochige Katzen, und sofern bloß Marta in den Handel einwilligte, würde sie sofort die rote Emma bekommen.

Paolina nennt die rote Emma Esmeralda, weil sie grün ist. Sie versucht, ihr ein paar spanische Sätze beizubringen, und behauptet, der Vogel hätte eine bessere Aussprache als ich.

Mit seinen drei Namen kann das arme Tier wahrscheinlich überhaupt nichts lernen, denn es steckt mitten in einer Identitätskrise.

Ich fuhr um Margarets Block herum, um festzustellen, ob dort noch Polizisten herumlungerten. Keine Blauweißen vorn, keine anonymen Lieferwagen, keine verdächtigen Limousinen ohne Kennzeichen mit betont lässigen, zeitunglesenden Kerlen auf den Vordersitzen. Die Tür war nicht polizeilich versiegelt worden, aber an dem pudrigen Belag auf dem Ananas-Türklopfer aus Messing konnte ich sehen, daß die Laborfritzen ein und aus gegangen waren. Sie mußten eine feine Palette meiner Fingerabdrücke bekommen haben.

Da ich den Schlüssel der Vordertür in der Tasche hatte, war ich im Nu drinnen. Ich hatte ihn bei der Fahrt im Krankenwagen aus Margarets Handtasche stibitzt. Als Enkelin ehrenhalber hielt ich es für meine Pflicht, ihr wenigstens ein Kleid und Schuhe ins Hospital zu bringen.

Und als Privatdetektivin konnte ich endlich tun, was ich an dem bewußten Morgen schon vorhatte. Eugenes Zimmer durchsuchen.

10

Ich rede mir ein, über Hausarbeit erhaben zu sein, aber ein Blick auf Margarets Wohnzimmer, und ich war in arger Versuchung, in die Küche zu sprinten und Besen, Scheuerlappen, Eimer, Meister Proper, Blitzblank, *irgendwas* zu holen. Die Erinnerung daran, wie es erst in der Küche aussah – nämlich noch schlimmer –, hielt mich zurück. Das und die Angst, auf einmal, was Gott verhüten möge, eine hausfrauliche Ader zu entwickeln.

Wenn das Polizeilaborteam sich überhaupt die Mühe gemacht hatte, ins Wohnzimmer zu gehen, dann hatte es jedenfalls weder

Möbel zurechtgerückt noch irgendwelche Kissen wieder gestopft, den Teppich nicht gesaugt und ebensowenig den Kaminsims abgestaubt. Vielleicht hatten sie ein paar Porzellanscherben zusammengefegt, aber es lag immer noch genug auf den zerkratzten Fußbodendielen herum. Vom Eingangsraum aus sahen die Scherben wie exotische Blütenblätter aus.

Paolina hat einmal für den Kunstunterricht ein Aquarell von drei durchnäßten, zusammengeknüllten gelben Kleenextüchern neben ein paar Orangenschalen gemalt. Ich habe das Bild in meinem Schlafzimmer, gerahmt. Ich mag es. Ihr Lehrer nicht. Ihr Lehrer hat sie gefragt, warum sie Abfall malt.

Paolina erzählte mir, von weitem hätte es nicht wie Abfall ausgesehen. Auf dem Bild wirken die Kleenextücher und Orangenschalen, sachte im Rinnstein treibend, wie verzauberte Teichrosen.

Genauso war es mit Margarets zerbrochenen Tellern und Gefäßen. Aus der Ferne Blumen. Von nahem Abfall.

Ich versuchte, zwei purpurrote Glasstücke zusammenzusetzen, um sie gleich wieder angeekelt auf den Boden zu werfen. Vielleicht konnte ich Roz bestechen, sauberzumachen. Niemand sollte aus dem Hospital in ein Haus zurückkehren, das den Eindruck macht, als sei es von einer Abbruchbirne getroffen worden. Und Margaret Devens, das beteuerte ich mir selbst, *würde* heimkehren.

Polizistenfüße hatten eine Schmutzspur auf dem Treppenbelag hinterlassen. Ich folgte ihr.

Vier Schlafzimmer und ein gekacheltes Bad gingen von einem engen Flur ab. Ich lugte durch jede Tür. Eugenes Zimmer herauszufinden konnte nicht allzu schwer sein. Nur das linke vorderste Zimmer, ein ziemlich großer Raum von etwa dreieinhalb mal fünf Metern, hatte keine pastellfarbenen gerüschten Staubfänger und gekräuselte Spitzengardinen.

In der schwach erhellten Diele versuchte ich mir den Raum so vorzustellen, wie er vor dem Wirbelsturm ausgesehen haben mochte, und machte mir Gedanken über den Mann, der dort 16 Jahre lang die Nächte verbracht hatte. Er wirkte nicht wie das Zimmer eines 56jährigen. Ich fragte mich, ob ich nicht vielleicht in Genes Kinderzimmer geraten war, das als eine Art Familienheiligtum unverändert erhalten worden war.

Ich betrachtete mir die anderen Zimmer noch einmal, nur um ganz sicherzugehen. Rüschen und Spitzen. Puderduft. Nur ein

Zimmer roch nach Zigarrenrauch, das eine, auf das ich zuerst getippt hatte.

Der schmale Messingkopfteil des Bettes bestand aus Gitterstäben und Knäufen. Die Matratze war auf den Fußboden gezerrt und an mehreren Stellen aufgeschlitzt worden. Drahtspiralen ragten wie Stehaufmännchen aus der Sprungfedermatratze heraus. Über dem Bett hing ein Riesenposter eines Red-Sox-Baseballhelden.

Die Untersuchungsbeamten hatten also nach etwas Substantiellem gesucht und nicht nach einem Schlüssel, einem Foto oder flachen Gegenstand, der hinter dem lächelnden Red-Sox-Typen hätte kleben können.

Ich ging ein paar Schritte in das Zimmer hinein und ließ meine Augen umherschweifen. Es ist schwierig, sich anhand eines Zimmers ein Bild von jemandem zu machen, wenn das Zimmer zuvor von Unbekannten demoliert und womöglich obendrein noch von der Polizei vollkommen auf den Kopf gestellt worden ist.

Auf Flächen, die nicht mit alten Baseball-Plakaten verziert waren, hatte Eugene mit Vorliebe die Fotos von spärlich bekleideten Mädchen aus entsprechenden Illustrierten geklebt. Weiter hatte der dekorative Ehrgeiz – in seinem Alter – offenbar nicht gereicht, sofern nicht vor mir jemand die Picasso-Drucke von den helleren Rechtecken an der Wand gestohlen hatte. Höchstwahrscheinlich war jedoch einfach nur Miss September in Ungnade oder unter das Bett gefallen. Eugene las Soft-Pornos mit Abenteuergeschichten, eine Art Harlekin-Romanzen für Männer. Ich fand die Titel herrlich: *Ehre und Stolz, Flammen der Ehre, Die Ehre der Waffenschmuggler*. Eine Menge Ehre auf jedem Cover; das und prallbusige, aus aufreizenden Morgenröcken herausrutschende Frauen.

An dem Tag, als ich bei der Polizei mit meinem ersten Mordfall konfrontiert war, brachte ich, wieder zu Hause, mein Schlafzimmer in Ordnung. Warf all den überflüssigen Krempel hinaus, den ich gehortet hatte, wunderte mich über den absonderlichen Kram, den ich gedankenlos in die unterste Schublade meines Kleiderschrankes gestopft hatte und über den die Cops eines unvermeidbaren Tages blöde grinsen würden. Die Diätpillen, die ich in der Überzeugung gekauft hatte, zwei Pfund über dem für meinen neuesten Bikini zulässigen Gewicht zu liegen. Mir wurde speiübel davon, aber ich hatte so viel für diese dämlichen Pillen bezahlt, per Versand, unbesehen, daß es mich zu sehr geärgert hätte, sie in den Abfall zu werfen. Statt dessen hatte ich sie in die unterste Schublade gepfeffert, wo sie mit einem bebilderten religiösen Erbauungsbuch zusammenfielen (sollte man es glauben?), dem ersten Geschenk, das mir mein allererster Freund gab, als ich bereits ein spätes Mädchen von vierzehn war. Ich warf die frühen Briefe von Cal, meinem Ex-Mann, fort, die, zumindest im weitesten Sinne, vermutlich als Liebesbriefe gelten würden. Heraus flog auch die alte Tube Verhütungsschaum, dazu die sexy brusthebenden BHs und die zerrissenen Jeans, die ich in meinem 18. Sommer fast ausschließlich getragen hatte. Ich fand und vernichtete einen Coupon für eine Brustvergrößerungscreme, kitschige Glückwunschkarten, ein barmherzigerweise fragmentarisch gebliebenes Tagebuch.

Wenn die Kripo morgen kommt und mein Zimmer durchsucht, findet sie nicht viel Persönliches. Bilder von Mam und Paps. Mein Hochzeitsalbum, ein erstaunlich unpersönliches Stück, da die lächelnde Braut mir irgendwie völlig fremd ist. Tante Beas ovales Goldmedaillon mit zwei Fotos verblichener junger Männer. Meine Tante Bea war nie verheiratet. Ich habe keine Ahnung, wer diese zwei Männer sind oder was sie ihr bedeutet haben, aber sie hat das Medaillon gehütet wie einen Schatz, und ich poliere es ab und zu ihr zu Ehren auf Hochglanz. Der persönlichste Gegenstand in meinem Zimmer ist wohl meine alte Steel-Gitarre Marke National, doch die Cops werden nie im Leben herausfinden, was diese Gitarre mir bedeutet.

Mein schlechtester Charakterzug als Polizistin war Aufsässigkeit. Mein bester war ausgeprägter Starrsinn, und der ist mir nicht abhanden gekommen. Obgleich ich wußte, daß der Raum von den Guten wie den Bösen bereits abgegrast worden war, durchsuchte ich ihn noch einmal. Ich schüttelte die Seiten der Schundromane aus, drehte die blöden Knäufe des Messingkopfteils vom Bett ab und stach mit dem Aufhänger eines Drahtkleiderbügels hinein.

Ob ich irgendeinen phantastischen Hinweis gefunden habe, den die Cops übersehen hatten?

Natürlich nicht.

Ein loser Papierfetzen flatterte aus einem Taschenbuch und hob meine Stimmung ein wenig, was Eugene betraf. Es war das Gedicht von William Butler Yeats «Kein zweites Troja», auf liniertes Notizpapier von der Art geschrieben, die man aus Ringheftern reißt.

Kein zweites Troja

Soll ich sie tadeln, daß sie mich verletzt
Tagaus tagein, das blöde Volk so scharf
Zu blindem Eifer und Gewalt verhetzt
Und kleine Straßen nach den großen warf,
Hätte Begierde gleichen Mut entfacht?
Wie kann sie friedlich sein mit einem Geist,
Den Stolz so lauter wie ein Feuer macht,
Gespannt im Bogen ihrer Schönheit kreist,
Die unsren Zeiten nicht geläufig ist,
Erhaben streng und einsam bis zum Rand?
Was hätte ihr gefrommt, so wie sie ist?
Wo findet Troja sie zum zweiten Brand?

Mir fiel ein, was der Barkeeper über Genes Interesse an der glorreichen Rebellion und den großen irischen Dichtern gesagt hatte. Immerhin ergab sich dadurch doch ein anderes Bild vom Charakter dieses Menschen als nur durch die Sportlerposter, die *Playboy*-Mittelseiten und die Ergebenheit der Schwester. Ich las das Ende des Gedichts laut. Ich mochte es, aber ich muß zugeben, daß mir in erster Linie der Kontrast gefiel. Es kommt nicht gerade häufig vor, daß einem Verse von Yeats aus einem Edelporno entgegenflattern, den der Dichter sicher zum Kotzen gefunden hätte.

11

Die Speichertreppe war schmal, steil und ohne Teppichbelag. Nach zehn Stufen führte sie im rechten Winkel weiter, und von da an mußte ich kriechen, um nicht an die Decke zu stoßen. An der obersten Stufe schwang die getäfelte Tür mit diesem gewissen quietschenden Gruselfilmgeräusch auf, das ich absolut toll finde, wenn ich sicher in den Tiefen eines gemütlichen Kinosessels ruhe. Zu meiner Schande muß ich gestehen, daß es auf Margarets Dachboden eine andere Wirkung hatte. Mein Mund trocknete so schnell aus, daß sich meine Zunge wie eine Backpflaume anfühlte. Meine Ohren, auf einmal gespitzt, registrierten jedes noch so schwache

Geräusch als bedrohlich. Vorüberfahrende Autos, vom Wind gepeitschte Zweige, rattenartiges Huschen... War das ein Schritt? Im Haus?

Ich schluckte, holte tief Luft und befahl mir streng, mich gefälligst nicht wie die Coverfrauen von Eugenes heißen Romanen aufzuführen. Ich versuchte zu pfeifen, aber mein Mund war zu trokken, und so summte ich bloß einen alten Lightnin'-Hopkins-Blues vor mich hin, zu dem ich gerade die Griffe lerne.

Hinter der offenen Tür war es dämmerig, aber nicht vollkommen dunkel, der Speicher mußte also irgendwo eine Lichtquelle haben, die aber leider für eine Durchsuchung zu kümmerlich war. Ich wühlte in meiner Umhängetasche – die etwa eine Tonne wiegt, weil sie mit Nachschlüsseln, einem Schweizer Armeemesser, Fahrscheinen und nutzlosen Lippenstiften vollgestopft ist –, in der Hoffnung, eine Taschenlampe zu finden. Mein erster Fund entsprechender Form erwies sich als der altmodische Glanzhaarspray, der, ob Sie's glauben oder nicht, Straßenräuber ebensogut fernhält wie eine Gaspistole, viel billiger ist und außerdem keinen Waffenschein erfordert. Ansonsten benutze ich natürlich keinen Haarspray.

Nach erneutem Graben zog ich endlich die Taschenlampe heraus. Keine besonders große, aber ausreichend. Ich leuchtete durch die Türöffnung und trat vor in den Lichtschein.

Hatte ich einen Speicher, auf dem es spukt, erwartet, dann war Margarets eine wirkliche Enttäuschung. Zwei halbfertige Räume mit Dachschrägen, der kleinere eine Art Vorraum des größeren. Beide waren irgendwann in den letzten hundert Jahren beige gestrichen worden. Rosa Dämmaterial neueren Datums quoll hinter einem ungestrichenen Dachbalken hervor.

Offenbar handelte es sich um Abstellräume, die nichts Großes bargen – es hätte nie um die Treppenwindung herumgepaßt –, aber eine Menge Kleinkram. Ein alter Vogelkäfig aus Draht hing an einem Ständer, die Tür angelehnt, der Bewohner längst auf und davon. Zwei Lampen aus Porzellanpuppen, angestoßen, sahen einander von den gegenüberliegenden Seiten des kleineren Raums an. Dazwischen waren eine Vase mit Sprüngen, schlecht zusammengeklebt, ein Haufen zerfressener Samtvorhänge und dicke Schichten unversehrter Staub, die mich vermuten ließen, daß weder die Polizei noch die Räuber ihre Aufmerksamkeit an den Dachboden verschwendet hatten.

In dem größeren Raum machte ich ein einziges dürftiges Fenster aus und zog an dem fleckigen Rollo, das mit einem Ruck hochschoß und so hart auf die Holzrolle traf, daß die ganze Geschichte auf einen Schlag herunterfiel. Nach dem plötzlichen Lärm wirkte die Stille noch schauriger, und ich ertappte mich dabei, daß ich wieder auf Schritte horchte. Ich summte noch ein paar Töne aus dem Hopkins-Blues. Der Raum hatte ein schönes Echo.

Eine Nähmaschine mit Fußantrieb stand auf einem Mahagonikasten an der Wand gegenüber dem Fenster. Eine Schneiderpuppe, behängt mit einem indisch bedruckten Tuch, verursachte mir einen Augenblick lang ein mulmiges Gefühl. Vier Stühle teilten sich eine Ecke, sie waren im Viereck aufgestellt, die Polsterung zu einem scheckigen Rosarot verschossen. Ich fragte mich, wo der Spieltisch hingekommen sein mochte.

Es roch nach Speicher, trocken, muffig und verstaubt, ein Paradies für Motten. Ich wollte schon das Fenster öffnen, um frische Luft einzulassen, aber ein Spinnennetz zog sich von Rahmen zu Rahmen, und ich mochte das Muster auf dem schmutzigen Glas nicht durcheinanderbringen oder gar das kleine Krabbeltier, das es entworfen hatte. Ich bin kein Freund von Spinnen. Ich weiß, daß die meisten harmlose Winzlinge sind, Wohltäter der Insektenwelt, aber ehrlich gesagt, pfui Spinne.

Keine Spielzeugtruhe im ersten Raum. Keine Spielzeugtruhe im zweiten Raum.

Apropos Starrsinn. Ich durchsuchte die beiden Räume von einer Seite zur anderen, von oben bis unten, systematisch, beinahe schon wie eine Wahnsinnige. Ich ließ den Schein der Taschenlampe über jede Ritze gleiten, machte mir die Hände schmutzig und hatte bald das Haar voller Spinnweben. Ich verschob mit Mühe schwere Pappkartons, trat die leichteren quer über den Fußboden, in dem Maße, wie meine Enttäuschung wuchs. Dauernd stieß ich mir den Kopf an der Dachschräge und bekam davon Kopfschmerzen, was meine Laune nicht gerade verbesserte.

Nichts.

Als das Licht im Speicherfenster matter wurde, ließ ich mich in der Mitte des größeren Raums auf den Boden sinken, schlang die Arme um die Knie und strengte Augen und Verstand an, um zu einer Lösung zu kommen. Ich drehte mich langsam um mich selbst, wischte mit dem Hinterteil meiner Jeans einen Kreis in den Staub und musterte Fußboden und Wände. Der Speicher wirkte zu klein für das Haus darunter.

Dann fiel mir auf, daß ein Stück Fußboden weniger staubig wirkte als der Rest. Noch ehe ich ganz aufgestanden war, hatte ich raus, daß die saubere Stelle in der Nähe eines ungestrichenen Balkens lag und die Wandverkleidung am Balken einen Spalt weit offenstand. Ich konnte sie leicht bewegen, sobald ich daran rüttelte. Als ich ihr einen Stoß versetzte, glitt sie zur Seite und gab den übrigen Speicherraum frei, den alten, nicht renovierten.

Ich leuchtete mit meiner Taschenlampe durch die ein mal anderthalb Meter große Öffnung, brauchte aber selbst nicht hindurch. Gleich hinter der Öffnung stand eine Holztruhe mit gewölbtem Deckel. Ich packte einen der beiden Messinggriffe und zerrte sie triumphierend zum Fenster herüber.

Sie war nur verriegelt, nicht abgeschlossen, und der Deckel war schwer. Die Lage Kinderzeug zuoberst verblüffte mich. Fast alles Halloween-Kostüme. Ich zog ein Tüllröckchen beiseite, altersgrau, und versuchte mir die achtjährige Margaret damit vorzustellen. Als nächstes kamen Hut und Umhang eines Zauberers zum Vorschein, dann ein Indianer-Kopfschmuck aus Federn. Der Staub stach mir in die Nase. Ich konnte den Reiz nicht unterdrücken und nieste laut. Es hallte nach. Wenn noch jemand im Haus war, hatte er es gehört.

Hör damit auf, Carlotta, schalt ich mich aus. Es ist niemand da. Nur du und der Buhmann.

Ich räumte die Truhe weiter aus, denn Margaret hatte sich wohl kaum um die Sicherheit ihres alten Ballettröckchens so gesorgt.

Ich habe noch nie zuvor soviel Geld gesehen.

Er benahm mir den Atem, dieser liebliche Anblick, ordentlich aufgestapelte Bündel mit grünen Bauchbinden. Die meisten Scheine waren alt, sie wirkten echter als die Aktenkoffer voll Lösegeld in den TV-Serien. Stapelweise alte Zehner und Zwanziger über den ganzen Boden der Truhe verteilt. Obenauf ein paar dünnere Stapel von glänzenden, neuen, frischgedruckten Hundertern, die wie Zuckerrosen auf einer Torte prangten.

Jetzt wußte ich, woher Margaret das Geld hatte, um mich zu bezahlen.

Ich ließ kostbare Zeit verstreichen, während ich die ganze Barschaft anstarrte und überlegte, ob das wohl mehr oder weniger als die meiner Katze zugesprochenen zwanzig Riesen waren.

Verstecken Sie's, hatte Margaret mich angefleht. Verstecken Sie's.

Offengestanden schien es mir schon recht gut versteckt zu sein. Ich konnte die Truhe hinter die Wand zurückschieben, die Holzverkleidung wieder anbringen und die Spuren im Staub mit einem Besen verwischen.

Aber die Staubfreiheit an dieser Stelle wäre ein Fingerzeig. Das brachte mich davon ab. Das und die Tatsache, daß ich die Truhe gleich gefunden hatte. Wenn ich sie finden konnte, dann auch jemand anders. Besonders jemand, der den Verdacht hatte, sie sei im Haus. Jemand, der bereits alle Möglichkeiten auf den ersten beiden Etagen erschöpft hatte, ehe er von einem rotschöpfigen Privatschnüffler gestört wurde.

Ich nahm einen Packen Scheine in die Hand. Ich wollte sie eigentlich gar nicht anfassen, aber das Geld zog mich an wie ein Magnet. Ich blätterte die Hunderter durch, drehte den Stapel um, damit ich das Präsidentenbild auf der Vorderseite bewundern konnte, und dabei bemerkte ich, daß das Geld nicht nur gebündelt war, sondern daß die Banderole Initialen trug.

Die Buchstaben GBA.

12

Der Geldhaufen wäre nie dahin gelangt, wo er schließlich landete, wenn Mooney nicht gewesen wäre.

Meine Lieblingsstelle in jedem Thriller, einmal abgesehen vom Höhepunkt, wo die Titelheldin eine Botschaft von ihrem männlichen Gegenpart empfängt und sich voller Freude aufmacht, ihn um Mitternacht in dem alten leerstehenden Lagerhaus zu treffen, ist der Moment, wo die Heldin, nur mit einer Dose Haarspray bewaffnet, mit Tausenden von Dollar herumläuft, die einer Geheimorganisation gehören.

Es war garantiert noch nicht zehn Uhr abends, als ich Margarets Haustür abschloß, mit einem Koffer und zwei schweren Beuteln behängt, aber auf jeden Fall hatte ich dieses komische Titelfigurengefühl, lugte nach hinten auf den Rücksitz meines Toyota und spähte heimlich nach den Büschen in der Nähe. Ein davonhuschen-

Knallhart.

Ein Angebot, das Sie nicht ablehnen können...

Kriminalromane der Extraklasse von Linda Barnes, Felix Huby, Sjöwall/Wahlöö, Janwillem van de Wetering, Charles Willeford und vielen anderen mehr in der Reihe rororo thriller.

Alle Autoren und Titel finden Sie in unserer Rowohlt Revue.
Vierteljährlich kostenlos bei Ihrem Buchhändler.

des Eichhörnchen, und mir hätte womöglich das Herz stillgestanden.

Endlich im Auto, war ich wieder beherzter. Ich fuhr wie früher als Taxifahrerin, und ich kann hundertprozentig behaupten, daß mir von Margarets Haus bis zu mir niemand folgte.

Womit ich nicht gerechnet hatte, war Mooney. Er saß dick und fett mitten auf meiner Vorderveranda, und die Lampe beschien seinen Kopf von oben wie ein Heiligenschein. Wenn ich mir nicht angewöhnt hätte, die Einbrecher zu beleuchten, hätte ich ihn vielleicht gar nicht gesehen.

So ein Mist. Ich mochte soviel Geld auch nicht fünf Sekunden im Auto lassen, geschweige denn die Zeit über, die ich für Mooney brauchen würde. Boston ist die Hochburg der Autoknacker in der westlichen Welt, und Cambridge kommt gleich an zweiter Stelle.

Ich bog schnell in die Einfahrt.

Ich hatte die Tür bereits geöffnet, noch ehe der Wagen ganz stand. Ich sammle meinen Abfall hinterm Haus, und nun warf ich rasch die beiden schweren Beutel zu den drei bereits auf die Müllabfuhr wartenden Säcken. Dann schnappte ich mir den Koffer und ging schnell zur Vordertür, bevor Mooney auf die Idee kam, nach hinten zu kommen und nachzuschauen, was denn so lange dauerte.

«Hallo, Carlotta», sagte Mooney, immer noch im Schein der Verandalampe. Ich versuchte normal zu atmen. Einatmen. Ausatmen.

Er deutete auf den Koffer. «Ziehst du ein oder aus?»

«Kleider und Schuhe», sagte ich wahrheitsgemäß, «für die Dame, die drüben am Jamaica Plain zusammengeschlagen worden ist.»

Mooney sagte: «Ich habe gehört, sie wird wieder.»

«Ja», sagte ich.

«Ich hatte gehofft, du würdest mich hineinbitten», meinte er.

«Ja, willst du nicht reinkommen?» sagte ich.

«Danke.»

«Spiel noch eine Sekunde mit der Katze», sagte ich entschuldigend, sobald wir im Wohnzimmer waren. «Ich bin gleich wieder da.» Ich drehte den Wasserhahn in der Küche so weit wie möglich auf, um das Geräusch beim Öffnen der Hintertür zu übertönen, griff mir die beiden Müllbeutel und hievte sie ins Badezimmer.

Das Geld roch etwas, denn ich hatte eine Schicht von Margarets Küchenabfall über die Packen verteilt, für alle Fälle, als Tarnung. Wahrscheinlich hat mich das auf die Idee gebracht.

Ich hatte für T. C. ein neues Katzenklo erstanden, eins von diesen Plastikdingern, weil ich dachte, Seine Majestät würde es seiner alten abgenutzten Kiste vorziehen, aber von wegen. Also nahm ich die Plastikwanne, füllte sie mit dem Geld, rüttelte, bis die Bündel eine ebenmäßige Fläche bildeten, und packte T. C.s alte Kotkiste darüber. Sie paßte perfekt. Niemand wäre darauf gekommen, daß der Kater sein Geschäft auf einem Vermögen verrichtete.

Ich spülte die Toilette und ging hinein zu Lieutenant Mooney.

Mooney zieht keine Uniform an, weder im Dienst noch privat. Er trägt Oxford-Hemden mit Button-down-Kragen und Tweed-Jacken. Pullunder, Jeans. Es sieht weich und bequem aus, wie das Bild, das ein Harvard-Professor vielleicht gern abgeben würde, nur daß sich Mooneys Hemden um die Art von Bizeps spannen, die man nicht bei der Korrektur von Prüfungsarbeiten am Schreibtisch bekommt.

Er hatte sich in den Schaukelstuhl gesetzt, was sehr aufmerksam von ihm war, denn das Sofa ist nicht für Männer seiner Größe geschaffen. Er musterte das Zimmer mit der gleichen konzentrierten Aufmerksamkeit, die er Kriminalfällen zukommen ließ.

«Ich mag es hier», sagte er, «aber es ist anders, als ich erwartet hatte.»

«Enttäuscht?»

«Nein. Es ist nur nicht so, wie ich dich sehe.»

«Ist auch nicht meins, wenn du es genau wissen willst. Ich habe mich nicht so eingerichtet. Das war meine Tante.»

«Aha», sagte er.

Das einzige Zimmer im Haus, das ich wirklich mein eigen nenne, ist mein Schlafzimmer. Ich habe es wegen der drei großen Fenster ausgesucht – dadurch bekommt mein Zimmerpflanzenurwald eine Menge Morgensonne ab. An diesem Raum habe ich von Grund auf alles renoviert. Ich habe die Fußbodendielen abgeschliffen. Ich habe die Tapeten mit Dampf abgelöst. Ich habe sechzehn Farbschichten – sechzehn! – von den Fensterrahmen heruntergebeizt, bis das natürliche Holz zum Vorschein kam. Das Bett ist riesig, überdurchschnittlich groß, denn ich war es leid, immer mit den Füßen über den Matratzenrand zu baumeln. Ich mache mein Bett zweimal pro

Jahr, deshalb kaufe ich bei Filene's schöne Bettwäsche im Sonderangebot, immer uni, und nie Pastellfarben. Ich habe diese wunderbar warme Steppdecke, auch ein Sonderangebot, mit anthrazitfarbenem Bezug. Ich wollte ein Messingkopfteil fürs Bett haben, aber so was von teuer! Also habe ich mir eins aus weißem Korbgeflecht zugelegt, das heißt, eigentlich zwei Kopfteile für Einzelbetten, unsichtbar mit Draht zusammengeschnürt.

Kleiderschrank und Nachttisch sind andeutungsweise chinesisch, billig aufgegabelt in einem Antiquitätenladen in Cape Cod. Zimmerpflanzen, Bücher, mein großer beleuchteter Globus, meine Platten- und Tonbandsammlung und meine Gitarre sind der ganze Zimmerschmuck. Ich hätte gern ein einziges wirklich gutes Ölgemälde, aber bisher hat Roz nichts geliefert. Die Stereoanlage, die solchen High-Tech-Glanz verbreitet, daß man tatsächlich geblendet ist, hat wahrscheinlich mehr gekostet als alles andere in dem Zimmer zusammengenommen, den alten Schwarzweiß-Fernseher miteingeschlossen, den ich nebst weniger geliebter Kleidung im Einbauschrank habe.

Wer weiß, vielleicht bekommt Mooney eines Tages mein Schlafzimmer zu sehen. Ich frage mich, ob er dann wohl findet, daß es mir entspricht.

Er machte Pluspunkte, weil er nicht so loslegte, wie es die meisten Polizisten zu tun pflegen, und Fragen nach Margaret herausbellte. Er hatte lange genug mit mir zusammengearbeitet, um zu wissen, daß ich dann keinen Ton sagen würde. Er ging auf Umwegen an seine Sache heran, und das machte ihn für meine Begriffe gefährlich.

Er sagte: «Was machst du denn jetzt eigentlich mit dem Katzenzaster?»

Eine Schrecksekunde lang sah ich nur noch die Geldscheinbündel unter T. C.s Katzenstreu. Dann konnte ich wieder klar denken. «Ach ja», sagte ich schnell und erholte mich von dem Schock, «ich habe die Typen angerufen. Sie wollen nur, daß ich Thomas mitbringe, und dann bekomme ich – beziehungsweise wir – das Geld.»

«Müßt ihr unbedingt beide hin?»

«Ja.»

«Das ist das einzige Hindernis?»

«Ganz schön unüberwindlich, oder?»

«Wenn du mir einen netten Antrag machst, zum Beispiel auf einem Knie, und mir noch einen Strauß Gänseblümchen kaufst, könnten wir heute abend schon heiraten», sagte Mooney.

«Die Heiratserlaubnis gibt's erst nach drei Tagen», erwiderte ich.

«Ich kenne einen Friedensrichter, der Schmiergeld nimmt. Ich würde mich nicht einmal mit einem Verlobungsring aufhalten.»

«Würdest du deinen Namen ändern?» fragte ich voller Sarkasmus. «Den ganzen Namen?»

«Frauen können jeden Namen ihrer Wahl annehmen, wenn sie heiraten. Warum nicht ich auch?»

«Wenn es nicht in betrügerischer Absicht geschieht, Mooney.»

«Na hör mal, ich würde die Ehe nicht auf die leichte Schulter nehmen. Ich rede nicht von einer schnellen Nummer mit anschließender Scheidung.»

«Also ehrlich, Mooney, mach keine Witze. Ich kenne mich aus.»

«Nicht alle Kerle verwandeln sich in der Hochzeitsnacht in Mr. Hyde.»

Richtig. Selbst Cal wartete eine Weile damit. Mooney hat Cal bei einer Gelegenheit kennengelernt. Ihn sogar verhaftet. Himmel, war ich jung, als ich geheiratet habe. Ich wußte damals überhaupt nicht, was das Wort «Suchtpersönlichkeit» bedeutet. Cal war vom ersten Tag an eine wandelnde Zeitbombe. Er rauchte nicht bloß, er rauchte Kette und steckte sich die nächste Zigarette am Stummel der vorigen an, trotz seines bellenden Hustens. Er trank nicht bloß Bier, er gurgelte Sechserpackungen hinunter. Er spielte nicht bloß Gitarre, er hielt nächtliche Marathons ab, schnappte sich den Baß, wenn der Bassist ausfiel, sprang herum und schrie und sang, bis die Nachbarn aufheulten. Er liebte nicht bloß, er...

Nun, vielleicht hätten wir's trotzdem geschafft, wenn er nicht Kokain entdeckt und gemerkt hätte, daß er dieses weiße Pulver, das er durch die Nase schnupfte, mehr mochte, hochschätzte und anbetete, als er mich liebte oder nötig hatte.

Ich weiß, daß ich nicht so darüber denken sollte. Ich sollte es als Krankheit sehen. Aber versuchen Sie einmal, Ihre Denkungsart zu kontrollieren. Noch dazu, wenn Sie von einer jüdischen Mutter großgezogen worden sind, deren besondere Spezialität *Schuldgefühle* waren. Dann sagen Sie sich: Was habe ich bloß falsch gemacht? Was habe ich bei ihm versäumt?

«Hey», sagte Mooney leise, «komm zurück. Du brauchst also

einen Ehemann namens Thomas, um zu kassieren. Und was sonst noch?»

«Sonst nichts.»

«Bei diesen Wettbewerben sind meist noch andere Bedingungen zu erfüllen. Zum Beispiel, daß ihr beide mindestens fünfzig Riesen im Jahr verdienen müßt, daß du im Besitz einer Kreditkarte von einem angesehenen Kreditinstitut bist und dergleichen mehr. Hast du das Kleingedruckte gelesen?»

«Es gibt keins. Warte mal, ich zeige es dir.» Ich ging in die Küche und riß den Gewinnerbrief von der Kühlschranktür ab, brachte ihn hinein und hielt ihn hin. Er las ihn aufmerksam, ohne auch nur einmal mit der Wimper zu zucken, genauso, wie er Polizeiberichte durchging.

«Scheint in Ordnung zu sein», sagte er.

«Ja», sagte ich ebenso lahm. «Wahrscheinlich sollte ich es der Verbraucherberatung zeigen. Oder dem Justizminister. Da muß doch ein Haken sein, oder?»

«Überlaß die Sache mir», sagte er und faltete den Brief zusammen. «Hast du was dagegen, wenn ich mir das für ein, zwei Tage ausleihe?»

«Ich weiß nicht recht», sagte ich.

«Nun hör aber auf, Carlotta. Was hast du denn schon zu verlieren?»

«Zwanzigtausend», sagte ich und ging damit auf sein Lächeln ein.

«Na und?»

«Mooney», sagte ich, während ich meine Schuhe fortschleuderte und in das ächzende Sofa sank, «danke dir für alles. Aber versau mir das nicht. Gut, wenn sie pleite sind, dann geh hin und nimm sie fest. Aber wenn sie Geld haben, legal oder nicht, dann darfst du sie auf keinen Fall verknacken, bis ich eine Möglichkeit aufgetan habe, T. C.s zwanzig Riesen einzusammeln.»

«Ich bin vorsichtig», sagte er. «Vertrau mir nur.»

«Ha», entgegnete ich, «traue einer einem Polizisten.»

Jetzt endlich fing er von Margaret Devens an, und ich wich gute fünfzehn Minuten seinen Fragen aus.

Ich muß furchtbar müde gewesen sein, denn ich war tatsächlich fast so weit, ihm alles in den Schoß zu werfen. Meine angeborene Vorsicht behielt die Oberhand. Ich gab zu, daß Margaret Devens meine Klientin war, daß die Sache vertraulich zu behandeln sei und daß ich natürlich bereitwilligst mit der Polizei zusammenarbeiten wolle, aber nicht sagen könne, ob der heutige Überfall etwas mit der Arbeit zu tun hätte, für die mich Margaret engagiert hatte. Miss Devens stehe schließlich unter dem Einfluß von Beruhigungsmitteln, und ich hätte keinen Grund zu der Annahme, die Tat sei nicht einfach von x-beliebigen Verbrechern verübt worden. Ob uns denn nicht ohnehin alles in unserer schönen Stadt entgleite, wenn schon anständige Leute in ihrem eigenen Haus überfallen würden –

«Carlotta, das habe ich schon mal gehört», sagte Mooney.

«Teufel auch, ich will dich nicht länger langweilen.»

«Tust du auch nicht», sagte er mit einem Lächeln, das mir verriet, er wolle meinen Hinweis auf die Tür überhören.

«Kaffee?»

«Nein danke. Ist der eine Typ noch mal aufgekreuzt?»

«Welcher Typ?»

«Anscheinend wimmelt es um dich herum nur so davon. Der aalglatte Bursche, der gesagt hat, er wäre vom Sozialamt. Dieser Pseudo-Robinson. Erinnerst du dich jetzt an ihn?»

Im selben Moment kam der erste Bums von oben. Mooney war auf den Beinen, ehe ich ein Wort sagen konnte. Seine Größe trügt. Er ist wirklich beweglich. Er hatte schon drei Treppenstufen genommen, bevor ich ihn stoppen konnte.

«Nur ruhig», sagte ich, «Untermieter.»

«Ich dachte, du wohnst allein.»

«Ich habe vermietet.»

«Hebt er Gewichte? Und läßt sie fallen?»

«*Sie* nimmt Karate-Stunden. Sie heißt Roz. Ihrem Freund und Lehrer gehört der Lieferwagen drüben auf der anderen Straßenseite. Sie haben das ganze obere Stockwerk mit Turnmatten ausgelegt, und manchmal werden sie ein bißchen laut.»

Sie sind wirklich manchmal ein bißchen laut, besonders Roz, und nicht nur, wenn sie Karate übt. Genau in diesem Augenblick fingen oben gewisse Geräusche an, die nichts mit Kampfsport zu tun haben, und Mooney nahm mit breitem Grinsen wieder Platz. Verdammte Roz. Um den Lieutenant von den Aktivitäten im oberen Stock abzulenken und mich selbst dazu, stellte ich schnell die erstbeste Frage, die mir gerade in den Sinn kam. Ich fragte Mooney, ob er jemals von einer Organisation mit den Initialen GBA gehört hätte.

«GBA», wiederholte er, und ich könnte schwören, das Lächeln auf seinem Gesicht wäre noch breiter geworden. «Du liebe Zeit, das habe ich seit Jahren nicht gehört.»

«Was, Mooney?»

«Mein Vater gehörte dazu. All meine Onkel ebenfalls. Ich glaube, sie existiert nicht mehr, seit Jahren schon. Früher einmal, in den NINA-Tagen, war sie beachtlich.»

«Nina?» Das wurde ja jede Minute schlimmer.

«*No Irish Need Apply*. Iren nicht willkommen. NINA. Richtig, du bist ja nicht in Boston geboren. Bostoner kennen das.»

«Und sie wissen auch, was GBA bedeutet? Bin ich die einzige, die es nicht weiß? Und wann erklärst du es mir endlich?»

«Mal sehen, ich vermute, es stand für *Gaelic Brotherhood Association*. Eine gälische Bruderschaft, ein Club. Muß allmählich aussterben.»

«Ach», sagte ich.

«Warum?»

«Ich habe irgendwo diese Initialen gesehen.»

«In Zusammenhang mit deiner Schnüfflertätigkeit?»

«Mooney», sagte ich, «ich will dir mal was sagen. Das Schnüfflergeschäft ist so mies, daß ich ernsthaft daran denke, wieder ins Taxifahren einzusteigen.»

13

Am nächsten Morgen schloß ich mich als erstes ins Badezimmer ein, hockte mich zwischen Katzenklo und Toilette und zählte das Geld unter dem Katzendreck. Völlig geschlagen hörte ich bei 12 480 Dollar auf, ungeachtet einiger noch ungezählter Stapel. Was, zum Teufel, bedeuten schon ein paar hundert mehr oder weniger! Ich wippte auf meine Fersen zurück, stieß mir den rechten Ellbogen übel am Rand des Waschbeckens und dachte an Tresorfächer. Das viele Moos muß mich total zermürbt haben, denn ich zog tatsächlich in Betracht, einige Bündel in großen Umschlägen aus Manilapapier an mich selbst zu adressieren, und das, obgleich ich aus bitteren Erfahrungen mit der US-Post wußte, daß es verläßlicher war, das Geld in die Toilette zu spülen, als es einem Briefkasten anzuvertrauen. Wenn ich es herunterspülte, konnte ich wenigstens sicher sein, daß es irgendwann im Bostoner Hafen landen würde.

Ich beschloß, das Geld an Ort und Stelle zu lassen. T. C. hatte offenbar nichts dagegen, und Roz befaßt sich nicht mit Katzenklos.

Freitag ist ein Volleyball-Morgen, also spielte ich Volleyball. Die Y-Birds errangen einen triumphalen Sieg über einen elitären Gesundheitsclub, dessen Mitglieder sich keine Nagellackkratzer auf den Fingernägeln holen wollten. Ich schwamm meine Runden, aß zwei Donuts mit Cremefüllung, trank zwei Tassen Kaffee und überwachte eine Stunde lang den in der Nachbarschaft Paolinas herumlungernden Dealer. Diesmal hatte ich meine Kamera dabei – ich machte Aufnahmen aus einem Versteck heraus. Zipfelbarts Kunden waren so jung, daß ich mich schließlich fragte, ob er nicht vielleicht mit Crack handelte.

Heroin, als weißes Pulver, das in die Venen gespritzt wird, ist teuer. Kokain, als weißes Pulver, das durch die Nase geschnupft wird, ist teuer, beides also erschwinglich für Fußballspieler, Rockstars und Top-Leute aus der High-Tech-Branche, was mir recht sein soll, denn die sind im allgemeinen alt genug, um ihr Leben so zu ruinieren, wie sie es wünschen. Aber Crack oder Rock ist billiges, rauchbares Koks. Man kann es in seiner Küche zusammenkochen – einzige Zutaten sind Backsoda und Wasser –, man wartet, bis das Zeug fest wird, und hackt es in gut verkäufliche Stückchen. Dazu ist kein Chemiker nötig. Es hat nichts zu tun mit den exquisiten Koksprisen durch zusammengerollte Hundert-Dollar-Noten. Wir reden von zehn, fünfzehn Dollar für ein halbstündiges High, ganz zu schweigen von der Sucht. Die Verbraucher sind jung. Kinder. Wie Paolina.

Ich rief von einem demolierten Münztelefon aus im Bostoner Stadtkrankenhaus an und wurde durch eine näselnde Stimme davon in Kenntnis gesetzt, daß Miss Devens' Gesundheitszustand sich zwar verbessere, sie aber keine Telefonanrufe entgegennehmen könne, daß sie aber am Abend zwischen 19 und 21 Uhr zwei Besucher empfangen dürfe, sofern es sich um enge Familienangehörige handle.

Irgendwie glaubte ich nicht daran, daß Eugene aufkreuzen könnte. Ich mußte jedenfalls vor dem Abend mit ihr reden.

Krankenhäuser sind heutzutage chaotisch. Früher einmal hatte alles seine Ordnung, als die Schwestern noch Hauben trugen, an denen man ihren Schwesternverband erkennen konnte. Auch die Schwesterntrachten pflegten so zu sein, wie sie heißen: einträchtig. Heute ist alles erlaubt, solange es weiß ist, und so hielt ich kurz zu Hause, um mir leichte weiße Hosen und einen weißen Baumwollpulli anzuziehen, ein bißchen zu sommerlich für Ende September. Meine abgenutzten, einstmals weißen Adidas-Schuhe behielt ich an. Sie gingen zwar nicht ganz für typische Schwesternschuhe durch, aber ich hatte keine große Auswahl – Turnschuhe oder schicke Sandaletten mit hohem Absatz. Ich drehte mein Haar hinten zu einem würdigen Knoten zusammen, so gut ich konnte, warf meinem Spiegelbild einen finsteren Blick zu und ging, Margarets Kleidung und Schuhe in eine amtlich aussehende Aktentasche gestopft, die ich unter den Arm klemmte.

Tu so, als gehörtest du dahin, wo du bist, und die Leute lassen dich gewähren. In Anbetracht all der Pflegepersonalstreiks, Aushilfskräfte und Schichten rund um die Uhr war ich sicher, daß mich niemand beachten würde, es sei denn, ich verirrte mich in den Operationssaal und fing an, Gehirne zu operieren.

Ich nahm den Aufzug zum fünften Stock, schritt energisch am Schwesternzimmer vorbei, mit einem flotten Kopfnicken für die diensttuende Stationsschwester, blickte auf meine Armbanduhr und stürmte weiter. Die Aktentasche und ein offizielles Krankenblatt samt Unterlage, was ich mir beides im Vorübergehen von einem Schreibtisch ausgeliehen hatte, fest umklammert, betrat ich Margarets Zimmer und schloß hinter mir die Tür. Das Bett neben ihrem war diesmal leer, sah aber mit seinen offenen Vorhängen noch genauso abstoßend aus. Mit professionellem Schwung riß ich die Tabelle am Fußende von Margarets Bett ab. Was darauf stand, war zumeist medizinisches Kauderwelsch, aber ihre Temperatur und ihr Blutdruck waren offenbar ziemlich normal, und mehr wollte ich gar nicht wissen. Ich mußte schließlich mit der Lady reden, nur sollte sie nicht gleich von dem Schock tot umfallen.

Auf dem hoch oben an der Wand aufgehängten Farbfernseher lief ein Gewinnspiel im Tagesprogramm. Barmherzigerweise war der Ton abgestellt, doch ein barbiepuppengleiches Paar hüpfte auf und nieder und deutete auf ein riesiges Roulette-Rad hin, als handle es sich um eine heilige Vision.

Margaret Devens' intaktes Auge stand weit offen, aber sie schenkte den lebenden Puppen auf dem Bildschirm keine Beachtung. Die Zone um ihr blaues Auge herum hatte einen Stich ins Gelbliche. Auf den ersten Blick sah es noch schlimmer aus als gestern, doch als sie den Kopf wandte, konnte ich sehen, daß die Schwellung zurückgegangen und das Auge einen kleinen Spalt geöffnet war. Gerade fragte ich mich, wie angegriffen sie wohl noch sein mochte, da sagte sie ruhig: «Dem Herrn sei Dank für kleine Wohltaten. Endlich einmal keine Krankenschwester.»

«Wie fühlen Sie sich?» fragte ich.

«Das fragen sie alle», murmelte sie vor sich hin. «Dabei gibt keiner auch nur einen Pfifferling darum.»

Ich unterdrückte ein Lächeln, das der Umgebung unangemessen war. «Erinnern Sie sich an mich?» sagte ich.

«Ich weiß, wer ich bin», erwiderte sie gereizt, «und ich weiß, wer Sie sind. Nun sind Sie bitte ein nettes Mädchen, gehen rüber zur Aufnahme und holen mich hier raus. Hier werde ich nie gesund. Sie lassen einen nicht schlafen, und das Essen ist ungenießbar. Daß ich alt und krankenversichert bin, gibt ihnen doch nicht das Recht, mich hierzubehalten. Jeder, der hier hereinkommt, gibt mir irgendwelche Spritzen, stopft Pillen in mich hinein oder –»

«Stopp», sagte ich, «ich will über das Geld in der Truhe mit Ihnen reden.»

Ihr Mund klappte zu, und alle Farbe wich ihr aus dem Gesicht, als sei es mit einem Lappen saubergewischt worden. Sie starrte auf den lautlosen Fernsehschirm, auf dem jetzt eine junge Frau mit dem triumphalsten Erfolg ihres Lebens zu sehen war: ihrem frisch geschrubbten glänzenden Küchenlinoleum. Die glückliche Hausfrau war so begeistert, daß sie ein Tänzchen wagte. Roz hätte gekotzt.

«Miss Devens?» Als ich keine Antwort erhielt, zog ich mir demonstrativ den Besucherstuhl näher und setzte mich, um ihr klarzumachen, daß ich nicht die Absicht hatte zu gehen. «Margaret?»

Sie wich meinem Blick aus und bewegte beim Sprechen kaum die Lippen. «Ich wollte es nicht sagen. Es war unfair, daß sie mir dieses Mittel gegeben haben und Sie dann Fragen stellten –»

«Sie haben mich gebeten, das Geld zu verstecken, und ich hab's gemacht. Ich möchte doch meinen, das verschafft mir ein gewisses Recht auf ein paar Antworten.»

Ihre Hände flochten sich auf der Bettdecke ineinander. Mit der linken Hand hing sie noch immer am Tropf. Sie fingerte an dem Pflaster herum, das die Schläuche festhielt. «Zuerst müssen Sie mir etwas versprechen», sagte sie langsam.

«Was versprechen?»

«Daß Sie nach Eugene suchen.»

«Ich habe nach Eugene gesucht.»

Sie schloß die Augen. Ihre Lippen waren noch stark geschwollen, und ich mußte mich von meinem Stuhl nach vorn beugen, um sie verstehen zu können. «Wenn ich Ihre Fragen beantworte, dann – ich weiß nicht – dann wollen Sie vielleicht nicht mehr und gehen auf und davon.»

«Wie kann ich etwas versprechen, bevor ich Näheres weiß?»

Sie machte die Augen weit auf. Kein Zweifel, sie hatte wirklich die gleiche halsstarrige Art wie meine Tante Bea, die mir schon aufgefallen war, als sie in meinem Wohnzimmer im Schaukelstuhl saß. «Wenn Sie's nicht können», sagte sie mit aller Bestimmtheit, «glaube ich, daß ich viel zu schwach bin, um auf Ihre Fragen zu antworten.»

Sie streckte den rechten Arm aus und ergriff ein kleines schwarzes Kästchen an einer langen Gummischnur. Sie hielt es so fest, daß die Handknöchel weiß wurden. «Dieser Summer ruft die echte Schwester herbei, Miss Carlyle, und ich bin sicher, sie pflichtet mir bei.»

Ich hätte lieber gleich gehen sollen. Statt dessen zählte ich bis zehn und sagte dann: «Immer sachte, ich habe Ihnen Ihr Kleid und Schuhe mitgebracht.»

«Danke sehr.» Ihre Hand schwebte über der Schwesternklingel. Sie war eisern höflich.

«Kann ich Ihnen noch etwas anderes mitbringen? Ein Buch?»

«Nein, danke.» Genauso eisern, genauso höflich.

«Gut», sagte ich, «was halten Sie von einem kleinen Handel? Ich suche weiter nach Ihrem Bruder, egal, was Sie mir erzählen, vorausgesetzt, Sie erlauben mir, eine Vermißtenmeldung bei der Polizei aufzugeben.»

Sie schloß beide Augen. Aus dem Tropf rann Flüssigkeit in ihre linke Hand. Die weißen Bettlaken hatten mehr Farbe als ihre Wangen. Ich fand mich niederträchtig, weil ich so mit einer zusammengeschlagenen alten Dame feilschte. Ich mußte mich selbst daran erinnern, wie stahlhart sie war, ehe ich weitersprechen konnte.

«Handel oder nicht?» fragte ich.

«Handel», sagte sie und lockerte den Griff um das schwarze Kästchen.

«Haben Sie den Mann erkannt, der Sie zusammengeschlagen hat?»

«Mann», sagte sie verächtlich, «Männer. Es waren zwei.»

«Haben Sie sie erkannt?»

«Sie hatten schwammige Gesichter voller Beulen. Eugene hat mir immer geraten, ich solle die Kette vor die Tür legen, auch tagsüber, aber ich weiß nicht – vielleicht habe ich gedacht, er wäre nach Hause gekommen. Jedenfalls habe ich einfach die Tür aufgemacht.»

Schwammige, verbeulte Gesichter, das klang in meinen Ohren wie Strumpfmasken.

«Wußten sie etwas von Ihrem Geld?» fragte ich.

«Sie wußten davon. Ich habe ihnen gesagt, ich hätte keine Ahnung, wovon sie eigentlich redeten.»

«Warum?» fragte ich sanft.

Sie schaute zum Fernseher. Das Roulette-Rad war wieder da. Sie antwortete nicht.

«Nur weil Sie halsstarrig sind?» bohrte ich weiter.

«Ja», sagte sie verärgert, «nur weil ich halsstarrig bin.»

«GBA, die gälische Bruderschaft», sagte ich, «erzählen Sie mir davon.»

Sie starrte mich eine ganze Weile an, sah durch mich hindurch, als sehe sie jemand anders.

«Handel oder nicht?» fragte ich noch einmal.

Sie holte tief Luft und schauderte zusammen, als habe dabei etwas in ihrem Innern weh getan. «Das ist, das war ein Verein für Landsleute aus Irland. Früher. Meine Eltern gehörten schon dazu, mein Onkel Brian –»

«Ich weiß, was es einmal war. Aber was ist es jetzt?»

«Vor acht Monaten oder auch einem Jahr ist er wiederaufgelebt. Ich war selbst einmal Mitglied, aber jetzt meinte Eugene, die Treffen würden mir nicht gefallen, es seien nur die Taxifahrer, und sie träfen sich zu Zeiten, die nichts für mich wären.» Ihre rechte Hand klopfte ruhelos gegen die Bettkante, und wie zu sich selbst murmelte sie: ‹Ich hätte gleich merken müssen, daß etwas faul war.»

Katholiken wie Juden sind sich, glaube ich, ebenbürtig als Weltmeister in Schuldgefühlen. Hier lag eine alte Frau, zu Brei geschlagen wegen etwas, das vielleicht ihr Bruder zu verantworten hatte, und gab sich selbst die Schuld, weil sie nicht das zweite Gesicht hatte.

«Weiter», sagte ich. Wahrscheinlich klang ich ein wenig ärgerlich. War ich auch.

«Das ist alles, was er mir gesagt hat, alles, was ich bis zum heutigen Tag weiß, das schwöre ich. Ein harmloser kleiner Verein, eine gute Entschuldigung für ein paar Drinks. Erst als Eugene verschwunden war, schaute ich in die Spielzeugkiste. Wir haben dort unser Versteck gehabt, für Geheimbotschaften und dergleichen, als wir noch Kinder waren. Darum habe ich nachgeschaut. Und als ich sah, was drin ist, das viele Geld, wußte ich nicht, was ich machen sollte. Da bin ich zu Ihnen gekommen.»

«Nachdem Sie bei dem Taxiunternehmen waren.»

«Wären Sie nicht hingegangen? Ich wollte mit einigen von den Männern sprechen, mit Sean Boyle, Joe Fergus. Pat – Patrick O'Grady konnte ich nicht finden. Er hätte mir vielleicht etwas erzählen können, aber er war krank. O diese Männer! Manche von ihnen kenne ich seit Jahren, und sie haben mir zugelächelt und gesagt, geh nach Hause und reg dich nicht auf. Kaum zu sagen, wie wütend mich das machte! Sie haben mir alten Schrulle die Wange getätschelt und gesagt, geh nach Hause, reg dich nicht auf, es ist ja nur der einzige Verwandte verschwunden, den du auf der Welt hast. Alles wird gut werden –»

«Haben Sie Eugenes Spind aufgemacht?»

«Spind? Davon wußte ich gar nichts.»

«Warum haben Sie nichts von dem Geld erzählt, als Sie zu mir gekommen sind?»

Schweigen.

«Was glauben Sie, woher das Geld stammt?»

Sie wollte den Kopf schütteln, zuckte jedoch vor Schmerz zusammen und sagte schließlich: «Ich weiß nicht.»

«Wofür, glauben Sie, ist es bestimmt?»

Das war eine Frage, die sie erwartet haben müßte, aber trotzdem fuhren ihre Hände hoch, als hätte sie einen elektrischen Schlag bekommen. Sie schluckte hörbar. «Ich bete zu Gott, daß ich unrecht haben möge, aber früher pflegten wir Geld, die gälische Bruderschaft, meine ich, pflegte Geld – nach Irland zu schicken.»

«An die IRA», sagte ich geradeheraus. So eine Scheiße. Große Scheiße.

Margaret flocht ihre Hände ineinander und vergaß dabei, daß sie am Tropf hing. «Sie wissen nicht, wie das war, Miss Carlyle. Sie sind zu jung. Aber ich erinnere mich noch gut, ja, ich erinnere mich gut. Als ich noch ein Kind war, nahm mich meine Mutter mit in die Innenstadt von Boston, und da müssen an die hunderttausend amerikanische Iren gewesen sein, alle aus Protest gegen die Briten, für die gemeinsame Sache. Es war alles so anders damals, wie eine andere Welt. Ehe der ganze Ärger in den Sechzigern wieder anfing, war alles organisiert. Das Geld war für Nahrungsmittel und Kleidung, damit sollte den Familien der Männer geholfen werden, die in britischen Gefängnissen dahinvegetierten, den Kindern, daß sie auf katholische Schulen gehen konnten –»

Sie brach ab, Worte und Atem gingen ihr aus, aber sie wollte mir noch etwas sagen. «Sicher», sagte ich. Wahrscheinlich bin ich wirklich zu jung. Ich habe einige Hochachtung vor den Iren; schließlich bin ich halbirisch. Irische Musik und Literatur sind phantastisch. Aber dann gibt es diese Scheidungsgesetze. Und die IRA...

Margaret war offenbar zufrieden mit meinem kurzen Kommentar. Sie fing erneut zu sprechen an, nur langsamer. «Das amerikanische Geld lief allmählich aus. Die Geldauftreiber waren um '75 herum der Verzweiflung nahe. Wegen der Horrorstorys in den Zeitungen gingen kaum noch Spenden ein. Kinder wurden verstümmelt. Ehemänner vor den Augen ihrer Frauen erschossen. Es war zuviel, einfach zuviel, und kein Ende abzusehen. Und mit dem bißchen Geld, das noch durchsickerte, war am St.-Patricks-Tag Schluß, weil die Vier Reiter sagten: Stopp.»

«Vier Reiter?»

«Teddy Kennedy, Moynihan, Tip O'Neill und Gouverneur Carey. Sie wetterten gegen die IRA, und wir hörten zu. Die Gruppen wurden aufgelöst. Die GBA stellte ihre Versammlungen ein. Die Kirchen predigten gegen die Gewalt. Das war das Ende.» Sie schloß die Augen, ihre Blässe gab mir zu verstehen, daß ich bald aufhören mußte.

«War es auch für Ihren Bruder das Ende?»

«Ich weiß nicht.» Ihre Stimme war flach und tonlos. «Damals hatte ich den Eindruck. Er konnte nicht viel Geld abgeben, und wenn er die Provos unterstützt hätte, hätte er mir nichts davon gesagt. Terroristen, so nenne ich sie jetzt, obwohl meine eigenen Landsleute dabei sind.»

«Haben Sie Familie in Irland?»

«Nicht mehr. Nicht daß ich wüßte.»

«Wenn jemand behauptete, Ihr Bruder sei nach Irland gegangen, würden Sie ihm glauben?»

«Eugene nicht. Er mag ab und zu davon gesprochen haben. Aber er war wie die anderen alten Männer bei Green & White, alles nur Gerede.»

«Er war nicht der Meinung, das Leben sei dort besser?»

Sie wollte lächeln, trotz des geschwollenen Mundes und allem anderen. «Woran er unter anderem glaubte, war jedenfalls, daß die Iren ein schreckliches Volk seien, wenn man sie in Irland ließe. Er pflegte immer zu witzeln, daß die Iren gar nicht so schlecht wären, sobald man sie von ihrem Acker wegholte. Seine stehende Rede war, das Dumme an Irland sei, daß sie dort zu viele Iren hätten.»

Das Klopfen an der Tür erschreckte mich so, daß ich aufsprang. Eine ernst dreinblickende junge Frau trat ein, die erklärte, Miss Devens müsse sie jetzt hinunter zur Röntgenstation begleiten. Ein Namensschild stak an ihrer weißen Strickjacke. Noch ehe sie in ihrem Redestrom fortfahren konnte, sagte ich: «Schwester Hanover, diese Patientin ist Zeugin in einer Kriminalsache, und sie hat mir erzählt, sie sei von unerwünschten Besuchern gestört worden.»

«Die Besuchszeit beginnt erst um sieben –»

«Ich weiß, wann Besuchszeit ist. Ich schlage vor, Sie rufen bei der Polizei an, verlangen Lieutenant Mooney und bitten ihn, eine Wache vor Miss Devens' Tür zu stellen.»

«Wenn Sie meinen –»

«Am besten tun Sie's gleich. Und bitten Sie die Stationsschwester darum, scharf aufzupassen, wer in dieses Zimmer hineingeht, bis die Polizei kommt. Weißgekleidete Leute sehen sich im allgemeinen ähnlich.» Ich schlug meinen Ärmel hoch, sah auf die Armbanduhr, notierte mir etwas auf meinem Krankenblatt und nickte Margaret ein schnelles Lebewohl zu.

Ich bin mir wegen des Zustandes ihrer Augen nicht ganz sicher, aber ich glaube, sie zwinkerte mir zu.

14

«Ich brauche noch etwas mehr Zeit», sagte ich.

«Damit wir uns nicht mißverstehen –» Die Stimme in der Leitung hatte den gleichen schroffen Befehlston wie letztesmal und gehörte «unserem Herrn Andrews». Ich hatte diesmal entschieden weniger Mühe gehabt, zu ihm durchzudringen. Entweder konnte sein Name Berge versetzen, oder ich bekam endlich den gerechten Lohn für mein Training in feinen Manieren. Ich schlang ein Stück Thunfisch-Sandwich herunter, während er seine Feststellungen traf. «Sie haben also Ihren Mann nicht erreichen können.»

«Richtig», erwiderte ich wahrheitsgemäß. «Ich habe mehrmals Nachricht hinterlassen», fügte ich weniger wahrheitsgemäß hinzu.

«Und er hat Sie noch nicht zurückgerufen.»

Kein Zweifel, dieser Mann besaß Realitätssinn. Ich scheuchte die aufgeplusterte rote Emma von meinen Potatochips fort. Sie hat eine Vorliebe für Chips, aber dann muß sie eine Gallone Wasser hinterhertrinken, wegen des vielen Salzes.

«Ahem», die barsche Stimme klang seltsam zurückhaltend. «Ahem, ich weiß nicht recht, wie ich mich ausdrücken soll, hm, haben Sie vielleicht Schwierigkeiten mit Ihrem Mann?»

Ich schluckte. «Schwierigkeiten?»

«Ehe- – ahem – ehelicher Art? Sie sind doch nicht geschieden, oder?»

«Wären wir damit aus dem Rennen?»

«O nein, das nicht. Ganz und gar nicht. Solange Sie nur beide vorbeikommen und Ihre Gewinnansprüche geltend machen.»

«Nun, wie gesagt, ich versuch's weiter.»

«Wo genau steckt denn Ihr Mann?»

«Warum?»

Seine Stimme wurde butterweich und jovial. «Oh, ich dachte nur, wir könnten ihn vielleicht telefonisch erreichen. Cedar Wash hat einen Telefondienst rund um die Uhr, sieben Tage die Woche.»

«Thomas haßt es, von Fremden belästigt zu werden», sagte ich, eine grobe Lüge. T. C. schmeichelt sich an jeden Fremden an, jederzeit, an jedem Ort. «Ich schaff's schon. Ich brauche nur Zeit.»

«Können Sie mich in zwei Tagen zurückrufen?»

«Sicher. Kein Problem. Und halten Sie das Geld bis dahin fest.»

Ich hielt den Hörer noch lange, nachdem er aufgelegt hatte, ans

Ohr, denn ich hätte schwören können, zu Beginn unserer Unterhaltung ein Klicken gehört zu haben. Komisch, daß jemand nicht wissen sollte, daß Telefonabhören verboten war.

Im Sharper-Image-Katalog mit all dem modischen Schnickschnack und technischen Spielereien, den ich durch irgendeinen Computer-Fehler regelmäßig mit der Post bekomme, gibt es einen Wanzendetektor. Jedenfalls kostet das Ding nur 49 Dollar plus Porto, «dank eines Durchbruchs in der Mikrochiptechnik». Und es wiegt nur 50 g, ich könnte es also in meine Umhängetasche stecken.

In diesem Augenblick kam Roz in die Küche. Wenigstens nahm ich an, es sei Roz. Ihr Haar hatte eine absolut ausgefallene Pink-Färbung, und ich fragte mich, ob mit Absicht oder nur als Endergebnis des ganzen Färbens. Sie riß die Kühlschranktür auf. Die Kehrseite ihrer hautengen schwarzen Reithosen sah ganz so aus wie die Kehrseite von Roz' hautengen schwarzen Reithosen. Als sie sich mit einem Glas Peanutbutter in der Hand umdrehte, hatte ich keinen Zweifel mehr, daß es Roz selbst war und daß zumindest sie mit ihrer Haarfarbe ganz zufrieden war. Sie hatte ein verträumtes, entrücktes Lächeln auf den Lippen in Vorfreude auf die Peanutbutter, die sie zum Frühstück, Mittag- und Abendessen gleichermaßen ißt, und trug eines ihrer T-Shirts mit Aufschrift.

Roz ist ein liebes Mädchen, ehrlich, trotz der falschen Wimpern, des klatschigen Make-ups, des aufdringlichen Schmucks und des Heiße-Puppe-Heavy-Metal-Bildes, das sie abgibt. Sie besitzt einen falschen Leopardenfellmantel. Sie ist nur ungefähr einssechzig groß und wirklich dünn, aber sie hat diese unglaublichen Brüste, an denen es wahrscheinlich liegt, daß sie die beste T-Shirt-Kollektion der Welt ihr eigen nennt. Die Sprüche reichen von «McGovern '72» über «Tofu ist Spitze» bis hin zu «Nieder mit den Smurfs». Mein absoluter Favorit stammt aus einem Laden am Harvard Square, in einem wildromantischen Lila und mit dem folgenden Vers bedruckt:

> Rosen sind rot,
> Veilchen sind blau,
> ich bin schizophren,
> und ich ebenso.

Ich gebe nie einen Kommentar zu Roz' Äußerem ab.

«Hallo, Carlotta», sagte sie. «Wie geht's?» Sie drehte den Deckel vom Peanutbutterglas ab und kratzte sich etwas von dem gelblichen Zeug mit einem grünlackierten Fingernagel heraus. Wir benutzen den gleichen Kühlschrank, kaufen aber jeder eigene Vorräte ein. Angesichts ihres Angriffs auf die Peanutbutter war ich ganz froh darüber.

Ich fragte mich, ob ihr Karate-Freund wohl noch oben herumlungerte. Roz nennt ihn Lemon. Ich weiß nicht genau, ob das ein echter Spitzname ist oder nur Roz' besondere Vorstellung eines Kosenamens, aber sein richtiger Name lautet Whitfield Arthur Carstairs III, das schwöre ich, und wenn er keinen Karate-Unterricht gibt, ist er Performance-Künstler. An manchen Tagen steht er mitten auf dem Harvard Square stundenlang unbeweglich auf einer Seifenkiste. Einmal habe ich ihn vier Pampelmusen jonglieren sehen. Gelegentlich macht er auch Untergrund-Theater, und er hat den tollsten Körper, den ich je gesehen habe.

«Viel Arbeit heute?» fragte ich Roz.

«Nicht unbedingt», erwiderte sie. Jedenfalls glaube ich, daß sie das sagte. Sie sprach undeutlich wegen der Peanutbutter.

«Willst du ein paar Scheinchen verdienen?»

«Heute?»

Manchmal ist sie so durchtrieben wie eine Heftzwecke. Ich nehme es ihr nicht übel. Sie ist mindestens zehn Jahre jünger als ich und hat wahrscheinlich Fernsehen und Marihuana schon mit der Muttermilch eingesogen. Wenn sie das Haus putzt, singt sie Fernsehwerbesprüche. Andererseits kann sie wirklich gut malen, wenn ihr danach zumute ist: wilde abstrakte Ölbilder, mit viel Farbe und Energie gespachtelt. Ab und zu malt sie auch erstaunlich feinsinnige Aquarelle.

«Ja», sagte ich, «heute. Hast du andere Pläne?»

«Lemon kommt vorbei.»

Ha, dachte ich, du meinst wohl eher, Lemon ist hier. Ich bin Detektivin, vergiß das nicht. Sein Lieferwagen steht noch immer auf der gegenüberliegenden Straßenseite. Ob sie wohl dachte, ich würde für zwei Personen mehr Miete verlangen, oder sich einbildete, ich wäre empört über seinen nächtlichen Aufenthalt? Das würde mich sehr kränken. Schließlich bin ich nicht so altmodisch, und tugendhaft bin ich auch nicht gerade. Ich tröstete mich mit der Erinnerung an das lustvolle Ächzen und Stöhnen letzte Nacht. Wenn Roz wirklich Lemon geheimhalten wollte, hätte sie ihren lauten Sinnenrausch bestimmt gedämpft.

«Wenn er Kohle braucht», sagte ich, «kann er mitmachen.»

«Großartig», brummte sie durch die Peanutbutter. «Worum geht's denn?»

«Zieh Arbeitsklamotten an. Und nimm Gummihandschuhe mit.»

«Gummihandschuhe?» wiederholte sie. «Was Unangenehmes?»

«Ein Putzjob. Im Haus einer Klientin.»

«50 Prozent Aufschlag für einen Putzjob, wenn es nicht gerade dieses Haus ist», sagte sie. Sie ist sehr helle, wenn's um Geld geht.

«Gut», sagte ich. Ich saß ja auf einer Menge Geld fest. Ich gab ihr Margarets Adresse, ließ sie sie aufschreiben. Mit Adressen hat sie ihre Probleme.

«Nimm deine Kamera mit», sagte ich, «und mach Aufnahmen, bevor du irgend etwas anrührst. Für die Versicherung, klar?»

Roz strahlte. Sie fotografiert nur zu gern. Sie hat den alten Kartoffelkeller unten im Haus in eine Dunkelkammer umgewandelt, in der sie manchmal Tage verbringt, um nur für einen gelegentlichen Happen Peanutbutter nach oben zu kommen.

«Kein Kunstschmus, Roz», warnte ich sie. «Für eine grundseriöse Versicherungsgesellschaft. Und im Haus ist eine Riesenschweinerei. Am besten bittest du Lemon, mit seinem Lieferwagen mitzukommen, damit ihr Zeug wegschaffen könnt.»

«Okay.»

«Und nimm Müllsäcke mit.»

«Müllsäcke, Gummihandschuhe und eine Kamera», sagte sie. «Lemon wird seine helle Freude haben.»

«Laß das Wessonöl zu Hause», riet ich.

Sie kicherte.

«Hör zu, Roz, jetzt mal ernsthaft: Hier ist der Schlüssel für die Haustür, und wenn irgend jemand klingeln sollte, schau ihn dir erst an, bevor du öffnest. Die Dame, die dort wohnt, ist in irgendeine dicke Sache verwickelt, und ich möchte nicht, daß du etwas riskierst.»

«Lemon und ich –»

«Ich weiß, daß ihr beiden jeden Arsch mit Fußtritten um den Block treiben könnt, aber gegen eine Knarre könnt ihr so nicht an, es sei denn, sie lassen euch nahe genug an sich heran.»

«Okay», sagte sie, «ich passe auf.» Sie stellte die Peanutbutter in den Kühlschrank zurück. Frühstück beendet. Ich fragte mich, wovon sich der arme Lemon wohl ernährte. «Übrigens», sagte sie, «hatte ich dir gesagt, daß dieser Typ wieder hier war?»

«Hm?» Manchmal habe ich ebenfalls eine lange Leitung.

«Dieser Typ, mit dem du zur Schule gegangen bist.»

«Zur Schule», echote ich. «Wo?»

«Weiß ich nicht. Ich dachte, vielleicht die Uni von Massachusetts, aber andererseits war er dafür irgendwie zu gut gekleidet.»

«Hast du uns zusammen gesehen? Hier?»

«Nein.»

«Hat er seinen Namen genannt?»

«Hat er. Warte mal. Smith. Roger Smith. Hast du denn den Zettel am Kühlschrank nicht gesehen?»

Wir starrten beide auf den Zettelwald an der Kühlschranktür. Höchste Zeit für einen kleinen Putztag im eigenen Haus, dachte ich im stillen.

«Aha, also Roger Smith», sagte ich schließlich.

«Wirklich netter Typ», sagte sie. «Geht ihr zusammen, oder was?»

«Nicht daß ich wüßte», sagte ich.

«Hm?» Jetzt war die Reihe an ihr, bestürzt dreinzublicken.

«Ich kenne niemanden, der Roger Smith heißt, und ich bin nie mit jemandem namens Roger Smith zusammen in irgendeine Schule gegangen.»

«Woher hätte ich das wissen sollen?»

Ich schüttelte traurig mein Haupt. Wieder hatte das Phantom zugeschlagen. Laut Roz war er zweimal an der Vordertür erschienen: das erste Mal vor etwa fünf Tagen; das zweite Mal vorgestern. Beim erstenmal hatte er einen Marineblazer, kohlschwarze Freizeithosen, leichte schwarze Slipper, ein hellblaues Hemd und eine gemusterte Krawatte angehabt. Beim zweitenmal hatte er einen dreiteiligen grauen Anzug mit Nadelstreifen getragen, dazu ein weißes Hemd, eine dunkle Krawatte, Schulterpolster. Er hatte es bedauert, mich nicht anzutreffen, wollte nur wissen, wie es mir geht. Ob ich noch immer den Toyota führe? Oder ein anderes Auto? Ob ich je das Anwesen am Kap gekauft hätte?

Eh?

Ich muß leider sagen, daß Roz für eine Künstlerin eine miserable Beschreibung vom Gesicht des Kerls lieferte, was mich amüsierte, da sie über seine Kleidung so genau Bescheid wußte. Vielleicht konzentriert sie sich mehr auf Körper. Dafür ist Lemon der schlagende Beweis. Sie sagte mir auch, der Typ habe entschieden eine malvenfarbige Aura. Als ich sie eingehender befragte, klang es so, als handle es sich um den gleichen Mann, der auch mit Gloria geschwatzt hatte, das gleiche manierliche, gutaussehende Herzchen, das sich bei Mooney als Mr. George Robinson vom Sozialamt ausgegeben hatte.

«War er auch nur einen kurzen Augenblick allein im Haus, in irgendeinem Zimmer?» fragte ich Roz.

«Kann schon sein», meinte sie widerstrebend, «ja doch, als ich ein Blatt Papier holen ging, um seinen Namen aufzuschreiben.»

Mist. Ich mußte mir unbedingt diesen Wanzendetektor kaufen.

15

Während Roz und Lemon bei Margaret drüben waren und – wie ich aufrichtig hoffte – saubermachten, rettete ich die rote Emma vor T. C., der sie auf die Gardinenstange gejagt hatte. Ich fütterte und tränkte die ganze Menagerie und versuchte, dem stummen Vogel noch mehr marxistische Parolen einzuhämmern. Dann zog ich die Telefonbücher hervor, Raum Boston, und ließ den Finger über alle aufgeführten Carlyles gleiten, in der Hoffnung, einen echten Thomas C. mit einer leichten Neigung zum Langfingertum zu finden. Es gab einen Thomas D. Carlyle in Brockton und einen Thomas C. in Walpole, der die Stirn besaß, seinen Nachnamen Carlisle zu schreiben. Es gab mehrere T. Carlyles, und ich rief sie nacheinander an, aber natürlich waren es alles Thelmas und Theodoras und Tinas, samt und sonders Frauen. Ich gab's auf, lief ein wenig auf und ab und spielte ein bißchen Gitarre, höchst enttäuschend, da ich nicht genug übe, um so zu spielen, wie ich früher einmal spielte, ganz zu schweigen davon, wie ich gern spielen würde. Ich gab's auf und steckte Rory Blocks «High Heeled Blues» in das Kassettengerät, denn sie klingt so, wie ich gern klingen würde, locker und einfach toll. Ich sang ein bißchen mit, während ich die Post beantwortete – was bei mir heißt, daß ich den einen Werbeplunder, ohne ihn zu lesen, in die frankierten Umschläge schiebe, die bei dem anderen Werbeplunder dabei sind.

Nachdem ich dem Poststapel auf diese Weise zu Leibe gerückt war, begann ich einen detaillierten Bericht über den bisherigen Verlauf des Falles Eugene Devens zu schreiben. Beim Abtippen meiner krakeligen Aufzeichnungen fiel mir ein, daß ich noch nicht mit dem alten Pat, dem Taxifahrer, gesprochen hatte, wählte gleich Glorias geheime Hinterzimmernummer und fragte nach seiner Adresse.

Ich muß sie aufgeweckt haben. Sie klang durch und durch feindselig; na ja, wenn ich in einer Taxizentrale Dienst täte, würde ich nicht einmal mehr ein eigenes Telefon haben mögen, weil ich es bis oben hin satt hätte, das verdammte Ding zu beantworten. Es dauerte eine Zeitlang, doch dann nannte sie mir eine Nummer und Straße in Dorchester.

Ehe ich das Haus verließ, ergriff ich zwei Vorsichtsmaßnahmen. Ich verbrauchte fast eine ganze Rolle breites Isolierband und klebte damit die beiden Katzenklos im Badezimmer ordentlich zusammen zu einem Geldsandwich. Das Ganze sah wie eine etwas höhere Katzenkiste aus.

Außerdem nahm ich meine Kanone aus der abgeschlossenen untersten Schublade meines Schreibtischs, wickelte sie aus und lud sie.

Man kann nicht in Boston leben, ohne hier und dort etwas von der IRA mitzubekommen – die mit Farbe gesprühten Initialen auf Briefkästen, Spendenaufrufe an Schwarzen Brettern in Waschsalons, kleegrüne Sammeldosen an strategisch günstiger Stelle neben den Registrierkassen in gewissen Kneipen. Nach der Bostoner Presse zu urteilen, gehören jedoch die meisten der heißen IRA-Storys – Bombenanschläge, Entführungen und Schießereien – einer fernen Geschichte an. Der letzte aufsehenerregende Fall vor Ort, der mir in den Sinn kam, war die *Valhalla*-Affäre.

Die *Valhalla* war ein Waffenschmugglerboot, besser gesagt, ein «angebliches» Waffenschmugglerboot, und dampfte angeblich eines Septembermorgens 1985 mit einer angeblich höchst explosiven Fracht (Kanonen, Bomben usw.) aus dem Gloucester-Hafen zur angeblichen Irisch-Republikanischen Armee. Eine Bundesanklagejury hatte jeden, der auch nur das mindeste mit der *Valhalla* zu tun hatte, um und um gekrempelt, aber bis jetzt, nach einem vollen Jahr, waren noch keine Anklagen ergangen, was in mir Zweifel über die Herkunft der Geschworenen weckte. In der Zwischenzeit war dem *Boston Globe* zufolge ein Typ, angeblich ein Informant, unter «höchst mysteriösen, die Möglichkeit einer Flucht ausschließenden Umständen» verschwunden. Daraufhin hatte sich, wie könnte es anders sein, das Gerücht verbreitet, er sei von der Bostoner IRA hochgenommen worden.

Angesichts der Hartnäckigkeit dieses Gerüchts und für den Fall, daß ich Margarets strumpfmaskierten Banditen in die Arme lief, stand ich nun da und starrte auf eine S&W, Kaliber 38, mit einer Vier-Zoll-Trommel nach dem normalen Polizeistandard, und glauben Sie mir, Revolver nach Polizeistandard beschwören bei mir nur schlechte Erinnerungen herauf.

Von meinem Blickwinkel aus betrachtet ist das ganze verfluchte irische Gemetzel völlig unsinnig. Vielleicht hat es früher einmal seinen Sinn gehabt, aber jetzt scheint alles mehr oder weniger durch die Macht der Gewohnheit weiterzulaufen und sich irgendwie in eine Art moderne Hydra zu verwandeln. Man schlage einen Kopf ab – einen britischen Soldaten, einen Republikaner, einen protestantischen UDR-Mann –, und zehn neue schießen aus der blutenden Wunde hoch. Im tiefsten Massachusetts gewinnt man leicht den Eindruck, als sei das Ganze eher Legende denn Wirklichkeit. Es gibt zu viele Splittergruppen, zuviel Leiden, zuwenig Hoffnung auf Versöhnung. Eine ganze Generation von Kindern ist in Nordirland mit der Gewalt großgeworden. Mehr erwarten sie nicht vom Leben. Für sie ist der «ruhmreiche Krieg» Alltagsroutine. Etwas, das man tut. Eine Art, die Zeit zu füllen, bis man stirbt, oder vielmehr bis ein Passant stirbt, der sich zufällig am falschen Tag zum falschen Zeitpunkt auf der falschen Straße befindet.

Mit weiteren zwei Pfund Gewicht durch die Kanone in meiner überfüllten, viel zu schweren Umhängetasche war ich auf jede Begegnung mit dem Bostoner Zweig der IRA vorbereitet. Aber ob ich nach Hunderten von Jahren der Unterdrückung damit Eindruck machen würde?

Ich hielt auf dem Weg an einem Getränkeladen und tätigte die Art von Billig-Whiskey-Kauf, bei dem der junge Verkäufer nur noch die Augenbrauen hochziehen konnte. Ich kannte Pats Geschmack.

Der alte Mann hatte sich keine goldene Nase beim Taxifahren verdient. Die Adresse, die ich aufspüren mußte, lag in einer Gegend, aus der die Leute flohen, wenn sie konnten. Pats Apartment war auf der zweiten Etage eines überaus schmalen, schäbigen dreistöckigen Gebäudes in einem Häuserblock, der bessere Tage gesehen hatte. Von außen war das Gemäuer grau, aber es ließ sich kaum sagen, ob das der beabsichtigte Farbton oder nur die Folge jahrzehntelanger Sonneneinstrahlung und mangelnder Pflege war. Kein Busch, kein Strauch. Statt eines Rasens häßliche Queckenbüschel. Die Balkone an den beiden obersten Stockwerken hingen durch. Ein einsamer Gartenstuhl thronte auf der Vorderveranda. Der verblaßte, einstmals schreiend gelb, blau und rot gestreifte Sitz war kraftlos durchgesackt. Ein abgerissener Stoffstreifen schleifte auf dem Boden.

Einer plötzlichen Eingebung folgend langte ich tief in meine Umhängetasche und wühlte darin, bis ich auf die goldene Nadel mit den GBA-Initialen stieß, die ich in Eugenes Spind gefunden hatte. Ich hielt sie ins Licht. Sie war verkratzt und ein wenig verbogen. Ich steckte sie mir an den Kragen meiner Bluse.

Patrick Day O'Grady, das war mein Mann. Unter dem verbeulten Namensschild war ein Klingelknopf, aber die Tür zum Treppenhaus war nur angelehnt, eine kaputte Holzschindel hielt sie offen, und so ging ich einfach zum zweiten Stock hoch und klopfte an die Tür. Ich konnte eine Fernsehstimme hören, von Orgelmusik übertönt.

Ich zählte bis zehn und klopfte lauter. Das Treppenhaus war genauso schön und gepflegt wie das Äußere des Hauses. Der Mieter vom Parterre oder zweiten Stock mußte etwas Furchtbares gegessen haben letzten Abend. Vielleicht einen verdorbenen Hamburger. Ich hielt den Atem an und schlug so fest mit der Faust an die Tür, daß sie in den Angeln wackelte.

Ich hörte ein Schlurfen auf der anderen Seite, durchsetzt mit einem synkopischen Klopfgeräusch, und dann befahl mir eine energische vertraute alte Stimme, gefälligst fortzugehen, und hört doch auf, einen alten Mann zu belästigen, ihr sollt euch schämen, alle habt ihr Jungs nichts Besseres zu tun, als einen alten Mann zu ärgern, der sein Leben lang Tag für Tag gearbeitet hat und jetzt hier gelandet ist, und macht euch nicht die Mühe, hier einzubrechen, denn ich habe nichts, das sich zu stehlen lohnt, und außerdem würde euch der Schäferhund im selben Augenblick, wo er euch sieht, in Stücke reißen.

Alles in einem Atemzug.

«Pat», sagte ich, nachdem ich schon zehnmal versucht hatte, seinen Redestrom vorzeitig zu unterbrechen, «ich bin eine Freundin. Von Green & White. Eine alte Freundin.»

«Die Polizei werde ich anrufen, jawohl», ging das Lamentieren auf der anderen Türseite weiter. «Und glaubt bloß nicht, ich tät's nicht. Ihr könnt mir keine Angst einjagen. Nichtsnutze seid ihr, Nichtsnutze alle miteinander.»

«Eine Freundin», schrie ich. «Eine Freundin mit etwas zu trinken.» Wenn ich noch lauter brüllte, würde wirklich jemand die Polizei rufen.

Stille hinter der Tür, dann eine argwöhnische Frage. «Sie verkaufen nichts?»

«Nein.»

«Wie heißen Sie denn?»

«Carlotta. Ich habe mit Ihnen zusammen bei Green & White gearbeitet.»

«Carlotta», wiederholte er. «Ein Mädchen.» Lange Pause, dann erneutes Schlurfen. «Und welche Farbe hat Ihr Haar?»

«Es ist rot, Pat, und nicht etwa gefärbt.»

Das erste einer eindrucksvollen Reihe von Schlössern klickte. Knarrend öffnete sich die Tür bis zum Anschlag einer soliden Kette von drei Zoll. Ein blutunterlaufenes Auge spähte heraus. Die Tür schlug wieder zu, um dann weit aufzuschwingen.

«Und warum hast du sieben Jahre gebraucht, um mir deine Aufwartung zu machen?» sagte Pat. «Komm rein, Mädchen, immer herein. Ich muß die Tür gegen die Vandalen verrammeln.»

Er war von der Krankheit gezeichnet, die fast all seine Muskeln und seinen Speck aufgezehrt und nur noch einen hageren Schatten zurückgelassen hatte. Sein Gesicht war so schlaff, als hätte jemand ein Ventil abgeschraubt und die Luft abgelassen. Seine Füße staken in riesigen Schlappen, der Ursache für das hörbare Schlurfen. Er stützte sich schwer auf einen Spazierstock. Daher das Klopfgeräusch. Er war in einen Chenille-Bademantel gehüllt, der ihm viel zu groß war. Die Enden des Bindegürtels baumelten ihm fast bis an die Knie. Unter dem Bademantel trug er Hosen. Die Hosenaufschläge schlugen um seine wächsernen Knöchel. Er war in den sieben Jahren um zwei Jahrzehnte gealtert. Ich hatte schon Leichname gesehen, die besser aussahen.

«Du brauchst mir keine Komplimente zu machen», sagte er schnell, als er meinen Gesichtsausdruck bemerkte. «Ich weiß, daß ich blendend aussehe. Gib mir einfach einen Kuß, zieh dich aus, und ich kann glücklich sterben.»

«Du hast dich wirklich kein bißchen verändert», sagte ich.

«Komm rein, komm rein. Du bist schöner, als ich in Erinnerung hatte. Sag danke für das Kompliment. Erröten wäre auch nett, wenn du's hinkriegen könntest. Bist du inzwischen verheiratet oder immer noch eine alte Jungfer?»

Blödsinn. Wer war eigentlich mit Fragen dran, er oder ich? Ich atmete ziemlich tief ein und war erstaunt, daß die Luft so frisch roch. Die Wohnung war sauber. Pats Bude war alles in allem schäbig, spartanisch, die letzte Ruhestätte eines pedantischen, koketten alten Junggesellen. Womöglich noch unberührt. Eine ausgebleichte Couch mit bedrucktem Bezug stand an einer Wand. Verschossene schmutzigweiße Vorhänge rahmten die Fenster ein. Ein gerahmtes Christusbild hing an der Wand über dem Sofa, daneben ein Kruzifix. Ein fadenscheiniger Lehnstuhl mit einem dicken, eingekerbten Kissen stand einem riesigen Farbfernseher gegenüber. Die Anordnung der Möbel war offensichtlich nicht für gesellige Stunden gedacht. Sie war ganz im Sinne eines Mannes, der allein vor dem Fernseher saß.

Pat verrückte die Einrichtung rasch, zu Recht beschämt, dabei ertappt worden zu sein, wie er irgendeinem überkandidelten Evangelisten zuschaute.

«Wo ist der Schäferhund», fragte ich, «der mich in Stücke reißen sollte?»

«Tot», sagte er, «schon seit Jahren. Ich lasse ihn wiederauferstehen, wenn die Jugendlichen aus der Nachbarschaft ankommen. Bist du nun verheiratet oder nicht?»

«Wie ist denn dein Liebesleben?» fragte ich.

«Hast keinen Ring am Finger», sagte er.

«Du auch nicht.»

«Hast du nicht was von Trinken gesagt? Sonst hätte ich dich nämlich gar nicht reingelassen.»

Ich betrachtete die teigige Farbe seiner Haut und fragte mich, ob ein Schluck ihn wohl auslöschen könnte. Auf seinen Wangen prangten pfenniggroße rote Kreise. Aufregung, vielleicht auch ein Fieberanfall.

«Sei so gut und hol zwei Gläser aus dem Abtropfsieb in der Küchenspüle. Du kannst das schneller als ich.» Er ließ sich schwer in den Fernsehsessel fallen.

Die Küche war genauso kahl und sauber wie das Wohnzimmer.

Ein Teller, eine Gabel, ein Messer, ein Löffel auf der Ablage. Zwei Kaffeetassen, zwei Gläser. Ich fragte mich, ob er kürzlich einen anderen Gast unterhalten hatte. Ich schleppte einen Küchenstuhl ins Wohnzimmer und stellte ihn neben den Fernsehsessel. Entweder das, oder auf dem Fußboden sitzen. Mir fielen Spuren auf der billigen Auslegware auf, Eindrücke, wo einst Tische, Stühle und Lampen gestanden hatten, und ich fragte mich, ob Pat vielleicht Möbel abgegeben hatte, um sich vor seinem Tod schon von allen Besitztümern freizumachen.

«Auf die gute alte Zeit!» prostete er mir zu, sobald ich den Four Roses eingegossen hatte, seine Lieblingssorte, eine Marke, die ich mit einem widerlichen Geschmack und einem noch schlimmeren Kater in Verbindung bringe. Er tätschelte die Flasche und sagte, um mich zu necken: «Ein halber Liter ist schön, aber ein ganzer wäre noch besser gewesen.»

«Oder ein Eimer voll.»

«Ein Ozean», sagte er. Er goß sein Glas hinunter. Sein Lächeln verwandelte sich in eine Grimasse, und er rutschte unbehaglich in seinem Sessel hin und her. «Was willst du von mir?» fragte er wachsam. «Niemand kommt mehr hierher, wenn er nicht etwas will.»

Ein plötzlicher Stimmungsumschwung. Schmerzen können das bewirken.

«Margaret Devens schickt mich.»

«Margaret.»

«Ihr Bruder wird vermißt.»

«Eugene ist nicht nach Hause gekommen?»

«Nein.»

«Wie lange denn schon, ohne daß mir jemand einen Ton davon sagt?»

«Zwei Wochen.»

Pat wollte einen weiteren Schluck eingießen. Seine Hand zitterte, und er setzte die Flasche wieder ab. «Also ich weiß nicht, wo er steckt. Wenn ich's wüßte, würde ich's Margaret erzählen. Ich finde die Frau bewundernswert, schon immer.»

«Sie macht sich Sorgen um ihn», sagte ich.

«Mit Recht», pflichtete er mir bei.

Ich ließ seine Worte einen Augenblick im Raum stehen. Dann sagte ich: «Warum?»

«So ist das nun mal da draußen», sagte er mit einer vagen Handbewegung. «Schütt mir noch einen ein, ja? Und frag mich bloß nicht, ob es mir bekommt, tu mir den Gefallen, ja? Ich habe dieses Zeug schon getrunken, als du noch gar nicht ausgeschlüpft warst.»

«Was ist los bei G&W, Pat?»

«Ich bin da raus», sagte er.

«Weil du krank warst.»

«Krank und müde», sagte er, «krank und müde.»

Ich hatte gehofft, er würde meine Anstecknadel bemerken, aber vergebens. «Margaret sagt, du wärst ein hohes Tier in der GBA gewesen», riskierte ich zu sagen.

«Die alte GBA», sagte er. «Das waren noch Zeiten!» Er kippte den Whiskey, den ich ihm eingegossen hatte, mit einem geübten Schluck hinunter, sog Luft ein und zuckte im Sessel zusammen. Das Trinken tat ihm weh, aber er trank trotzdem. «Wenn Eugene irgend etwas passiert ist...»

«Warum sollte ihm etwas passieren?»

«Ich weiß es nicht.»

«Was macht die GBA denn heutzutage?»

«Wir treffen uns wieder, ungefähr seit einem Jahr, ganz harmlos. Ein Haufen alter Männer, die nichts Besseres mit ihrer Zeit anzufangen wissen. Wir wollten der guten Sache dienen. Von allen Seiten hacken sie auf die Provos ein, weißt du, und da dachten wir, na ja, wir sollten ihnen vielleicht mal wieder aushelfen, und es fing ganz klein an. Wir waren ja alle Taxifahrer, wir sammelten nur die Spenden ein, holten die Sammelbüchsen aus den Kneipen, weißt du. Taxifahrer haben eine Menge loser Scheinchen und Kleingeld, vom Trinkgeld, und ab und zu gehen wir mit den Kleingeldrollen zur Bank, und die Kassierer wissen, was wir machen, und finden nichts dabei. Wir nehmen also die Sammelbüchsen und bekommen Zehn- und Zwanzig-Dollarscheine statt der Münzen, und die geben wir weiter, sonst nichts. So haben wir's gehalten. Kleinvieh macht auch Mist. Es ist nichts Schlimmes dabei, nur ein bißchen Geheimniskrämerei, und das hat uns Spaß gemacht. Ein bißchen Würze kann dem Leben nicht schaden.»

Ja. Dimes und Nickels, damit in Belfast Kinder umgebracht werden. Schrecklich. Ich hielt meinen Mund, was die moralische Seite der ganzen Angelegenheit betraf, warf jedoch einen Blick auf das Christusbild an der Wand. Ich fragte mich, ob Pat und ich eigentlich von dem gleichen Verein von Leuten sprachen. Man braucht eine

Masse Dimes und Nickels, bis zwölftausend Dollar zusammenkommen.

«Du hast gesagt, ihr hättet klein angefangen», soufflierte ich ihm.

«Was? Ach ja, die GBA. Warum wolltest du überhaupt davon hören?»

Ich stellte die Flasche Whiskey aus seiner Reichweite.

«Gälische Bruderschaft», murmelte er. «Schöne gälische Bruderschaft.» Er nahm noch einen Schluck. «Ein junger Mann, einer von Irland, kam zu uns, und er sagte, er hätte von uns gehört, und ob wir bereit wären, mehr zu riskieren.»

«Wie hieß er?»

«Jackie, soweit ich weiß. Aus Irland. Vielleicht ist er hier geboren und zurückgegangen, um zu kämpfen. Einige tun das ja.»

«Was solltet ihr denn machen?»

«Das fiel in die Zeit, in der ich krank war und operiert wurde.»

«Aber Eugene hätte es dir doch erzählt.»

«Freunde kommen nicht oft vorbei, wenn man krank ist. O ja, sie besuchen einen im Krankenhaus, aber dann... na ja, wenn man den Geruch des Todes an sich trägt, das schreckt die alten Kumpels ab.»

«Alles, an was du dich erinnerst, könnte weiterhelfen.»

«Um mein Gedächtnis ist es heutzutage komisch bestellt. An dich kann ich mich kristallklar erinnern, auch an den blöden Hut, den du immer getragen hast. Aber frag mich, was ich gestern zu Mittag gegessen habe, und ich bin nicht sicher, ob ich es dir sagen könnte.»

Er plapperte eindeutig nur so daher, um nicht mehr zu sagen. «Gieß mir noch einen ein», sagte er.

«Ich möchte, daß dein Gedächtnis klar bleibt.»

«Na hör mal, warum willst du denn das alles wissen? Warum sollte Margaret dich schicken?»

«Sie kann nicht selbst kommen, weil zwei Gangster sie zusammengeschlagen haben.»

«Heilige Mutter! Ist sie okay? Die Margaret?»

«Kann man nicht gerade behaupten.»

«Heilige Mutter Gottes», sagte er schwer atmend. «Eugene fort und Margaret verprügelt.»

«Zeit zu reden.»

«Warum sollte ich mit dir reden? Es gibt doch die Polizei. Obwohl man nichts davon merkt, mit all den Kids hier, die dieses Zeug auf der Treppe rauchen.»

Ich zog die Fotokopie meiner Lizenz hervor. «Ich arbeite für Margaret Devens.»

«Ich kann Kleingedrucktes nicht lesen.»

«Ich bin eine amtlich zugelassene Privatdetektivin des Staates Massachusetts.»

«Ach du lieber Himmel! Wohin soll das noch führen! Kein Wunder, daß sie keine Zeit hat, mich zu heiraten.»

«Nun laß die Späße, Pat. Du bist ein netter Kerl, verdammt noch mal, aber das reicht nicht.»

«Und fluchen kann sie auch! Was soll bloß aus der Welt noch werden!»

«Pat.»

«Erst einen Schluck Whiskey. Ich bin bestechlich.»

Noch einen Schluck, und er fiel womöglich vom Stuhl. Ich gab ihm einen sehr kleinen.

Er senkte seine Stimme zu einem undeutlichen konspirativen Wispern. «Ich weiß nur, was Eugene mir erzählt hat, und das meiste davon hat er mir im Krankenhaus erzählt, verstehst du, wo ich ziemlich vollgepumpt war mit Medikamenten und all diesem Zeug, bis ich das Gefühl hatte, schon halb verrückt zu sein. Mir kam es jedenfalls so vor, als brauchte Jackie ihre Hilfe, um eine Menge Geld zu verschieben, IRA-Geld aus der Gegend, es von Logan hereinzubringen und an Leute von der Air Base weiterzuleiten, die es in Gewehre und Munition tauschen konnten. Eine ganz große Sache, etwas, das wirklich einschlagen würde gegen die verdammten Tommies, entschuldige, daß ich sie überhaupt erwähne.»

«Wie ist es gelaufen?»

«Ich weiß noch, wie befriedigt Eugene zu Anfang war. Es war irgendwas Poetisches, glaube ich, ging wohl über den Funk, den Taxifunk.»

Ich traktierte ihn weiter mit Whiskey. Ich erzählte ihm meine Lebensgeschichte. Ich machte Rührei von zwei Eiern und sah zu, wie er versuchte, sich daran zu begeistern. Aber mehr bekam ich nicht aus ihm heraus, bis es dämmrig wurde, und nach einigen Entschuldigungen wandte ich mich zum Gehen.

«Carlotta», sagte er trübsinnig, «danke, daß du vorbeigekommen bist, mein Schatz. Der Whiskey war großartig.»

«Danke ebenfalls», sagte ich.

«Irgendwas war da mit dem Namen einer Frau, glaube ich», setzte er noch hinzu, «das hat Eugene wohl gereizt. Ein Frauenname.»

Ich ließ meine Karte da, so daß er mich anrufen konnte, falls ihm noch mehr Stücke des Puzzles wieder einfielen.

16

Ich dachte daran, die Polizei anzurufen und auszupacken, was ich wußte, damit sie die Sache übernehmen konnten. Einer der Lieblingssprüche meiner Mutter fiel mir wieder ein, direkt von meiner Großmutter aus der alten Heimat überliefert. Ich wünschte, ich könnte ihn auf jiddisch wiedergeben, denn das klingt dermaßen *witzig*, daß man nicht einmal eine Übersetzung braucht, um loszulachen. Das Annäherndste, was meine Mutter vorbrachte, war etwas in der Art von: Fremder Hand vertrauen heißt, die Katze im Sack kaufen. Mit anderen Worten: Wer an Resultaten interessiert ist, muß selbst zu Werke gehen.

Die beste Zeit, um an Gloria heranzukommen, ist elf Uhr abends nach dem Schichtwechsel, wenn etwas Ruhe eingekehrt ist, aber ich zögerte und fühlte mich immer unbehaglicher, je näher der Zeitpunkt rückte. Schließlich gestand ich mir ein, weshalb mir so unwohl in meiner Haut war. Wenn Green & White an einer größeren Sache als nur dem Mietdroschkengeschäft beteiligt war, mußte ich der Tatsache ins Auge sehen, daß meine Freundin Gloria womöglich tief in dunkle Machenschaften verstrickt war.

Ich versuchte, mir Gloria als geheimen IRA-Drahtzieher vorzustellen.

Das ging total daneben.

Vielleicht war sie eine Sympathisantin. Gloria, *Commandante* der Organisation der Unterdrückten dieser Erde oder einer ähnlichen Gruppe. Doch selbst meine Einbildungskraft, die Mooney ausgesprochen stark nannte, streikte und wollte keine Verbindung zwischen Gloria und Mitgliedern der Ortsgruppe der Irisch-Republikanischen Armee herstellen. Um ehrlich zu sein, drängte sich mir ungebeten ein Bild auf: Gloria als Großmarschall bei der Parade am St.-Patricks-Tag, einem Südbostoner Ereignis, bei dem Schwarze durch Abwesenheit glänzen, und das amüsierte mich so sehr, daß ich laut lachen mußte, bis sich T. C. erschreckt unter das Bett verkroch.

Ich beschloß, mich an Gloria ranzuwagen. Gloria, nicht etwa an ihren Partner, nicht an Sam. Vielleicht lag es an der Erinnerung an die lauten Liebesspiele im oberen Stock letzte Nacht oder an Pats wiederholten Fragen nach meinem Ehestand, daß mein Gesicht heiß wurde, wenn ich an Sam dachte. Er war ein Gianelli, rief ich mir ins Gedächtnis zurück, und Gangster in Strumpfmasken wie die, von denen Margaret fertiggemacht wurde, hatten oft ähnliche Namen. An Sam würde ich mich nicht ranwagen. Weder privat noch beruflich, versprach ich mir fest. Ich gebe mir immer so gute Ratschläge.

Ich ging um elf aus dem Haus, mit Jeans und einer Windjacke, das Haar unter eine Ballonmütze gestopft, die ich beim Taxifahren zu tragen pflegte.

In Erinnerung an mein Versprechen, wieder nächtliche Spaziergänge zu machen, parkte ich mein Auto eine halbe Meile von G&W entfernt, unter einer Straßenlaterne, um die Diebe zu entmutigen. Langsam fielen einzelne Tropfen, der erste sanft auf meine Wange, der nächste auf die Hand, und dann ein nasser Platsch auf meinen Nasenrücken. Bald fielen sie immer dichter und verwandelten sich in einen plötzlichen Schauer. Ein jäher Windstoß aus Nordost wollte mir meine Mütze rauben; der Regen begann, auf den Bürgersteig zu trommeln, und die Tropfen sprangen zollhoch. Ich schritt forsch aus. Ich fing an zu rennen.

Sich den Bostoner Wetterbericht anzuhören ist reine Zeitverschwendung.

Im G&W-Büro übertönten die Telefone fast den Sturm. Soviel zu den ruhigeren Stunden bei einem Taxiunternehmen.

Gloria, aufrecht in ihrem Rollstuhl, bearbeitete die Tasten der Telefonzentrale, sie spielte darauf wie auf einer Kirchenorgel und schmachtete mit tiefer Stimme ins Mikrofon, einmal im Befehlston, ein andermal beschwichtigend, dann wieder schmeichelnd. Eine Riesenpackung Chicken McNuggets stand in Reichweite.

Zehn hektische Minuten später haute sie auf einen Knopf, und das Geklingel brach mitten im lautesten Schrillen abrupt ab. Lämpchen blitzten immer noch auf und blinkten, aber sie ignorierte sie und schob die Hühnernuggets in meine Richtung. Ich betrachtete sie mir argwöhnisch. Ich habe Huhn lieber in erkennbaren Teilen. Keulen. Flügel.

«Bei einem Sturzregen wie diesem habe ich eine Warteliste von über einer Stunde», sagte sie mit einem Achselzucken. «Sagst du den Leuten, sie müßten eine gute Stunde auf das Taxi warten, werden sie unweigerlich sauer. Beschimpfen dich. Sobald wieder ein paar Taxen frei sind, stell ich wieder an.»

Sie drückte auf einen Knopf am Mikrofon und sagte: «An alle. Freie Taxen Zentrale rufen. Laßt die am Straßenrand stehen, auch die mit den 20-Dollar-Noten in der Hand. Ich habe eine lange Liste, also ruft gefälligst Mama an.»

Der Sturmwind heulte und pfiff. Ich schüttelte das Wasser von meiner Mütze und setzte mich in den Plastik-Gästestuhl.

«Warst du bei Pat?» fragte Gloria.

«Ja. Er sieht schlecht aus.»

«Kannst du nicht schlafen?» Gloria teilte ihre Aufmerksamkeit zwischen mir und dem Honig-Senf-Dip.

«Nein.»

«Warme Milch hilft», sagte sie, «oder ein Mann, habe ich gehört.»

«Ich habe Alpträume.»

«Du mußt aufs Essen achten», sagte sie, mit vollem McNuggets-Mund lächelnd.

«Bei mir kehrt ein Traum immer wieder – daß deine Taxifahrer IRA-Spenden auf die Seite schaffen, vielleicht für Waffenschmuggel.»

«Abwegig», sagte sie.

«Gar nicht so abwegig, Gloria. Es ist wahr.»

Sie aß nachdenklich eine Handvoll homogenisiertes Huhn und sagte schließlich: «Das ist doch wohl ein Scherz, oder?»

«Nein.»

«Reden wir von IRA, der Rentenversicherung? Ich verstehe nämlich nicht viel vom Bankwesen.»

«Von der Irisch-Republikanischen Armee.»

«O je», sagte sie.

«Genau.»

«Hat es irgend etwas damit zu tun, daß du nach Eugene Devens suchst?» fragte sie voller Skepsis.

«Eugene hat Spenden gesammelt.»

«Wie kommst du denn auf den Gedanken?» Sie kniff die Augen zusammen. Gloria ist kein Dummkopf.

«Glaub's mir», sagte ich. Ich vertraute ihr, bis zu einem gewissen Punkt jedenfalls, hatte jedoch nicht vor, das Geld in T. C.s Katzenklo zu erwähnen.

«IRA, ja?» Sie gab ein Geräusch von sich, das nur als verächtliches Schnauben bezeichnet werden kann. «O je. Ich sage dir, ich trau ein paar von diesen alten Säcken nicht über den Weg. Ich bin schon froh, daß sie nicht für den Ku Klux Klan sammeln.»

«Tun sie vielleicht doch. Nebenbei.»

Sie schnitt ein Gesicht und stöhnte: «Mir das! Warum ausgerechnet mir, o Herr? Warum nicht Town-Taxi? Warum nicht Red Cab? Die Aufsichtsbehörde ist sowieso schon hinter mir her. Hast du über die neuen Bestimmungen gelesen? Kleidungsvorschriften für Taxifahrer und so was. Ich bitte dich, Hemden mit zugeknöpftem Kragen, keine Shorts! Was sind das für –»

«So schlimm muß es ja nicht gleich werden», sagte ich ruhig, bevor sie in eine ausgewachsene Schimpfkanonade ausbrechen konnte.

«Carlotta –»

«Hör mal. Wenn ich mit dem, was ich weiß, zur Polizei gehen würde, was wäre dann? Eine große Sauerei. Ein paar Geheimpolizisten würden hier hereinstolzieren, um sich einstellen zu lassen. Vielleicht das FBI. Oder ATF.»

«ATF?»

«Alkohol, Tabak und Feuerwaffen. Innerhalb von zwei Sekunden haben dir die Bullen was angehängt, und schon läuft die Überwachung für alle Ewigkeit.»

«Und ich sitze da mit zwei Taxen voller Bullen auf der Lauer», sagte Gloria und verdrehte die Augen. «Bleib mir bloß vom Hals damit.»

«Elf», plärrte eine Stimme über Lautsprecher. «Ecke Beacon und Exeter.»

«O. k., elf», sagte Gloria und packte das Mikrofon, als gäbe es ihr Halt. «Comm. Ave. 176. Ein Typ namens Ervine. 176 Comm. Ave.» Auf dem Schaltapparat blinkten wie verrückt Lämpchen. Gloria strich einen der obersten Namen auf einem dünnen Notizblock aus. Ihre Finger, die den Bleistiftstummel hielten, sahen wie dicke Würstchen aus.

«Alles klar», sagte die metallische Stimme.

«Leertaxen zurückrufen», flehte Gloria ins Mikrofon, «los, Leute, es regnet draußen.»

«So.» Sie legte einen Schalter um und schenkte ihre Aufmerksamkeit wieder mir. «Nun sag mir mal, wie ich da heil rauskomme.»

«Mach's wie ich», sagte ich, «keine Bullen, kaum Einkommensverluste. Wenn sich irgend etwas tut, isolier ich die Bösewichte und laß die Bullen ran. Ganz einfach.»

«Carlotta, wenn du einfach sagst, bricht mir der kalte Schweiß aus.»

«Ach komm schon, Gloria.»

«Klaub's mir genau auseinander. ABC.»

«Ich möchte deine Bücher durchsehen, die Fahrlizenzen und dergleichen. Fährt irgend jemand für dich, der irischer Staatsbürger ist?»

«Ein paar von den alten sind in Irland geboren, aber sie haben alle die amerikanische Staatsbürgerschaft.»

«Ein junger?»

«Nein.»

«Sonstige Vorbelastungen?»

«Wie meinst du das?»

In Boston gibt es vier Arten von Taxifahrern: die normalen Geldverdiener, die hochgebildeten arbeitslosen Akademiker, die ungebildeten milchkaffeefarbigen Typen, per Schiff von Haiti oder Barbados angelandet, und die Kerle mit Vorstrafenregister.

«Ich würde gern deine Fahrer überprüfen. Und deine Funkaufzeichnungen von den letzten sechs Monaten ausleihen.»

«Sonst noch etwas? Meine Schuhe vielleicht? Das letzte Hemd?»

«Sarkasmus kommt bestimmt gut an bei den Bullen, Gloria.»

«Richtig. Sonst noch etwas?» Diesmal war ihre Stimme zuckersüß.

«Was ist mit deinem Funkgerät? Alles ganz neu, nicht wahr?»

«Von diesem Jahr», sagte sie stolz. «Auf dem neuesten Stand der Technik. Jeder Fahrer kann sich einschalten und sämtliche Durchsagen abfangen, oder eine Taste drücken und nur empfangen, was ich direkt für ihn durchgebe. Die meisten ziehen sich zu Anfang alles rein. Davon bekommen sie Kopfschmerzen, und dann kündigen sie. Es macht dich wahnsinnig, das ganze Gequassel.»

«Mag sein», sagte ich, tief in Gedanken versunken.

Gloria machte mit. Alles lief wie am Schnürchen. Nur machte der Sturm solch einen Lärm, daß ich total überhörte, wie Sam Gianelli ins Büro kam, bis mir Regenwasser auf die Turnschuhe tropfte.

17

Ich hatte ganz vergessen, wie gut Sam aussah. Es total verdrängt.

«Hi, Gloria», sagte er und blieb einen Meter vor der Tür unter einer dieser schaukelnden Lampen stehen, grinste und schüttelte sich das Wasser aus den dunklen Haaren. «Viel los heute abend. Hoffentlich regnet's bis in alle Ewigkeit.» Jetzt bemerkte er mich, und sein Grinsen wurde gezwungen, als hätte der Fotograf zu lange mit dem Auslösen gewartet. «Carlotta?»

Warme braune Augen und ein leichtes Lächeln habe ich schon immer gemocht. Und ein eigenwilliges Kinn hat ebenfalls seinen Reiz. Bleibt noch hinzuzufügen, daß er wohlproportioniert und größer war als ich, kein Wunder also, daß eine jüngere Carlotta auf ihn hereingefallen war.

«Sam», sagte ich.

Mit Sechsunddreißig war er gepflegter als damals mit – ja wieviel eigentlich? – Neunundzwanzig? Erwachsener. Sein Gesicht war immer noch knochig, mit breiten Wangenknochen und schmalem Kiefer. Er ging auch anders, hatte eine aufrechtere Haltung und mehr – wie soll ich sagen – mehr Format. Seine Brust füllte einen gutgeschnittenen anthrazitfarbenen Anzug voll aus. Früher hatte er stets so ausgesehen, als trüge er abgelegte Klamotten, und ich war mir nie sicher, ob das nun an der Kleidung lag oder an der Bürde, als jüngster Sohn von Anthony Gianelli geboren zu sein.

Anthony Gianelli, das sei für Leute angemerkt, die nicht aus dieser Gegend kommen, hat alle nur denkbaren Verbindungen. LCN, Cosa Nostra, die Mafia, wie immer man es nennen will. Jeder weiß es, und keiner tut viel dagegen. Sam, das Nesthäkchen, ist vermutlich sauber. Er hat keinen guten Geschäftssinn, aber das spielt keine große Rolle. Wenn man mit Nachnamen Gianelli heißt, hat man überall Kredit.

Sam war nicht zu seinem Papa gerannt oder hatte um Kredite gebettelt, um G&W am Laufen zu halten. Er hatte sich lieber mit Gloria zusammengetan und wandelte seitdem geschäftlich auf dem Pfad der Tugend.

Vielleicht paßten ihm deshalb jetzt seine Anzüge wie angegossen.

«Hallo», sagte er mit entsprechendem Lächeln, «schnüffelst du herum?»

«Sie will –» setzte Gloria an, ohne mein stilles Flehen zu bemerken.

«Ich brauche einen Job, Sam», unterbrach ich sie rasch, «Taxi fahren.»

«Ich dachte, du wärst ein Bulle.» Das war ihm zu schnell entschlüpft. Er hielt inne und fügte dann hinzu: «Oder so was Ähnliches.» Ein bißchen kümmerlich, so der Lady zu verstehen zu geben, daß er über sie Bescheid wußte.

«Hat mir nicht gefallen.»

«Das Jurastudium?»

«Abgebrochen.»

«Du siehst nicht aus, als ob es dir schlecht ginge», sagte er und musterte mich von oben bis unten, als sei ich eine nackte Figur in einem Kunstmuseum. Normalerweise *hasse* ich das, wirklich. Diesmal aber konnte ich fühlen, wie ich errötete, denn mir wurde jäh bewußt, daß ich das gleiche mit ihm gemacht hatte.

«Ich krieg die Sache irgendwie nicht in den Griff», sagte ich lahm. «Ich überlege, ob ich nicht weiterstudieren soll –»

«Haben wir was frei?» fragte er Gloria. Er sprach, ohne sie anzublicken, ohne seine Augen von meinem Gesicht abzuwenden.

«Wir könnten für nachts jemanden gebrauchen», sagte sie etwas steif, «um Eugene Devens zu ersetzen.»

«Da haut der einfach so ab», sagte Sam, «nach all den Jahren.»

Ich beobachtete ihn mit Falkenaugen, konnte jedoch weder seinem Blick Unbehagen anmerken noch seiner Stimme, daß er insgeheim etwas wußte. Andererseits haben die Gianellis schon Anklagejurys belogen, ehe ich überhaupt geboren war.

«Jemand für nachts», wiederholte er lächelnd. «Nun, das wird sie wohl hinbekommen. Bist du immer noch in derselben Wohnung?»

Im Grunde wollte er nur wissen, ob ich noch dieselbe Telefonnummer hatte.

«Meine Tante ist gestorben –»

«Tut mir leid.»

«Ist schon lange her. Sie hat mir ihr Haus vermacht.»

«Das alte viktorianische in Cambridge? Das große? Lebst du da allein?»

Im Grunde wollte er nur wissen, ob ich verheiratet war.

«Ich bin die Hauswirtin», sagte ich.

Er lächelte. «Kann ich mir kaum vorstellen.»

Jetzt trat lastende Stille ein. Ich konnte Gloria atmen hören und wünschte, sie würde etwas sagen, irgend etwas, oder verschwinden.

«Ich bin immer noch im selben Apartment», sagte er schließlich. «Dieselbe Telefonnummer. Hier.» Er griff in die Tasche und zog eine dünne Lederbrieftasche heraus, die ebenso stinkvornehm war wie seine Adresse am Charles River Park. Er fand eine Visitenkarte und reichte sie mir. Ich nahm sie, und dabei streiften sich unsere Hände für eine Sekunde. «Tag und Nacht», sagte er, «jederzeit. Ruf mich an. Ich habe so einen Anrufbeantworter, du kannst Nachricht hinterlassen, und ich rufe garantiert zurück.»

«Ich habe auch so ein Gerät», sagte ich etwas dümmlich, wie ich zugeben muß, aber ich spürte noch immer die feinen Haarbüschel auf seinem Handrücken.

Bei Männern kann ich mich unfehlbar auf meine Körperchemie verlassen. Wenn ich bei ihrem Eintritt ins Zimmer schneller atme, mir die Haare im Nacken zu Berge stehen und ich Herzklopfen bekomme, weiß ich über jeden Zweifel erhaben, daß ich auf den Falschen gestoßen bin. Zwischen der Art von Männern, die ich mag, und der Art von Männern, die gut für mich wären, liegen Welten.

Er war wegen der Kasse und der Bücher vorbeigekommen. Gloria schob ihm eine verschließbare Blechkassette und einen schwarzen Ordner hin. Damit verschwand er, und ich könnte schwören, daß es dunkler im Raum wurde.

«Scheiße», sagte ich und stieß den Atem laut aus, «du hättest mich ruhig warnen können, daß er kommt.»

«Jippie», sagte Gloria. «Da bricht einem ja das Herz! Was rieche ich denn hier? Ozonreiche Luft? Riecht eher so, als sei hier der Blitz eingeschlagen.»

«Ach, leck mich doch am Arsch, Glory», sagte ich halbherzig. Ich gebrauche nicht mehr oft solche Schimpfwörter, wahrscheinlich, weil ich halb wie eine jüdische Prinzessin aufgezogen worden bin. Aber als ich bei der Polizei war, du meine Güte, was habe ich da geflucht! Sobald ich die Polizeimarke ansteckte, drehte auch mein Mundwerk auf. Ich war knallhart. Es dauerte eine ganze Weile, bis ich merkte, daß ich den Menschen nicht besonders mochte, in den ich mich verwandelte. Trotzdem, wenn mich der Teufel reitet, kann ich immer noch so gut wie jeder andere «Scheißarsch von Mamaficker» sagen, nur tue ich es meistens nicht.

«Sachte, sachte», sagte Gloria, «ich weiß nie genau, wann Sam hereinschneit. Oder wer mit ihm kommt.»

«Ist mir völlig schnuppe, falls du damit Sams Freundinnen meinst», log ich. «Wenn er allerdings seinen Papa mitbringt, weiß ich nicht, ob ich's wagen würde, für euch zu fahren.»

«Immer sachte», wiederholte Gloria, aber ihre Lippen zuckten. «Ich wollte nur sehen, wie leicht entflammbar du bist. Ich dachte immer, du hättest diesen Penner Cal nur geheiratet, um dich zu trösten.»

«Zur Sache, Gloria», sagte ich, «zu den Büchern.»

«Die Unterlagen haben sich mit Sam aus dem Staub gemacht. Du rufst ihn wohl am besten an, wie er gesagt hat.»

«Bewerbungen, Führerscheine, Lizenzen usw.»

Mir war klar, daß sie tief in Gedanken versunken war, denn sie aß nichts. «Sam ist mein Partner, Carlotta. Ich sollte ihn in diese Sache einweihen.»

Könnte jemand mit Namen Gianelli ein begeisterter Sympathisant der IRA sein? Wohl kaum, aber ich traute Sam alles zu. Er setzte seinen Kopf schon durch, als er noch in der Wiege lag. Er kannte all die Großen, und damals, als ich ihn kennenlernte, hätte er nie irgendwelche der gottgegebenen Privilegien der männlichen Gianellis fahrenlassen.

«Glaubst du, er gibt dir Einblick in alles, was er vorhat?» fragte ich.

«Er wird dies nicht gut finden.»

«Er braucht es ja nicht zu wissen.»

«Ja, ganz einfach.»

«Wenn wir in der Scheiße sitzen, sagst du ihm, ich hätte dich angelogen, Gloria. Erzähl ihm, ich hätte das Zeug gestohlen.»

«Klar, Kleine, so wird's gemacht.»

Irgendwie hatte ich nicht das Gefühl. Wir schenkten uns gegenseitig ein frostiges Lächeln, das sich allmählich vertiefte, bis es richtig war, und dann nahm ich noch eins von Glorias Hühner-Nuggets, sozusagen als Friedenspfeife. Es schmeckte wie gebratener Teig.

«Weißt du, das ist vielleicht gar keine schlechte Idee», sagte ich.

«Was?»

«Für euch zu fahren.»

«Was?»

Taxi Nummer 403 wurde frei und rief die Zentrale. Die Stimme des Fahrers war ein wenig heiser und verzerrt, aber ich glaubte Sean Boyle zu erkennen. Gloria informierte ihn, daß am Audubon Court 44 Maudie warte.

«Im Ernst», sagte ich, «ihr braucht doch Ersatz für Eugene, nicht wahr?»

«Ja schon, aber –»

«Wenn jemand Fragen stellt, sag einfach, ich würde für ein Weilchen zurückkommen, weil ich es allein nicht so ganz schaffe.»

«Sam hat's dir abgekauft», sagte sie. «Hat dir schon mal jemand gesagt, daß du eine hervorragende Lügnerin bist?»

«Dauernd.»

«Dann brauchen wir gar nicht zu erzählen, du schafftest es nicht als Privatdetektivin.»

«Brauchen wir nicht zu erwähnen.» Ich erwärmte mich für die Idee. «Als Insider kann ich mir ein Bild machen. Wer miteinander redet, miteinander trinkt.»

«Das normale Mäuschenspiel.»

«Eher ein Kakerlakenspiel, in *der* Bude. Ich kenne mich ja aus, wäre also keine Belastung», sagte ich heiter. Wenn ich meine eigene Taxe hatte, konnte ich alle Funksprüche abhören.

Taxi 827 meldete sich und erhielt neue Anweisungen. Die Vormerkungen nahmen langsam ab, die Schaltlämpchen blinkten, der Regen hielt an.

Während Gloria ihre Truppe verteilte, schob ich Sams Karte in meine Tasche. Ich hatte gedacht, ich hätte es unauffällig getan, aber Gloria warf mir einen ihrer erhabenen Buddhablicke zu. Dabei hatte ich gar nicht vor, Sam anzurufen. Ich hätte die Karte in den Papierkorb werfen sollen.

Gloria brauchte einige Zeit, um die Spinnweben und Plätzchenkrümel von den Personalakten zu wischen. Dann diskutierten wir darüber, wann ich mit dem Fahren anfangen sollte, welche Stunden, ob ich wirklich Fahrgeld kassieren sollte und wenn ja, wieviel ich verdienen sollte. Ich konnte wieder flüssig werden mit zwei Jobs, die mir beide bezahlt wurden. Besseres Katzenfutter für T. C., Vogelkörner erster Güte für den Sittich. Steak.

Schon beim bloßen Zusammensein mit Gloria muß ich dauernd an Essen denken.

18

Samstag holte ich Paolina fünf Minuten früher ab, weil sie nervös wird, wenn ich zu spät komme. Sie kam aus der Tür gestürmt, mit hinter ihr her wehenden Zöpfen, und rief im gleichen Atemzug Marta ein Tschüs und mir ein Hallo zu; sie trug Turnschuhe, Jeans und ein rosa Sweatshirt mit Kapuze und einer doppelten Känguruh-Brusttasche.

Nachdem sie sich angegurtet hatte, steckte sie die Hände in den Taschenbeutel, und dann fuhren wir auf der Fernstraße 2 zur 128 zur 3, während sie mir den neuesten Schulklatsch erzählte. Wer nett und wer «fresh» war, was soviel wie «cool» bedeutet, wer in war und wer out. Zehnjährige – zumindest die Straßenkinder aus der Stadt – haben heutzutage eine Art, Urteile abzugeben, die bei uns, soweit ich mich erinnern kann, erst in der höheren Schule aufkam. Wissen Sie noch? Die Sportler und die Streber und die Schläger? Nur daß Paolina sie coole Typen, Freaks und «fresh» nennt. Glanzpunkte dieser Wochenübersicht waren die Abenteuer eines gewissen Emanuel Rodriguez, eines zwölfjährigen Schwarms, so «fresh», daß es keine Worte dafür gab.

«Er hat sogar diesem blöden alten Kerl gesagt, er soll abhauen», sagte Paolina stolz.

«Was für einem blöden alten Kerl?»

«Ach nichts. Nur so ein Freak, der die ganze Zeit auf der Veranda sitzt.»

«Hat Emanuel dich nach Hause gebracht?»

«Wir gehen manchmal zusammen», gab sie zu, «mit ein paar von den anderen.»

«T-Shirt? Ledertasche? Hatte der Kerl einen Bart?» Zipfelbart kam mir eigentlich nicht gerade alt vor, aber für eine Zehnjährige ist jeder uralt.

«Ja.»

Ich atmete tief aus und ein. «Hör zu, sag Emanuel, er soll sich von ihm fernhalten.»

«Ja, gut, aber er soll sich besser von Emanuel fernhalten.»

«Paolina», sagte ich ruhig, «das ist mein Ernst.»

«Ja, klar», sagte sie.

«Hat euch der Kerl je belästigt?»

«Nein.»

«Euch angesprochen?»

«Nein.»

Das zweite Nein kam nach einer kleinen Pause. Ich sagte nichts weiter. Es hatte einen falschen Klang.

«Er verkauft Stoff», sagte sie schließlich. «Du weißt schon, Carlotta, Drogen und so 'n Zeug.»

Ein Glück, daß kein besonders starker Verkehr herrschte, denn ich war einen Moment lang das, was die Leute meinen müssen, wenn sie «blind vor Wut» sagen. Ich sah nichts mehr. Ich hörte nur noch schwach, daß Paolina redete.

«Mit mir ist alles in Ordnung», sagte sie. «Das weißt du doch. Aber er geht direkt zur Schule. Zu richtig kleinen Kindern aus der zweiten Klasse, kleinen Dummköpfen, die immer zeigen wollen, wie mutig sie sind.»

Ich sagte immer noch nichts. Jetzt wäre ich gern noch bei den Cops gewesen. Wäre ich Polizistin, säße dieser Kerl hinter Schloß und Riegel.

«Carlotta –»

«Hör zu, Paolina. Wenn er dich je belästigt, dich je wieder anspricht, dann sag es mir. Ruf mich an.»

«Okay.»

«Und halt dich von dem Typen fern.»

«Kein Problem. Tut mir leid, daß ich überhaupt was gesagt habe.» Sie vergrub die Hände tiefer in ihrer Tasche und starrte auf den Fußboden mit dem sicheren Gefühl, mir die Laune verdorben zu haben.

Dieser verdammte Bastard von Dealer.

Ich langte hinüber und tätschelte ihr die Schulter, und nach einer Weile beruhigte sie sich und schaute aus dem Fenster.

«Ach, Paolina», sagte ich, «ich bin froh, daß du mir von dem Kerl erzählt hast. Danke.»

«Kein Problem», sagte sie. Das ist ihr Lieblingsausspruch.

Danach brachen wir bei jedem roten und goldenen Blatt in Ah- und Oh-Rufe aus. Ich wollte nicht an den verfluchten Dealer denken. Dabei krampften sich nur meine Hände um das Lenkrad. Ich dachte lieber daran, daß Paolina in Emanuel Rodriguez verliebt war. Ich rede nicht viel über Jungen mit Paolina. Zu diesem Thema fällt mir nicht viel ein. Manchmal mache ich mir Sorgen um sie. Fest steht, daß weder Marta noch ich in dieser Hinsicht ein gutes Vorbild sind. Aber welche Kinder haben schon ein perfektes Vorbild vor Augen, ein perfektes Ehe- und Familienleben, in dessen Schutz sie wohlbehalten aufwachsen können! Wie dem auch sei, wir bewunderten die Bäume, und ich ließ meine Gedanken schweifen...

Den Vormittag über hatte ich viel zu tun gehabt. Ich füllte eine Vermißtenmeldung aus, wie immer etwas benommen von der bürokratischen Unpersönlichkeit, mit der die Hüter von Gesetz und Ordnung das plötzliche Verschwinden eines Menschen aufnehmen. Ich hatte kurz mit einem überarbeiteten, übellaunigen Mooney gesprochen, der mich darüber informierte, daß er keinen Beamten eigens zur Bewachung von Margaret Devens' Krankenzimmer bereitstellen könne, und wofür, zum Teufel, sie mich eigentlich bezahlte.

Dann fuhr ich hinüber in die Bostoner City, um zu sehen, ob meine Klientin Fortschritte machte, und um ihr eine Kopie meiner neuesten Erkenntnisse zum Fall dazulassen. Das einzeilig mit Maschine beschriebene schlicht weiße Blatt Papier gab so wenig her, daß ich fest darauf vorbereitet war, Margaret würde sagen, ich solle die ganze Angelegenheit vergessen. Ich hatte sogar schon angefangen, meine Rechnung aufzustellen.

Ihr Gesicht sah schlimm aus, aber ich wußte aus bitterer Erfahrung, daß die buntesten Beulen nicht die schmerzhaftesten sind. Ein großer Kopfverband entstellte sie, doch sie hing nicht mehr am Tropf und saß aufrecht in einem stützenden Nest aus Kissen und strickte etwas Haferflockenfarbiges. Der Fernsehapparat war aus.

Ihr Gesicht war so verschwollen, daß sie ihre Lesebrille nicht auf die Nase setzen konnte, und ich mußte ihr meinen Bericht laut vorlesen. Auf ihren Wunsch hin las ich manche Abschnitte ein zweites

Mal, während sie strickte und mit dem Kopf nickte. Es kam mir nicht so vor, als konzentriere sie sich auf meine Stimme, aber ebensowenig schien sie sich auf ihr Strickzeug zu konzentrieren, und trotzdem nahm schnell ein kompliziertes Muster Gestalt an, völlig ebenmäßig und ohne daß Maschen fielen.

«Ein Job beim Taxiunternehmen», sagte sie, als ich fertig war. «Ich glaube, das ist das Beste.»

«In Anbetracht dessen, was Pat gesagt hat, bestimmt.»

«Wie geht es dem Ärmsten?»

«Er stirbt langsam, und er weiß es und macht trotzdem noch Witze.»

«Ach, Patrick», murmelte sie. «Ich wünschte, er wäre nie in den Ruhestand getreten. Er konnte Eugene immer ins Gewissen reden.» Sie wandte sich wieder ihrem Strickzeug zu, und einen Augenblick lang dachte ich, das Gespräch sei beendet, aber dann sagte sie: «Dieses Taxifahren, ist das gefährlich für Sie?»

«In Boston Taxi zu fahren ist immer gefährlich.»

«Wird es Ihnen helfen, meinen Bruder zu finden?»

«Wenn Sie wollen, daß ich weitermache, ist das die einzige Spur, die ich habe. Ich vermute, daß Ihr Bruder etwas Gesetzwidriges getan hat. Ich vermute, es hat mit einem Taxifahrer-Verein zu tun. Ich kann nicht dafür garantieren, aber falls ich das Vertrauen der Fahrer gewinne, erzählen sie mir vielleicht manches. Ihr Bruder könnte sich versteckt halten. Er könnte von der Polizei für eine Vernehmung gesucht werden. Vom FBI.»

Im Grunde hielt ich es für wahrscheinlicher, daß er von der IRA gesucht wurde, nicht weil er etwas getan hätte, sondern weil er etwas unterlassen hatte, nämlich das Geld weiterzuleiten. Das behielt ich jedoch für mich, um Margaret keine Angst einzujagen. Ich habe einmal diese BBC-Dokumentation gesehen, und bei einer Szene gefror mir das Blut in den Adern. Eine Truppe IRA-«Soldaten», mit Maschinengewehren bewaffnet, marschierte durch Scharen von jubelnden Zivilisten. Die «Soldaten» waren nicht zu erkennen, sie trugen schwarze Kapuzen mit Sehschlitzen. Während neun der Provos ihre Maschinengewehre in den Himmel abfeuerten, schoß einer ganz ruhig einem Informanten den Kopf in Stücke. Ich weiß noch, daß ich mich fragte, was das Fernsehteam sich wohl dabei dachte, warum sie nicht mit dem Filmen aufgehört und irgend etwas getan hatten, um diesem armen Menschen das Leben zu retten. Das war die einzige Hinrichtung, die ich je gesehen habe, bei der nicht die Verurteilten, sondern die Henker Masken trugen.

Margaret seufzte. «Egal», sagte sie, «wir müssen dabeibleiben. Was sie machen, das muß irgendwo ein Ende haben.»

«Ich bleibe mit Ihnen in Verbindung.»

«Ich bin so müde», sagte Margaret quengelig, «bis in die Knochen hinein müde, wie man eben wird, wenn man den Kampf ganz von vorne beginnen muß, den man schon gewonnen glaubte. Hundemüde, und ich wünschte nur, sie ließen mich heim.»

Ich senkte die Stimme. «Was soll ich mit dem Geld machen?»

«Es vor den Provos verbergen. Lassen Sie es nicht in deren blutbeschmierte Dreckshände geraten. Ist es dort sicher, wo Sie es versteckt haben?»

Vor meinem geistigen Auge erschien das Katzenklo. «Ich glaube schon. Ja.»

«Dann lassen Sie es dort, lassen Sie es. Ich will es nicht. Du lieber Himmel, bin ich müde.» Sie schloß die Augen, und das Strickzeug fiel ihr auf die Brust. «Ich weißt nicht weiter, aber Sie müssen weitermachen. Bestimmt, machen Sie weiter. Ich kann nicht nach ihm suchen, so ans Bett gefesselt, aber ich habe so ein ungutes Gefühl bei der Sache. Wenn er in der Nähe wäre, hätte er gehört, was passiert ist. Er wäre zu mir gekommen. Er war immer ein guter Mensch, immer gut...»

Sie schlief beim Reden ein, was mich so aus der Fassung brachte, daß ich eine Krankenschwester aufsuchte, die mir versicherte, das sei eine ganz normale Folge der Medikamente, und Miss Devens' Gehirnerschütterung sei zwar geringfügig, aber der behandelnde Arzt sei dennoch der Meinung, ein paar weitere Tage unter Beobachtung könnten nichts schaden. Margaret hatte offenbar ihre Krankenversicherung immer pünktlich bezahlt.

Mir war das nur recht. Margaret im Krankenhaus, das war auch ohne Bewachung immer noch sicherer als Margaret zu Hause...

Der Toyota, eine Zeitlang mit dem Autopilot unterwegs, erreichte sein Ziel, und Paolina katapultierte mich in die Gegenwart zurück. Sie führte mich stolz mit Hilfe der Karte, die sie am Eingang bekommen hatte, in dem zoologischen Garten herum. Manche Teile waren sehr schön, weiträumig, offen und sauber. Andere waren wie diese schrecklichen alten Zoos, wo die Tiere in so engen Eisenkäfigen gefangen waren, daß sie sich kaum bewegen konnten, nur hin und her, hin und her.

Paolina mochte das riesige, eingezäunte Gehege mit den sibirischen Tigern am liebsten. Eine Mama und drei Junge. Paolina gibt allen Tieren im Zoo einen Namen. Mit diesem Spiel hat sie vor Jahren angefangen, als ich sie zum erstenmal zum Franklin-Park mitgenommen habe, und inzwischen hat es Tradition. Sie interessiert sich nicht für die richtigen Tiernamen und hat nur Verachtung für die Schilder übrig, die zur Information der Öffentlichkeit aufgestellt werden. Alle Namen müssen mit gleichen Buchstaben anfangen. Geronimo Giraffe, Penelope Pinguin. Da die Tiger aus Sibirien stammten, wurden die drei Jungen Sonja, Sascha und Sofia genannt. Wir sahen zu, wie sie es ihrer Mama gleichtun wollten, herumschlichen und durcheinanderpurzelten, zu tapsig für wilde Raubtiere. Wir aßen ein Eis und Zuckerwatte und bekamen klebrige Hände. Wir pflückten einen Strauß buntes Herbstlaub für Marta.

Erst als wir wieder im sonnenheißen Auto saßen, um nach Hause zu fahren, fiel mir unser Telefongespräch ein. «Du wolltest mich doch etwas über Volleyball fragen, richtig?»

Ihr Gesicht wurde lang. Eben hatte sie noch gelächelt und die leuchtend bunten Blätter wie eine Siegestrophäe gehalten, und jetzt schaute sie untröstlich drein.

«Ola», sagte ich, «was ist los?»

Sie zog ein abgegriffenes, zusammengefaltetes Stück Zeitung aus ihrer Hosentasche und gab es mir wortlos. Ich schlug es auf. Ich hatte es selbst schon im *Globe* gesehen.

«Woher hast du das?» fragte ich.

«Jemand hat es zur Gegenwartskunde mitgebracht.»

Es war halb Neuigkeit und halb Nachruf. Im Grunde ein Lückenfüller aus dem Sportteil, mit einem winzigen Foto, auf dem jeder hätte sein können. In der Bildunterschrift stand, es handle sich um Flo Hyman, Ko-Mannschaftskapitän des weiblichen Volleyballteams der USA, der Silbermedaillengewinner. Tot. Starb bei einem Schaukampf in Japan. 31 Jahre alt.

«Ich habe diese Woche kaum noch trainiert», sagte Paolina, als ich den kurzen Artikel gelesen hatte und aufblickte. «Ich wollte – wie alt bist du eigentlich? Ich will nicht, daß du spielst.»

«Ach, Schatz.» Ich legte meinen Arm um sie und zog sie an mich.

«Es passiert schon nichts. Das ist doch die große Ausnahme, es kommt ja nur einmal in einer Million vor.»

«Ich will aber nicht, daß du weiterspielst», beharrte sie mit einer Stimme, aus der Martas Eigensinn herausklang.

Als ich noch bei der Polizei war, hatte sie immer Angst gehabt, ich könnte erschossen werden. Nimm ein Kind und laß es eine Menge Verluste und Todesfälle erleben, und es wird entweder so hart im Nehmen, daß es nie wieder jemanden lieben kann, oder es hat ständig Angst.

«Paolina», sagte ich so sanft ich konnte, «das ist so, als wenn man vom Blitz getroffen würde. Oder vom Eiswagen überfahren. Oder von einem Haifisch gefressen.»

Oder wie wenn der Ehemann sich in einen Drogensüchtigen verwandelt, dachte ich im stillen.

«Sie war krank. Sie hatte ein Leiden, das Marfansches Syndrom genannt wird, oder etwas Ähnliches. Es befällt vorwiegend große, dünne Sportler – also hör mal, viel größer und dünner als ich, und meistens Schwarze. Derlei geschieht nun mal, aber höchst selten.»

«Wenn sie sich beim Spiel nicht so angestrengt hätte –»

«Dann hätte sie vielleicht länger gelebt, aber ich weiß nicht, ob sie das gewollt hätte.» Ich konnte mich lebhaft daran erinnern, Flo Hyman über das Spielfeld jagen zu sehen, als ob sie fliegen wollte. Ich hatte damals den Olympischen Spielen zu Ehren meinen alten Schwarzweißfernseher aus dem Schrank geholt. Wir hatten uns die Volleyballspiele gemeinsam angeschaut, Paolina und ich, aber ich hätte gedacht, sie sei zu klein gewesen, um sich daran zu erinnern. Ich wundere mich immer wieder, was sie alles behält. Und was sie vergißt.

Paolinas Stimme klang hinter der Hand gedämpft. Ich konnte kaum etwas hören, glaube aber, sie sagte: «Ich habe Angst», auf spanisch, wie immer, wenn sie nicht unbedingt will, daß ich es verstehe.

«Ist ganz in Ordnung. Es ist in Ordnung, Angst zu haben.»

«Ich mußte ans Sterben denken. Ich habe Angst zu sterben, irgendwo zu sein, und niemand da, der mir sagt, was ich tun soll, und ganz einsam zu sein.»

Ach, du lieber Gott, hilf mir, das klarzustellen.

«Paolina», sagte ich langsam, «die Leute glauben so manches, was passieren könnte, wenn man stirbt. Die einen glauben, man kommt in den Himmel, wo es schön und friedlich ist. Andere, dazu gehöre ich aber nicht, glauben, die Bösen kämen in die Hölle und würden bestraft. Und wieder andere glauben, man sei einfach weg, wie beim Schlafen in der Nacht, ohne irgendwelche Träume. Aber ich habe noch nie gehört, daß man einsam ist, wenn man stirbt.»

Man ist einsam, solange man lebt, dachte ich im stillen.

Das fiel mir spätabends wieder ein, als ich zusammengerollt auf meiner Hälfte des übergroßen Bettes lag, das ich wegen seiner Länge gekauft hatte, ganz zu schweigen von der Breite, durch die ich mir so verloren vorkam. Ich konnte nicht einschlafen, also spielte ich auf meiner alten Steel-Gitarre bis weit in die Nacht hinein und zerschnitt mir dabei meine Fingerkuppen, bis sie bluteten.

Als ich von Cal geschieden wurde, sagten die Leute, ich hätte Glück, ihn los zu sein. Kann ja sein. Nur daß der Typ, den ich losgeworden war, gar nicht mehr Cal war. Bekannte sagten, sie wären froh, daß wir keine Kinder hätten. Ich nicht. Ich war glücklich über Paolina.

Dieser alte Song ging mir nicht aus dem Kopf. Er ist von Blind Lemon Jefferson, bluesartig und beschwingt, und kein Mensch käme auf den Gedanken, er könne den folgenden Text haben:

> There's one kind favor I ask of you.
> There's one kind favor I ask of you.
> There's one kind favor I ask of you.
> Won't you see that my grave
> is kept clean, pretty momma,
> Won't you see that my grave is kept clean?

Ich spielte ihn dreimal und versuchte, mich an die Reihenfolge der Verse zu erinnern.

Ich knipste das Licht aus, konnte jedoch immer noch nicht schlafen, stand schließlich wieder auf und suchte nach Sam Gianellis Karte. Ich fand sie tief in meiner Hosentasche vergraben und starrte eine Weile darauf. Jederzeit, hatte er gesagt. Tag und Nacht.

Er ist sicher nicht zu Hause, dachte ich. Ich werde aufhängen, wenn er den Hörer abnimmt, dachte ich.

Ich hätte Mooney anrufen sollen, aber ich rief Sam an.

Und er war zu Hause, allein und wach.

19

Komisch, wie man sich einen alten Schuh wieder anzieht, wenn nötig.

Bei meiner Meldung zur zweiten Nachtschicht bei G&W merkte ich mit gelindem Schaudern, wie vertraut mir alles noch war. Da ich neu zur Truppe stieß, blieb ich auf einem der schlimmsten alten Ford sitzen. Gloria händigte mir mit ausdruckslosem Gesicht den Schlüssel zu Eugenes Spind aus – vorübergehend nun meiner. Ich hatte nichts hineinzutun, schlenderte aber trotzdem hinüber und riß die Tür auf, als wollte ich ausprobieren, ob das Schloß auch in Ordnung war. In Wirklichkeit spionierte ich einer Gruppe von Fahrern nach, die in der Nähe der Bank zusammenstanden und über die Red Sox und die anderen Teams schwatzten.

Im allgemeinen braucht man die Sox nicht gesehen zu haben, um mitreden zu können. Daß sie jedesmal gegen Ende der Saison in den Keller absacken, ist leider vorauszusehen. Dieses Jahr war es allerdings anders. Sie schienen unschlagbar zu sein, aber die treuen Fans warteten darauf, daß sie zusammenklappten.

Ich ließ meinen gemischten Gefühlen freien Lauf und meckerte über die hohen Honorare, die diese Stinker dafür einstreichen, daß sie dreimal in einem Spiel zuschlagen, beobachtete jedoch die ganze Zeit die anderen Fahrer, wie sie auf mich reagierten, auf meine Inbesitznahme von Eugenes Spind und auf meine GBA-Anstecknadel, die auf meinem Revers blitzte. Mir war zumute wie einem Geheimpolizisten, und das gefiel mir nicht. Es ist etwas Gemeines dabei. Erst freundest du dich mit den Bösewichten an, solidarisierst dich mit ihnen, und dann betrügst du sie. Wenn du nicht einen Teil deiner selbst aus der Sache heraushältst und dich abschottest, wirst du glatt verrückt.

Ich kannte ein paar von ihnen. Eine Frau mittleren Alters, die seit Ewigkeiten Taxi fuhr, wurde Rosie oder Happy oder mit einem ähnlich heiteren Namen gerufen, der überhaupt nicht zu ihrem abstoßenden Gesicht und ihren düsteren Ansichten vom Sport paßte. Ich grüßte sie zuerst, und entweder erinnerte sie sich vage an mich, oder sie tat höflicherweise so. Dann sagte Sean Boyle Hallo, und schließlich auch einige andere. Rosie – so hieß sie – übernahm die Vorstellung. Ich nickte und lächelte und versuchte die Namen mit den Personalbögen in Einklang zu bringen, was recht schwierig war, da interne Daten ausschließlich unter den Vornamen verbucht waren. Viele Fahrer hatten Spitznamen wie Red Light, Speedy oder Mad Dog.

Ich würde die Liste der Namen mit Gloria durchgehen müssen. Taxi Nummer 223. Es hatte eine Beule im rechten vorderen Kotflügel und roch wie das Innere eines alten Stiefels. Ich hielt sofort an, um einen Duftspray einzukaufen. Die angeblich kugelsichere Heckscheibe, bei allen Bostoner Taxen Vorschrift, war so verkratzt und milchig, daß der Rückspiegel keine Funktion mehr hatte.

Als ich meine Fahrerlaubnis hinter die Sonnenblende steckte, fühlte ich mich wie ein Fernsehstar bei der Wiederholung einer alten Serie. Schon beim bloßen Betreten dieser schmutzigen Garage, mit Jeans, Arbeitshemd und Fahrermütze, mußte ich daran denken, wer ich eigentlich war, als ich damals zum Broterwerb Taxi fuhr – und wer jetzt.

Und Sam Gianelli.

Komisch, wie man sich einen alten Schuh wieder anzieht...

Er hatte um zwei Uhr in der Frühe herüberkommen wollen, sobald er meine Stimme am Telefon erkannte. Ich hatte einen Rückzieher gemacht. Wir hatten uns auf ein spätes Sonntagsfrühstück in einem kleinen Restaurant in North Cambridge geeinigt, wo wir öfter gewesen waren; es bestand aus lauter eng aneinander gerückten Tischchen für zwei, und ich hätte gleich Einspruch erheben müssen. Zu viele Erinnerungen an üppige Nachmittagsfrühstücke nach ewig währenden Liebesstunden.

Um halb elf hatte ein Typ kräftig an meine Eingangstür geklopft und mir einen Blumenstrauß überreicht. Nicht diese schrecklich gefärbten Nelkengestecke im Topf, sondern ein Bukett Iris, Inkalilien und Fresien. Fresien sind meine Lieblingsblumen wegen ihres Aprikosendufts. So etwas kann man an einem Sonntagmorgen auftreiben, wenn man Gianelli heißt.

Ich zog mich salopp an, vielleicht, um Sam zu zeigen, daß ich keine großen Erwartungen in unser Treffen setzte – Lüge Nummer eins – und nicht durch Blumen zu beeindrucken war – Lüge Nummer zwei. Ich wählte weiße Jeans und ein heißes türkisfarbenes Strickoberteil aus, passend zu meinen Malachitperlen. Ich trage Halsketten. Keine Ringe oder Armreifen, wegen des Volleyballs. Ich trage nie Ohrringe. Sie stören mich, schon der Gedanke an Ohrringe stört mich, ganz zu schweigen von dem Kneifen am Ohrläppchen. Und ich fände es gräßlich, mir Löcher in die Ohren stechen zu lassen. Es kommt mir irgendwie barbarisch vor. Ohrringe und Nagellack kann ich nicht ausstehen. Gegen Make-up habe ich wiederum nichts, und nun machen Sie sich selbst einen Reim darauf.

Ich trug sexy Seidenunterwäsche, will also nicht so tun, als hätte der Ausgang des Nachmittags mich sehr überrascht.

Natürlich wollte er mein Haus sehen. Und natürlich ist der Teil des Hauses, der wirklich mir gehört und auf den ich stolz bin, mein Schlafzimmer. Und da ist auch der Stereoklang am besten. Sam und ich haben einen unterschiedlichen Geschmack, was Musik angeht. Er mag Jazz lieber. Aber wir sind uns einig, daß neben Billie Holliday jeder andere mickerig klingt, also stopfte ich ein Band in das Gerät, und bald endeten wir genau da, wo ich mir schon gedacht hatte, daß wir enden würden, als ich ihn unter der Glühbirne in Glorias Büro das Wasser aus den Haaren schütteln sah.

«Ich erkenne dich wieder», sagte er, «du bist die, die gern nach oben klettert.»

«Du siehst eigentlich so aus, als könntest du dein Gewicht gut selber tragen, Sam», sagte ich, während ich mich entgegenkommend auf den Bauch drehte. Tat er. Konnte er. Er sah aus, als ob er Gewichte gehoben hätte, muskulös und schweißnaß.

Wir wechselten uns ab, mal der eine, mal der andere oben, und es war herrlich. Ich merkte, daß ich Geräusche von mir gab, die Roz beschämt hätten, und wünschte mir insgeheim, sie und Lemon wären zu Hause, die Ohren am Fußboden wie festgenagelt vor Erstaunen über die Nachmittagsschäferstündchen ihrer Vermieterin.

Komisch, wie man sich den alten Schuh wieder anzieht...

Ein verbeulter VW-Bus schoß aus einer schmalen Gasse heraus, die sich als Straße ausgab, und ich mußte das Lenkrad nach rechts reißen, um einen Zusammenstoß zu vermeiden. Meine Reifen quietschten vor Protest.

Wieder an die Arbeit.

Der Verkehr in der Innenstadt war schneller und dichter, als ich in Erinnerung hatte. Aggressives Fahren ist in Boston die Norm, aber es schien noch schlimmer geworden zu sein. Die Grobheit hatte entschieden zugenommen. Die Leute lehnten sich auf ihre Hupen, sie lehnten sich wirklich darauf.

Den ganzen Weg den Storrow Drive hinunter wurde ich durch das Gedränge der Autos in meinen drei Aufgaben behindert. Nummer eins war der Funk. Ich hatte vor, jeden Funkspruch abzuhören und aufzuschreiben. Später wollte ich dann sehen, ob ich irgendeinen Code, ein Kennungsmuster herausbekam. Nummer zwei war, die Namen mit Gesichtern und Stimmen in Einklang zu bringen, herauszufinden, wer welches Taxi fuhr. Nummer drei: jede Nacht einem der alten Käuze zu folgen. Schauen, ob jemand dumm genug war, etwas offensichtlich Verdächtiges zu tun.

Als Kandidaten für den Abend hatte ich mir meinen alten Kumpel Sean Boyle ausersehen, der Taxi Nummer 403 fuhr. Ich konnte ihm ja kaum am hellichten Tage nachspüren. Jemandem auf den Fersen bleiben zu müssen ist schon lächerlich genug, aber bei Tage ist es ganz unmöglich. Bei Nacht konnte ich mein Taxilicht auf dem Dach ausschalten, um als x-beliebiges Paar Scheinwerfer durchzugehen. Nach hartem Ringen mit Gloria hatte ich erreicht, nur Fahrgäste mitzunehmen, wenn jedes andere Taxi in der Stadt besetzt war. Hoffentlich gab es keinen Taifun mehr.

Der Taxibetrieb spät in der Nacht ist in Boston sehr rege, hauptsächlich deshalb, weil die öffentlichen Verkehrsmittel ab 0 Uhr 30 nicht mehr fahren, um die Bevölkerung davon abzuhalten, lange aufzubleiben und sich in wilde Vergnügungen zu stürzen. Wenn Sie Boston bei Nacht erleben wollen, können Sie sicher sein, daß sie entweder nach Hause stolpern oder ein Taxi anwinken müssen. Fahrgäste finden sich immer in den Vergnügungsvierteln, etwa am Kenmore Square, der Hochburg der College-Studenten, der Discos und der Punker-Kneipen. Und in der Nahkampf-Zone, wo die zwielichtigen Gestalten zu Hause sind und die Pornofilme laufen.

Sean Boyle fuhr kreuz und quer durch diesen Bezirk, eingezwängt zwischen Chinatown und dem ums Überleben kämpfenden Theaterviertel. Ein Ort, den ich am liebsten meide. Mein Taxi roch ohnehin übel genug. Diese Gegend war ein Grund dafür, daß ich bei der Polizei aufhörte. Sie ließen mich dauernd auf diesem verdammten Stinkloch sitzen, und ziemlich bald hatte ich das Gefühl, die Welt sei voller elender Dreckskerle. Alles, was ich zu sehen bekam, war die Gosse, und ich konnte meine Augen nicht abwenden aus Angst, irgend etwas würde aus diesem Sumpf herauskriechen und ein Messer aufblitzen lassen. Zuerst hatte ich noch ein Gefühl prickelnder Gespanntheit, verstärkt durch uneingestandene Furcht. Das Leben gilt nicht viel in diesem Viertel. Hier fallen die Masken, gehen die Leute richtig zur Sache. 13jährige Herumtreiber gehen für zehn Dollar mit jedem mit. Ehrbare Vorstadtpapis bumsen Kinder, die jünger sind als ihre Töchter. «Es wird heute spät im Betrieb, Schatz, tut mir leid, daß ich nicht mit zu Sallys Schulkonzert kann.» Man hat die Wahl zwischen Alkoholikerwracks und rauschgiftbenebelten ehemaligen Schönheitsköniginnen. Der ganze Bezirk bricht einem das Herz oder verwandelt es in einen Stein. Meins muß schon zu sieben Achteln versteinert gewesen sein, als ich endlich meine Marke hinschmiß.

Ich griff unter den Sitz und fand, wie könnte es anders sein, ein beruhigendes Stück Bleirohr. Taxifahrer dürfen in Boston keine Kanonen tragen. Meine war in Armesweite oben auf einer Schicht Krimskrams in meiner Tasche, aber ich habe seit meinen letzten Tagen bei der Polizei keinen Gebrauch mehr von einer Waffe gemacht. Ein übler Tag und ein übler Ort, unweit der Ecke Washington und Boylston.

Boyle nahm an der Tremont eine Rechtskurve, dann ein paar Linkskurven und schlug sich zur Pussy-Cat-Lounge hinüber. Ein blonder Strichjunge winkte, vermutlich wollte er mein Taxi als fahrendes Boudoir benutzen. Ich fuhr schnell vorbei und fragte mich, ob es wohl Veteranen in diesem Bezirk gab, die noch soviel gesunde Gehirnzellen hatten, um sich an Carlotta, den weiblichen Cop, zu erinnern.

Ich folgte Boyle die ganze Nacht. Er beförderte verlorene Seelen in die Vororte hinaus. Einmal mußte er in der Taxe warten, bis der Typ hineingegangen war und Knete gefunden hatte. Das arme Schwein war wahrscheinlich von einem Strichjungen ausgenommen worden, und es war ihm zu peinlich, um der Polizei Meldung zu machen. Boyle hielt an verschiedenen Bars. Entweder mußte er so oft trinken oder so oft pinkeln, oder er sammelte die Groschen und Fünfziger aus diesen grünen Büchsen ein.

Ich schrieb alles auf, die Zeit, den Ort, alles. Wenn andere Taxen in der Gegend herumfuhren, notierte ich mir ihre Nummer. Ich sammelte eine unglaubliche Menge Daten. Vielleicht sollte ich sie in die Luft werfen und zusehen, in welcher Reihenfolge sie wieder herunterfielen. Das schien mir auf den ersten Blick das beste Ordnungsprinzip zu sein.

Um 7 Uhr in der Frühe, als Boyle sein Taxi abgab, hatte ich kein Gefühl mehr in meinem Hintern, ein Berufsrisiko, das ich vergessen hatte. Ich lungerte in der Nähe der Spinde herum, aber niemand hatte ein interesanteres Thema drauf als Baseball, und so wartete ich ab, bis die Luft rein war.

Gloria riß sich mühsam gerade so lange von einem Beutel Erdnüssen mit Schokolade los, bis sie einen Anruf beantwortet hatte. Dann blickte sie mit hochgezogenen Brauen auf.

«Gemütliches Taxi», sagte ich und rieb mir das Hinterteil.

«Wie lange soll das denn so gehen?»

«Ich habe doch erst angefangen, Gloria. Gib mir eine Chance.»

Sie schmatzte weiter Erdnüsse.

«Gloria, einer dieser Personalbögen ist –» Ich wollte eben sagen «ein Haufen Scheiße». Soweit hatte ich die Geheimpolizistenmentalität schon intus. Ich bremste mich. «Einer dieser Bögen ist unvollständig.»

«Ach ja?»

«Du hast vor anderthalb Jahren einen Typen namens John Flaherty eingestellt und nichts in den Unterlagen außer seiner Adresse.»

«So?»

Gloria war äußerst gesprächig.

«Von allen anderen hast du eine lange Liste ihrer früheren Tätigkeiten.»

«Vielleicht ist es seine erste Anstellung.»

«Bei einem 31jährigen? Lernt er so langsam?»

«Nun hör mal zu, er fährt seine Taxe. Er kreuzt auf. Er ist in Ordnung.»

«Er kommt hier mir nichts, dir nichts an, sogar ohne Sozialversicherungskarte, und du stellst ihn ein? Erzähl mir doch nichts.»

«Halt dich da raus, Carlotta. Das hat nichts mit Eugene Devens zu tun.»

«Davon mußt du mich erst überzeugen.»

Sie schürzte die Lippen und biß dann darauf, bis sie kaum noch zu sehen waren. «Wenn du mehr über Flaherty wissen willst –»

«Ja?»

«Sprich mit Sam.»

Ich versuchte, genauso ausdruckslos dreinzuschauen wie sie. «Hat Gianelli diesen Mann empfohlen?»

«Sprich mit Sam, mehr kann ich dir nicht sagen, und auch das ist schon zuviel. Kommst du heute nacht rein?»

«Ja. Und sieh zu, daß du mir ein Auto gibst, das auch fährt.»

Ich hätte das nicht so ärgerlich sagen sollen, denn meine Wut hatte nichts mit Gloria zu tun. Sie sah mich irgendwie nachdenklich an und zog die Augenbrauen hoch. Manchmal denke ich, sie kann meine Gedanken lesen, als schwebten sie in einer Sprechblase durch die Luft.

20

Ich war total erschöpft, und mein Hintern tat weh. Vielleicht wäre ich eingeschlafen, wenn ich gleich nach Hause gefahren wäre, aber dann hätte ich den Volleyball verpaßt, was eigentlich nicht schlecht gewesen wäre in Anbetracht der Tatsache, daß Caitlin, unsere beste Spielerin, wegen einer Grippe ausgefallen war und alle Frauen nun versuchten, ihre Abwesenheit wettzumachen, wobei sie dauernd ineinander und auf den Fußboden krachten. Ich bekam einen Ellbogen zwischen die Rippen, der mir den Atem benahm. Nachdem wir drei zu zwei gegen ein Team gewonnen hatten, das wir eigentlich 3:0 hätten schlagen müssen, schwamm ich meine 20 Runden, hatte aber immer noch eine Überdosis Adrenalin. Na ja, ich hatte irgendwo gelesen, daß es leichter ist, sich an eine neue Schicht zu gewöhnen, wenn man noch ein paar Stunden länger aufbleibt, statt sich zum Schlafen zu zwingen, obwohl man gar nicht müde ist.

Ich ging aus reiner Gewohnheit zu *Dunkin' Donuts*. Mein Magen war sich nicht schlüssig, ob er ein Dinner oder Frühstück haben wollte. Ich bestellte einen einzigen Zimtkrapfen und schwarzen Kaffee. Wenn ich bei *Dunkin' Donuts* blieb, brauchte ich nicht nach Hause zu gehen. Wenn ich nicht nach Hause ging, brauchte ich meinen Anrufbeantworter nicht abzuhören und nicht auf irgendwelche Mitteilungen von Sam Gianelli zu reagieren. Und wenn ich nicht mit Sam sprach, brauchte ich auch keine Möglichkeit zu suchen, ihn unauffällig über John Flaherty auszufragen, den Mann ohne persönliche Daten.

Ich konnte förmlich hören, wie ich ihm bei unserem Bettgeflüster ab und zu etwas über Flaherty aus der Nase zog, so ungefähr in dem Stil: «Sag mal, Sam, was ich dich immer schon fragen wollte: Habt ihr eigentlich in den letzten anderthalb Jahren jemanden neu eingestellt in der Firma?»

Ich verbrannte mir die Zunge am Kaffee und setzte die Tasse so schnell ab, daß er in die Untertasse schwappte und fast über die Theke gespritzt wäre. Warum sind die einfachen Sachen am Ende immer so kompliziert? Ich hatte den Mann wiedergesehen, und ich mochte, was ich sah. Ich hatte mich auf ein paar unkomplizierte Rendezvous eingestellt. Ich hätte es besser wissen müssen. Reiner Sex ohne Haken und Ösen ist eine seltene Handelsware.

Ich rief die Vermißtenstelle im Bezirk D an und schikanierte einen armen Sergeant. Nichts über Eugene Devens. Ich rief meine Klientin an, in der Hoffnung, der ungeratene Bruder hätte plötzlich gemerkt, was sich gehört, und seine kränkelnde Schwester besucht. Kein Glück.

Ich hatte den Toyota in seiner gewohnten Parklücke auf dem Bishop Richard Allen Drive abgestellt, und da ich schon mal in der Nähe war, lenkte ich meine Schritte wie von selbst zu Paolinas Schule, einem häßlichen gelben Backsteingebäude mit Gittern vor den Fenstern wie bei einem Gefängnis.

Die Kinder waren alle draußen, obgleich es eigentlich noch zu früh war für die Pause, Jungen und Mädchen getrennt, genauso wie früher in meiner Grundschule in Detroit, nicht durch einen entsprechenden Erlaß, sondern weil es so Brauch war. Ein rotgesichtiger Lehrer mit einer Trillerpfeife an einer Kette um den Hals überwachte ein spannendes Baseballspiel der Jungen. Die Mädchen spielten unlustig Volleyball, ohne Aufsicht, was mich ärgerte. Warum sollte man auch die Mädchen solche Spiele lehren, nicht wahr? Sie werden ja doch nie Millionen scheffeln bei großen Turnieren, nicht wahr? Als ob all die kleinen Jüngelchen auf dem Spielfeld heiße Tips wären. Ich hatte Lust, beim Spiel der Mädchen mitzumachen. Sie anzuleiten.

Ich gähnte und reckte mich und befahl mir, gefälligst nicht so schlecht gelaunt zu sein. Wie schnell konnte doch die Stimmung wechseln! Man brauchte nur den Kindern zuzuschauen. Sie trugen knallige Farben und bewegten sich schnell. Gelbe und blaue Kleckse schossen über den Sportplatz. Mir war, als blickte ich durch ein riesiges Kaleidoskop auf einen zum Leben erwachten Farbenwirbel.

Ich versuchte, anhand der Farbtupfer herauszufinden, wo Paolina steckte. Die Kinder hatten meines Erachtens das richtige Alter.

Abseits stand ein weiß-brauner Klecks. Ich kann schwören, daß sich meine Nackenhaare sträubten.

Er stand hinter dem hohen Zaun, halb verdeckt von einer Ziegelmauer, aber ich sah ihn gleich. Ich kannte ihn. Der alte Zipfelbart mit seiner Mappe, der vorm Schulhof Dope verkaufte.

Ich hatte die Wagentür schon aufgerissen, ehe es mir überhaupt bewußt wurde, und mußte mich zwingen, die Beine wieder hineinzuheben und mich zu beruhigen. Was konnte ich denn machen? Den Typen vor fünfzig jungen Zeugen zusammenschlagen?

Wie gerne hätte ich das getan, Herrgott, wie gern.

Statt dessen atmete ich tief durch und zählte dabei bis zehn. Ich nahm meine einäugige Canon aus dem abgeschlossenen Handschuhfach und machte mehrere Teleaufnahmen. Ich atmete noch einmal tief durch und zählte dabei wieder bis zehn.

Ich konnte meine kleine Schwester auf dem Volleyball-Spielfeld erkennen. Ich war heilfroh, sie beim Spielen zu sehen. Sie hielt sich zurück, das war klar zu erkennen, und überließ einem größeren Mädchen die meisten Bälle. Aber sie spielte immerhin.

Kein Zweifel, ich mußte ihr mal ein paar Tricks im Volleyball beibringen.

Ich winkte, obwohl sie mich nicht sah, und fuhr ab.

Weit brauchte ich nicht. Nur eben bis zur Polizeiwache.

21

Der einsame Parkplatz am Bordstein, mitten vor dem Schild NUR FÜR BESUCHER DER POLIZEIWACHE war entschieden zu eng. Ich zwängte den Toyota hinein, Stoßstange an Stoßstange mit zwei großen Schlitten, und trabte die Eingangstreppe hinauf.

Ich stand mit einem Cambridger Kriminalbeamten namens Schultz – ich duzte ihn seit meiner Zeit an der Polizeischule – wegen der Zipfelbart-Angelegenheit in Verbindung. Er brauchte eine Ewigkeit, um auf den Anruf des diensttuenden Beamten am Schalter zu reagieren; inzwischen überlegte ich mir, ob er über die IRA-Aktivitäten dieser schönen Stadt Bescheid wissen könnte. Ich habe noch nie gehört, daß Iren Schultz heißen, und höchstwahrscheinlich würde er mich nicht anlügen, wenn ich ihn geradeheraus fragte. Andererseits sind Namen letztlich Schall und Rauch. Würden Sie nicht auch beim Vornamen Carlotta eine Spur spanisches

Blut in meiner Familie erwarten? Nicht ein Tropfen. Paps hat mich so nach einem Starlet benannt, das einen Tag nach seinem Debüt beim Film in der Versenkung verschwand.

Selbst wenn Schultz für die Kriminalität in Cambridge ein echter Experte war, hieß das noch längst nicht, daß er auch über Boston Bescheid wußte. Cambridge und Boston arbeiten nicht zusammen. Als Bostoner Taxifahrerin darf ich nicht einmal jemanden in Cambridge auflesen, der mich anwinkt, was die Taxen in beiden Städten verteuert und die Leute an den Straßenecken ärgert.

Schultz eilte mir nicht gerade über das Linoleum entgegen, als er mich sah, woraus ich schloß, daß er keinen Finger gerührt hatte.

Detective First Class Jay Schultz sah aus, als würde er sich alle fünfzehn Minuten das Haar kämmen und zur Sicherheit immer einen Spiegel bei sich tragen. Vielleicht benutzte er den Spiegel auch, um festzustellen, wer hinter ihm her war. Er war ein Prüfungshengst, ein begieriger Aufsteiger auf dem Weg zum Captain. Er sah gut aus, sofern man diesen jungenhaften, rotblonden Typ Mann mag, was ich von mir nicht sagen kann. Er wirkte irgendwie cool, wie ein gepflegtes «Na-und». Ich hatte keine Na-und-Einstellung in bezug auf Zipfelbart. In bezug auf ihn war ich sogar ausgesprochen uncool.

«So», sagte ich, als er mich zu seinem Schreibtisch führte, eine Hand in besitzergreifender Art schwer auf meine Schulter gelegt, was ich hassen kann, «weißt du, wo dieser Bastard ist, den ich dich zu schnappen gebeten hatte? Wo er genau in dieser Minute ist?»

«Ich weiß, daß er nicht bei mir eingelocht ist.» Herzliches Lachen.

«Sehr komisch.»

«He, he», sagte er und deutete auf einen stark angeschlagenen Stuhl in einer schmuddeligen Ecke. «Reg dich ab. Nicht etwa, weil ich nichts unternommen hätte.»

«Nein?» Ich strengte mich richtig an, kein ungläubiges Gesicht zu machen, ohne Erfolg.

«Hör zu, Carlotta, wir haben den Widerling festgenommen. Er hatte nichts bei sich.»

«Jay, der Typ hat mit Sicherheit immer etwas bei sich gehabt, seit die Säuglingsschwester seinen Arsch das erste Mal in Windeln gepackt hat.»

«Dachten wir auch, aber er hatte nichts.»

«Nicht in der Aktenmappe?»

«Hatte keine Aktenmappe.»

«Die hat er wahrscheinlich fallen lassen, als er gemerkt hat, daß ihr ihm auf den Fersen wart.»

«Ich war nicht dabei.»

«Selbstverständlich nicht, ein so bedeutender Mann, wie du bist. Tsss, man sollte es nicht für möglich halten.»

«Gut, wir haben die Sache verpatzt. Aber wir haben auch etwas Interessantes erfahren.»

«Und das wäre?»

«Name, Datum, Nummer. Strafregister, falls es dich interessiert – der Stinker mischt bei einer dicken Sache mit.»

Ich wartete. Wenn Polizisten lernen, Verdächtige zu verhören, lautet die erste Regel, den Verhörten nie zu unterbrechen.

«Weißt du, wen der Bastard angerufen hat, nachdem wir ihm etwas angehängt hatten? Wir haben ihm irgend so eine Anklage wegen Landstreicherei verpaßt, weil wir sonst keine Beweise hatten. Hätten ihn eigentlich mit einem Fußtritt rausbefördern sollen, aber wir wollten mal sehen, was er für einen Schreck bekommt, wenn wir mit Ketten rasseln. Und weißt du, wen er angerufen hat?»

Ich zuckte bedauernd die Achseln.

«Wendell Heyer.»

Das war nun wirklich ein Name, der zu denken gab. Wendell Heyer, ein Mann, der mehr als genug dazu beigetragen hatte, dem Wort «Anwalt» einen so üblen Beiklang zu geben, daß es stank. Gerüchten zufolge war der Mob nicht weit, wenn Wendell ins Spiel kam. Ich sage Ihnen, das gab mir *wirklich* zu denken.

«Am besten machst du dir selbst deinen Reim drauf», fuhr Jay fort. «Wenn du meinst, daß diese Mißgeburt in eigener Sache unterwegs ist und nur zufällig genügend Scheinchen hat, um Wendell zu engagieren, ist das dein Bier. Ich für mein Teil glaube aber, daß wir nur das Schwanzende von irgendeiner dicken Geschichte erwischt haben, und ich werde einige Zeit brauchen, bis ich zum Schlag ausholen kann.»

«Laß mich wenigstens die Akte von diesem Kerl einsehen. Ich bin's leid, ihn bei einem Spitznamen zu nennen.»

Zipfelbart hatte seinen eigenen Spitznamen: Bud. Der arme Kerl war von seiner überglücklichen Mama, die ihn wohl anbetete, vor sechsunddreißig Jahren Horace genannt worden. Horace «Bud» Harold. Ich konnte förmlich das höhnische Schulhofgebrüll hören: «Hor-ace, Hurenaas!» Zu einem kriminellen Leben bestimmt. Haben Sie je bemerkt, daß all diese brutal wirkenden Fußballspieler Lynn, Marion und ähnlich heißen? Das sind noch die Besten der merkwürdig Getauften. Der Rest landet hinter Gittern.

Buds Vorstrafenregister war nicht eben schnell zu lesen; es war lang, bisher aber nur wegen kleinerer Delikte. Mit achtzehn hatte er angefangen, Autos zu knacken. Entweder war er bis dahin zu gut gewesen, um geschnappt zu werden, oder es gab über ihn, und das war wahrscheinlicher, eine versiegelte Jugendstrafakte. Als 19jähriger wurde er wegen eines bewaffneten Raubüberfalls eingelocht. Mit Bewährung. Versuchte es noch einmal, nachdem er gesehen hatte, wie gut er dabei wegkam, und schickte sein Opfer diesmal mit abgeschnittenem Ohr ins Krankenhaus. Vier Jahre Haft in Concord, von denen er gute sechs Monate verbüßte. Gerade genug, um einiges mehr übers Einbrechen zu lernen. Und lange genug, um die Art von Bekanntschaften zu machen, die sich jede Mami für ihren Sohn ersehnt.

Keine Freiheitsstrafen in Verbindung mit Drogen.
Noch nicht.
«Was ist geplant?» fragte ich, als ich mit dem Lesen fertig war.
«Warten», sagte er.
«Wieso warten? Er ist drüben am Schulhof!»
«Ich sagte warten.»
«Hast du Befehl, eine Schlinge zu legen? Unter strengster Geheimhaltung? Oder was?»
«Sieh mal, nächste Woche kann ich jemanden darauf ansetzen. Oder vielleicht in zwei Wochen. Wir haben nicht genug Beamte, um uns sofort darum zu kümmern.»
«Also beobachte ich den Kerl weiter.»
«Jag ihm keinen Schreck ein.»
«Ich? Ihr habt ihn doch aufgeschreckt!»
«Jetzt sieht die Sache eben anders aus.»
«Handelt er mit Crack?»
«Weißt du was oder fragst du?»
«Ich frage.»
«Kann ich nicht sagen.»
«Kannst du nicht sagen?»

«Genau.»

«Themawechsel», sagte ich zu Jay, nachdem ich das Ganze im stillen einigermaßen verdaut hatte, «sag mir doch mal, ob hier bei euch eine Menge mit der IRA abläuft.»

Ich wollte ihn wohl bloß ein bißchen kitzeln, so wie er den guten Horace hochgekitzelt hatte. Er sah mich an, als wären mir Hörner gewachsen, und wiederholte die Buchstaben.

«IRA?»

«Ja! Irische usw. usw.»

«Soll das ein Witz sein? Damit ist es doch längst aus. Keine Unterstützung mehr. Keine böse Noraid mehr, die Geld für Gewehre sammelt. Die Regierung hat Noraid gezwungen, sich als Unterorganisation der IRA eintragen zu lassen, und das war das Ende. Ist jetzt alles ganz ehrbar. Der Irish Fund, danke vielmals, Glauben und Gottvertrauen. Stinkvornehme Diners mit Tanz im Parker House, 1000-Dollar-der-Teller-Bankette mit Tip O'Neill als Conferencier. Sie haben sogar einen Fernsehwerbespot gemacht. Das ganze Geld nur für Kirche und Wohltätigkeit, und kein Pfennig für die IRA.»

«Bist du sicher?»

«Warum?»

Diese Bullen! Immer fragen sie. «Ach, nur so, weißt du, auf dem Weg hierher habe ich diesen irischen Gartenzwerg getroffen, er kam zu mir rüber und –» Ich bemerkte den Blick, den Jay mir zuwarf, und beschloß, es genug sein zu lassen. Manchmal haben Bullen ihren schlechten Tag. Meistens haben Bullen ihren schlechten Tag.

«Bis dann, Carlotta.»

«Danke, Jay.»

22

Es ist nur gut, daß mein Toyota den Weg nach Hause selber findet. Sobald ich in die Nähe des Autos kam, senkte sich mein Volleyball-Adrenalinspiegel wieder, verging mein heiliger Zorn so ziemlich, und ich fühlte mich ausgehöhlt, schläfrig und irgendwie übellaunig. Ein in der zweiten Reihe parkender Streifenwagen blockierte mir die Ausfahrt, ich mußte also erneut die Treppen hinaufstapfen und mit dem Schalterbeamten Beleidigungen austauschen, bis irgendein Kerl den Wagen zähneknirschend wegfuhr. Ich spuckte ihm auf den Kotflügel. Nicht, daß ich stolz darauf wäre. Ich hab's einfach getan.

Roz war in der Küche und hing in gewohnter Manier am Telefon: mit untergeschlagenen Beinen auf dem Tisch hockend. Sie ist eine absolute Quasselstrippe, und es ist ein Wunder, daß mich überhaupt jemand erreicht. Farben, Pinsel, Palettenspachtel und Flaschen mit öligem Inhalt waren über den Küchentisch verteilt, und soweit ich sehen konnte, schuf sie gerade wieder ein Stilleben – Stahlwollschwämme und Prilflasche. Ich kann gewiß sein, daß die Reinigungsmittel, die ich kaufe, immer einem guten Zweck zugeführt werden.

«Carlotta, ist ja großartig, ich habe Nachrichten für dich», sagte sie und ließ den Telefonhörer auf eine Schulter sinken. «Tequila, wie wär's, wenn ich dich zurückriefe? Im *Rat*? Heute abend? Super. Ach je! Gut. Bis später.» Sie hängte Tequila ab. Ich überlegte, ob Tequila ein Jüngling oder ein Mädchen war. Auf jedenfall keine Ratte. Das *Rat* ist ein Punk-Treff am Kenmore Square. Wenn Mooney einen Anruf bekam, zum *Rat* zu kommen, pflegte er Gummihandschuhe, einen Stuhl und einen Knüppel mitzunehmen.

Ich starrte abwesend auf den Kühlschrank und fragte mich, ob wohl irgend etwas darin war, wodurch ich mich wieder menschlich fühlen konnte. Die Uhr schlug drei, und die Sonne strahlte durch das Fenster über dem Spülstein, also war es drei Uhr nachmittags. Montag nachmittag. Ich hatte eher das Empfinden, als sei es 3 Uhr nachts auf irgendeinem Planeten, wo alles ein wenig verschwommen war. Ich hielt die Tür des Kühlschranks offen, bis er doppelte Arbeit leistete und als Airconditioning fungierte. Ein Becher Hüttenkäse sah einigermaßen appetitlich aus, nur konnte ich mich nicht erinnern, Hüttenkäse gekauft zu haben, so daß sich mir aller Wahrscheinlichkeit nach, wenn ich den Becher aufmachte, der Anblick pelziger grünlicher Krümel darbot. Ich schloß die Kühlschranktür wieder.

«Nachrichten», sagte Roz gerade, «alles in Ordnung?»

Sie trug so ein Morgenkleid aus den Fünfzigern, dazu weiße Spitzensocken und schwarze spitzzulaufende knöchelhohe Stiefeletten. An der linken Seite hatte sie ihrem pinkfarbenen Haar einen lila Streifen eingefärbt. Ihre Ohrringe sahen wie Colaflaschenkronkorken aus.

«Mit mir?» sagte ich mit ausdrucksloser Stimme. «Mir geht's prima. Absolut prima.»

«Es ist das wilde Leben», sagte Roz.

Vielleicht hatte sie doch Sam und mich belauscht. Dieser Gedanke möbelte mich wieder auf.

«Carlotta?»

«Ja?»

«Dauernd ruft dieser Typ hier an. Sam Gianelli.»

Mir stieg ganz plötzlich eine Hitzewelle ins Gesicht. Ich hoffte nur, nicht rot zu werden. «Ja und?»

«Er hat bestimmt fünfmal angerufen. Eine ergreifende Stimme.»

«Aha.»

«Ich habe ihm gesagt, ich wüßte nicht, wann du zurückkommst.»

Womöglich rief er Gloria an, um festzustellen, wann ich Dienstschluß hatte. Das wäre Spitze. Gloria würde mich die nächsten hundert Jahre hänseln. Ich starrte das Telefon trübselig an, nahm den Hörer auf und legte ihn langsam wieder auf die Gabel. Ich mochte Sam nicht anrufen. Ich mochte Sam nicht sehen. Ich mochte ihn nicht über Jack Flaherty ausfragen. Sam ist kein Dummkopf. Er wüßte gleich, daß ich bei G&W herumspionierte. Ihm würde klar sein, daß ich ihm nicht traute. Und das wäre das Ende. Lieber noch ein paar Tage warten. Dann konnte ich sagen, ich hätte den Typen getroffen und fragen, ob Sam ihm denn nie begegnet sei. Etwas in dieser Art.

Ich machte den Kühlschrank wieder auf. Ich konnte mich schwach an eine Salami im Fleischfach erinnern. Drei undefinierbare Alupäckchen später fand ich sie. Ich bewahre Essensreste auf, bis sie pelzig geworden sind. Auf diese Weise erspare ich mir das ungute Gefühl, genießbare Eßwaren wegzuwerfen.

«Und Mooney hat angerufen», sagte Roz. «Der Bulle. Nur eine Nachricht, und die immer wieder. Ruf Mooney an. Ruf Mooney an. Ruf Mooney an. Groß geschrieben. Unterstrichen. Total eindringlich, mit Zuckerguß obendrauf.»

Ich zuckte die Achseln. Es erforderte meine gesammelte Konzentration, drei Scheiben Salami abzuschneiden, ohne mir den Daumen zu verletzen.

«Ist er heiß auf dich, oder was?» fragte sie.

«Hat er nichts gesagt?»

«Er sagte, es sei dringend. Und noch irgendwas.»

So ist sie. Das Gute spart sie auf. Ißt von ihrer Torte zuerst den Rand.

«Ein Preisausschreiben», sagte sie und nickte ernst mit dem Kopf. Der wackelnde lila Streifen verdarb ihre Feierlichkeit vollkommen. «Ein großer Preis. Dringend, sagte er, irgend etwas von einem großen Preis.»

Ich packte so schnell den Telefonhörer, daß mir beinahe das Messer auf den Fuß gefallen wäre.

Aber natürlich war Mooney nirgendwo zu finden. Ich hinterließ eine Nachricht.

Dringend.

«Herrje, war das eine Schweinerei drüben in J. P.», sagte Roz. «Puh. Mitten auf dem Küchenfußboden dieses ganze verkleckerte Zeug, kaum zu glauben. Mehl, Honig, Kirschkuchen und Haferflocken. Total irre. Willst du die Bilder sehen?»

«Beim Essen?»

«Lemon hätte das Ganze am liebsten in die Luft gejagt oder so was. Glaubte nicht, daß wir es je sauberkriegen würden.»

«Und?»

«Wir mußten kochendes Wasser nehmen und den Eiskratzer aus dem Pickup. Ich gehe heute wieder hin und wachse den Boden noch einmal.»

Ich entschuldigte mich und verschwand ins Badezimmer. T. C.s Katzenklo war offenbar unberührt geblieben, außer von Pfoten. *Lassen Sie das Geld dort*, hatte Margaret gesagt. *Ich will es nicht.* Mir war nicht ganz klar, wie lange ich mit IRA-Moos in meinem Bad leben konnte. Eine gewisse Spannung ging von ihm aus, wie beim Eierjonglieren.

Als ich zurückkam, maß Roz gerade die Prilflasche mit kritischem Blick und rückte sie eine Idee nach rechts.

«Meinen alten Schulfreund hast du nicht zufällig gesehen, oder?» fragte ich. «Roger Smith oder so ähnlich?»

Sie schlug ein wenig beschämt die Augen nieder. «Nee, er ist nicht dagewesen.»

Sie runzelte die Stirn und stellte die Prilflasche an ihren ursprünglichen Platz zurück. «Es sei denn –»

«Es sei denn was?»

«Du hast noch einen Anruf bekommen, von einem komischen

Kauz, der ein bißchen wie Roger Smith klang. Aber er nannte sich Andrews. Von den Cedar-Wash-Immobilien. Du kaufst doch keine idiotische Ferienwohnung, oder?»

«Immer mit der Ruhe. Ich werde schon noch hier sein, um die Miete zu kassieren.»

«Magst du das Prilbild? Meinst du, ich sollte ein paar Früchte mit hineinnehmen? Knoblauch?» Sie malt gern Knoblauchzwiebeln. Die finde ich dann später irgendwo wieder.

«Voller Energie.» So äußere ich mich meistens, wenn sie mich mit einem ihrer Meisterwerke konfrontiert. Ich habe Angst, daß sie ansetzt, mir die tiefere Bedeutung zu erklären.

Ich aß zwei Scheiben Salami, eine gesunde, ausgewogene Mahlzeit, und ging nach oben.

Ich rief Mooney nicht noch einmal an. Ich rief auch Sam nicht an. Ich setzte mich ebensowenig mit Herrn Andrews von Cedar Wash in Verbindung. Ich schlief sechseinhalb Stunden wie ein Stein.

23

Ich mochte John Flaherty nicht.

Es dauerte zwei Tage, bis sich endlich unsere Wege kreuzten, obwohl wir eigentlich in der gleichen Schicht arbeiteten. Die Dienststunden dieses Bastards waren so unregelmäßig, daß Gloria ihn rausgeschmissen hätte, wäre er nicht von ihrem Partner – meinem Liebhaber –, dem guten Sam Gianelli persönlich, empfohlen worden.

Ich fragte schließlich Sam nach ihm, ließ die Frage wirklich beiläufig fallen, als wir uns oben in meinem Zimmer satt auf dem Bett zurücklehnten. Bonnie Raitt schmachtete im Hintergrund «Angel from Montgomery»:

> I am an old woman, named after my mother.
> My old man is another child that's growin' old.
> If dreams were thunder, and lightnin' was desire,
> This old house would have burnt down
> a long time ago.

Ich sang den ersten Vers laut mit. Wann immer ich den Song höre, muß ich mich zurückhalten, um nicht aufzuspringen und meine Gitarre zu holen. Dafür war jetzt kaum der richtige Augenblick.

«Kennst du diesen Jack Flaherty?» fragte ich und ließ meine Fingerspitzen dabei über den dunkellockigen Haarstreifen auf Sams Brust gleiten. «Bei G&W?»

«Nein.» Sam schob meinen Arm tiefer, und ich konnte weder Anspannung noch Unbehagen aus seiner Stimme heraushören. «Meinst du vielleicht, ich kenne alle Fahrer?»

«Wohl nur die Frauen», sagte ich, um darüber hinwegzugehen.

«O ja, diese Rosie, das ist ein heißes Weib.»

«Ja?» Der Gedanke erheiterte mich. Hoffentlich hatte die griesgrämige Rosie zu Hause eine wilde Romanze nach der anderen.

«Ja, du mußt noch eine Menge lernen, ehe du in Rosies Liga kommst», versicherte er mir. Ein recht guter Lügner bist du, Sam. Papa Gianelli sollte stolz auf dich sein.

> Just give me one thing that I can hold on to.
> To believe in this livin' is just a hard way to go.

Die Raitt gab dem Song wieder ihre spezielle klagende Note. Ihre Stimme brachte die anderen Geräusche im Raum, vom Ticken der Uhr bis hin zum Maunzen T. C.s in seiner Ecke, zum Verstummen. Er beschwert sich gern, wenn ich einem anderen männlichen Wesen zuviel Aufmerksamkeit zukommen lasse.

Danach hatte ich kein schlechtes Gewissen mehr, daß ich Sam nicht erzählte, warum ich bei G&W arbeitete. Meines Erachtens waren wir quitt, wir logen beide. Das mag ja keine besonders gute Grundlage für eine tiefere Beziehung sein, aber es reichte für das, was zwischen uns lief.

Wie dem auch sei, ich brauchte zwei Tage, um diesen Flaherty endlich zu treffen, zwei Minuten, um zu merken, daß ich ihn schon einmal irgendwo gesehen hatte, und zwei Sekunden, um ihn als Halunke zu entlarven. Er war ein paar Jahre älter als ich, was im G&W-Durchschnitt jung hieß, wahrscheinlich der einzige Weiße unter fünfzig. Er hatte schlechte Zähne, gelb und schief. Sein Gesicht war wohlgeformt, aber die Gesichtszüge schienen alle in der Mitte zusammengequetscht zu sein. Augen, Nase und Mund waren zu klein für das Fleisch drumherum. Er war der Typ, der gern mit Männern redet, ein freundliches Hallo von einer Frau jedoch als

Verführungsversuch ansieht, und deshalb konnte ich nicht in ein vertraulicheres Gespräch mit ihm kommen, in dessen Verlauf ich ganz von selbst hätte fragen können: Wo haben Sie denn vorher gearbeitet? Woher kennen Sie Sam Gianelli? Schon mal in Irland gewesen? Viel Geld für die IRA gesammelt letzte Woche? Irgendwelche Maschinengewehre erstanden?

Ich folgte erst die halbe Nacht lang Joe Fergus, dann für den Rest der Nacht Andy O'Brien. Da ich mich an die Männer hielt, die sich im *Rebellion* trafen, und zudem irisch klingenden Nachnamen den Vorzug gab, folgte ich in der nächsten Nacht einem Maloney und einem O'Keefe. Keiner von ihnen raubte die Bank von Boston aus. O'Brien hielt zwar kurz am *Rebellion*, aber ich sah keine anderen Taxen auf dem Parkplatz. O'Keefe setzte jemanden vor dem *Yard of Ale* ab. Maloney holte sich vor dem *All Clear* einen Kunden. Ich versuchte, mir einen Reim darauf zu machen, doch Taxifahrer haben heutzutage nun mal viel mit Bars zu tun, zum Teil wegen der Barkeeper, die Angst haben, belangt zu werden, falls irgendein betrunkener Stammkunde sein Auto in den benachbarten Kindergarten rammt, nachdem er noch einen für die Straße hinter die Binde gegossen hat.

Ich hörte die Funksprüche ab, schrieb sie alle auf, konnte aber kein Schema erkennen. Keine Rufe von einer geheimnisvollen Frau in Rot um Mitternacht. Ich notierte gewissenhaft jeden Frauennamen, der aus der Knatterkiste quäkte, weil der alte Pat ja etwas von einer Frau gesagt hatte, die beteiligt wäre. Doch G&W, das kleine Taxiunternehmen, setzte auf Service mit persönlicher Note. Gloria funkte den Namen jedes Anrufenden samt seiner Adresse durch: George Burke, Beacon 468, oder Mrs. Edelman in Cumberland. Manchmal nur den Vornamen, manchmal nur den Nachnamen. Ich schrieb eine Menge Frauennamen auf.

Ich kam nicht weiter, und morgen würde Margaret Devens nach Hause entlassen. Und nicht allein, daß Margaret nach Hause entlassen wurde, ich hatte zu allem Überfluß Herrn Andrews angerufen, und die Cedar-Wash-Immobilienfirma drohte, meine zwanzig Riesen zurückzuhalten, wenn ich mich nicht innerhalb einer Woche mit meinem Ehemann Thomas sehen ließe. Die Vermißtenmeldung für Eugene Devens hatte null Erfolg. Durch Sam und meinen durcheinandergeratenen Biorhythmus konnte ich nicht schlafen. Und ich konnte Mooney nicht telefonisch erreichen –

Wie meine Großmutter zu sagen pflegte: Du hast soviel Grips, daß du dir in einer Minute mehr Sorgen machen kannst als andere Leute in einem ganzen Jahr.

Mittwoch nacht beschloß ich, mich an John Flahertys Fersen zu heften. Ich wartete, bis er seinen Dienst antrat – natürlich verspätet. Er segelte in Nummer 442 davon, einem brandneuen Taxi, was ihn mir nicht sympathischer machte, da ich selbst wieder auf einem Altertümchen festsaß. Er meldete sich etwa zehn Minuten später und übernahm von Gloria einen Fahrgast in South End.

Nun kenne ich natürlich die Nebenstraßen von Boston. Ich kann einen normalen Bürger auf der Fahrt zu irgendeinem x-beliebigen Ort in der Stadt um etliche Minuten schlagen, aber mit einem Taxifahrer ist das so eine Sache. Ich nahm die engen Kurven auf dem Fenway mit kreischenden Reifen, fuhr eine Abkürzung am Kunstmuseum vorbei zur Huntington Avenue, und zum erstenmal in meinem Leben war mir der Gott der Verkehrsampeln gnädig.

Ein gutgekleidetes junges Paar schlenderte den Bürgersteig gegenüber der Pembroke Street 117 entlang. Der Mann trug eine flache Aktentasche, und die Frau war mit einer Ralph-Lauren-Version dessen herausgeputzt, was die angelsächsischen Protestanten aus Connecticut zum Markt anziehen. Ich bog in eine unbeleuchtete Seitenstraße mit passabler Sicht ein und wartete etwa fünf Sekunden, bis G&W 442 mich eingeholt hatte.

Um es gleich zu sagen: es wurde eine aufregende Nacht. Taxi 442 brachte das Paar zum *Westin Hotel*. Wirklich! Dabei konnten sie von der Pembroke Street aus auf das *Westin* spucken! Zu Fuß gehen? Nachts? Um Gottes willen.

442 reihte sich in die Schlange vor dem Portier des *Westin* ein und wurde dafür mit einem Fahrgast belohnt, einem einzelnen Geschäftsmann. Vom *Westin* aus fuhren wir zum Hyatt Regency in Cambridge, den Storrow Drive entlang zur Mass. Ave. Bridge, einem Durcheinander von Baulampen und verbeulten gelben Fässern. Dann über den Memorial Drive bis zum Hyatt-Eingang. Daran war nichts merkwürdig. Ich ließ meinen Taxameter die ganze Strecke mitlaufen, wie Flaherty es mit seinem hätte tun müssen. Die Endsumme wollte ich Gloria mitteilen. Wenn ich ihn nicht mit irgend etwas anderem festnageln konnte, dann vielleicht wenigstens wegen Unterschlagung.

Gloria verschaffte ihm einen neuen Kunden in der Nähe der Boston University. Ich blieb im Kreisverkehr und auf der B.-U.-Brücke dicht hinter ihm. Was er auch sonst noch sein mochte, auf jeden Fall war er ein guter Fahrer. Schnell. Hoffentlich klebte er mit den Augen nicht am Rückspiegel.

So ging es weiter. Er war ständig beschäftigt. Und leistete ganze Arbeit, soviel stand fest. Er gabelte winkende Passanten an Straßenecken auf, klapperte die Taxenstände am Kenmore Square ab, übernahm seinen Teil an Fahrgästen durch den Funk. Die Arbeit fing an, mir Spaß zu machen, denn ich hatte mich inzwischen an die Spätschicht gewöhnt und entdeckte allmählich, wie sehr sich das Nachtleben in der Stadt seit meinem letzten Job als Taxifahrerin verändert hatte. Miniröcke und gemusterte Strümpfe waren wieder in, aber durch extrem hochhackige Schuhe noch auf die Spitze getrieben. Ich habe Frauen mit schwarzem Lippenstift gesehen; Männer übrigens auch. Ich mochte das herausfordernde Flair am Kenmore Square. Er erschien mir im Dunkeln wie ein heimeliger Platz, der im rot-blauen Neonlicht voll rastloser Energie pulsierte. Er weckte in mir den Wunsch, Zigaretten zu rauchen und Blues-Musik statt des Taxifunkgeplärrs zu hören.

Um 2 Uhr 45 in der Frühe gab Gloria über Funk Taxi 102 die Anweisung, Maudie irgendwo in Dorchester abzuholen. 102 wollte eben zusagen, als sich Flaherty einschaltete und erklärte, er könne den Auftrag übernehmen, er sei schon vor Ort.

Was gelogen war.

Ich war weit hinter ihm, gute 300 Meter. Aber falls ich ihn jetzt aus den Augen verlor, war das nicht allzu schlimm. Ich konnte ihn an der durchgegebenen Adresse wieder einholen. Erst was dann kam, machte mir Sorgen.

Vor einem lädierten dreigeschossigen Gebäude wurde ein gutgekleideter Mann in den Zwanzigern, muskulös gebaut und mit stolzer Gangart, von zwei jungen Männern zum Taxi begleitet, massigen Burschen, vielleicht spanischer Abstammung. Sie sahen genau aus wie die Art Schlägertypen, die aus reinem Vergnügen eine alte Dame wie Margaret Devens zusammenprügeln würden. Der Mann, der ins Taxi einstieg, trug eine Sporttasche. Ich folgte ihnen in Richtung Franklin Park, hielt aber gebührenden Abstand.

Bei der Verfolgungsjagd durch den Park machte ich meine Scheinwerfer aus und verließ mich ganz auf die Rücklichter von 442 und gelegentliches Laternenlicht. Die Straße machte den Eindruck, als sei sie zwanzig Jahre lang nicht repariert worden. Wenn Flaherty mich tatsächlich nicht sah, mußte er eigentlich meinen Wagen in den tiefen Kratern aufschlagen hören, die das Straßenbauamt als Schlaglöcher bezeichnet. Am Kreisverkehr schaltete ich meine Scheinwerfer wieder ein, folgte 442 über die Brücke am Arnold Arboretum vorbei und den Jamaicaway hinunter.

Bremslichter leuchteten auf, zu spät für mich, um noch unauffällig anhalten zu können. Der Fahrgast wurde an der Brookline Avenue, vor dem Fenway Park, auf freien Fuß gesetzt. Ich glitt vorbei, bog links ein und fuhr noch dreimal um die Kurve. Als ich die Taxe endlich wieder vorsichtig auf die Hauptstraße fuhr, konnte ich gerade noch die Rücklichter von 442 die Brookline hinunter in Richtung Park Drive verschwinden sehen.

Ich wäre ja dem Fahrgast auf den Fersen geblieben, aber: Der junge Mann hatte liederlicherweise seine Sporttasche in dem Taxi gelassen.

Ich betete, der Verkehr möge dichter werden. Um einen netten Lieferwagen, hinter dem ich mich verstecken konnte bei unserem Räuber-und-Gendarm-Spiel zur Commonwealth Avenue. Aber von wegen. Ich hielt mich hinter einem verbeulten alten Pontiac.

Die Ampel an der B. U. Bridge mußte ich bei Gelb nehmen. Ich wundere mich immer wieder, wenn dann noch zwei Autos nach mir hinüberspurten.

Eine Zeitlang dachte ich, Flaherty würde die Sporttasche zur Zentrale bringen, was mir Sorgen bereitete. Wenn Sam sie dort in Empfang nahm, wollte ich nicht Zeuge sein. Ich atmete auf, als 442 an der Abkürzung vorbeifuhr, die die meisten Taxifahrer zurück nehmen.

442 steuerte eine Parklücke auf der Harvard Street gegenüber dem *Rebellion* an. Ich bog rasch in eine Gasse ein. Als ich meinen Rückspiegel entsprechend verstellt hatte, konnte ich Flaherty über die Straße rennen sehen, die Sporttasche unter den Arm geklemmt. Er hielt auf den Seiteneingang der Bar zu.

Mittlerweile war es 3 Uhr 35. Lange nach Beginn der Polizeistunde. Ich schaffte es, meine Taxe zu wenden, ein schwieriges Unterfangen in dem engen Gäßchen. Beinahe wäre ich in zwei dort abgestellte G&W-Taxen gekracht. Ich notierte mir ihre Nummern und durchstreifte die nähere Umgebung auf der Suche nach mehr. Ich entdeckte eins auf dem Parkplatz des *Rebellion*. In einer Ladezone um die Ecke sprang mir G&W 863 in die Augen, eine Taxe, die ich vor zwei Nächten verfolgt hatte. Sean Boyles Taxe.

Na schön. Irgend etwas ging im *Rebellion* vor, etwas, das sehr nach einer Versammlung der gälischen Bruderschaft aussah. Etwas, bei dem womöglich der Inhalt der Sporttasche eine Rolle spielte, die sie bei *Maudie* aus Dorchester aufgelesen hatten. Ich fragte mich, ob der Inhalt der Tasche nicht vielleicht aus ordentlichen kleinen Bündeln mit Banderolen bestand, ähnlich denen in T. C.s Katzenklo.

Ich hatte die Wahl. Ich konnte hier wie ein Idiot sitzen bleiben. Oder ich konnte mir einen guten Platz suchen und von jedem Taxifahrer, der herauskam, ein Foto machen.

Die GBA-Anstecknadel, die ich in Eugenes Spind gefunden hatte, kam mir plötzlich bleischwer vor. Sie drückte meinen Kragen hinunter. Ich berührte sie. Eigentlich konnte ich auch einfach hineingehen.

Verdammt. Da war noch die Sache mit dem Barkeeper. Wenn es sich um denselben Mann handelte, diesen Billy Dingsbums, und er mich wiedererkannte, sich an meine Fragen erinnerte, an meine Lizenz, meine Visitenkarte, war ich geliefert.

Vielleicht wäre ich trotzdem hineingegangen. Vielleicht hätte ich ein paar Pulitzer-Preis-Fotos geschossen, vielleicht wäre ich auch zu Brei geschlagen worden. Ich werde es nie wissen.

Blitzendes Blaulicht tauchte aus dem Nichts auf und kam hinter mir zum Stillstand.

Scheiße. Ich haute aus schierer Verzweiflung auf die Hupe und fuhr auf die Seite. Die Bullen. Immer zur Stelle, wenn man sie braucht.

24

«Sie ist's, alles in Ordnung.» Ein riesiger Polizist mit rotem Gesicht, der Typ, der immer Zugochse genannt wurde, lugte in mein Seitenfenster.

«Irgendwelche Probleme, Officer?» flötete ich mit meiner süßesten Stimme. Ich überlegte, ob der Bulle vielleicht Doyle oder Donahue hieß und von der IRA angeheuert war für den Fall, daß jemand ihren Auslieferungswagen verfolgte. Das Rohr unter meinem Sitz fiel mir ein.

«Carlotta Carlyle?»

«Wen interessiert das?»

«Lieutenant Mooney will Sie sprechen.»

«Machen Sie keine Witze.»

«Nein, wir sollen Sie hinbringen.»

«Zum Verhör», setzte ein fröhlicher junger Streifenpolizist hinzu. Er steckte den Kopf zur Beifahrertür herein.

«Das brauchen Sie ihr nicht zu erzählen», schnauzte ihn der Bulle an.

«Schon gut.» Der junge Mann zog den Kopf wieder zurück.

«Hinbringen?» wiederholte ich ungläubig. «Mich verhaften? Mooney will mich verhaften?»

«Er will mit Ihnen reden», sagte der Zugochse, als wäre damit alles in Butter.

«Das ist Nötigung», sagte ich.

«Nötigung?» echote der Bulle und fummelte an seinem Strafzettelbuch herum. «Das nennen Sie Nötigung?»

«Hören Sie mal, ich habe nichts getan –»

«Ach, und ich dachte, Sie hätten da hinten bei der letzten Rechtskurve kein Blinkzeichen gegeben. Oder vielleicht ging Ihr Fernlicht nicht. Oder Sie sind bei Rot gefahren.»

Das nenne *ich* Nötigung.

«Wollen Sie nun mit Lieutenant Mooney sprechen oder was?»

«Was», gab ich zur Antwort.

«Gut. Er ist drüben im Bezirk D. Wir werden Ihnen Geleitschutz geben.»

Genau, was ich mir immer gewünscht habe, Polizeischutz.

Auf der Wache hing Mooney gerade zurückgelehnt auf seinem Drehstuhl, die großen schwarzen Schuhe auf dem Schreibtisch, die Hände hinter dem Kopf gefaltet, die Augen halb geschlossen. Er hatte ein pfenniggroßes Loch in der linken Sohle, und sein rechter Schuh hätte neue Absätze brauchen können.

Sein Büro war wie seine Schuhe. Der behäbige Walnußschreibtisch war verkratzt und fleckig. Die Schreibunterlage wölbte sich an den Ecken hoch. Die zwei grauen Aktenschränke mit vier Schubladen quollen über. Keine Blumen, keine Topfpflanzen, keine Bilder. Kein Wunder, daß Mooney die Augen lieber zuließ.

Ich wußte, daß er nicht schlief. Ich hatte viel zuviel Wut im Bauch, um mich zu setzen, also blieb ich mit verschränkten Armen stehen und bezwang meinen Drang, ihn bei den Hacken zu packen und zu einem Salto rückwärts zu bewegen. Ich war wohl wütender, als ich hätte sein sollen. Es macht mich einfach wild, wenn ich diese Polizeiwache betreten muß. Zu viele Erinnerungen sind mit ihr verbunden. Zugegeben, manche davon angenehm, aber die üblen halten sich doch meistens hartnäckiger. Der «Partner», der das «Mädchen» nicht fahren lassen wollte. Die «Nur-für-Männer»-Clubatmosphäre. Die felsenfeste Überzeugung bei jedermann, daß ich, falls ich etwas erreichte, eben mit dem richtigen Vorgesetzten geschlafen hatte.

Ich atmete tief.

Hinzu kam noch, daß ich an Sam dachte, wenn ich Mooney anschaute. Und das war mir unangenehm. Denn warum sollte Mooney mich an Sam erinnern? Warum bekam ich Schuldgefühle, wenn ich Mooney ins Gesicht sah? Ich hasse Schuldgefühle.

«Kaffee?» fragte er.

Sie haben miserablen Kaffee im Bezirk D. Sie servieren ihn in ekelhaften Styroporbechern. Statt Milch oder Sahne gibt es dazu dieses große Glas undefinierbares gelbliches Puderzeugs.

«Bin ich verhaftet?»

«Kaffee?» wiederholte er. Jetzt hatte er die Augen offen.

«Bin ich verhaftet?» fragte ich erneut.

«Carlotta, du wirst mir noch dankbar sein, daß ich's so gemacht habe. Warum zum Teufel hast du mich nicht angerufen? Ich muß mindestens zwanzigmal Nachricht hinterlassen haben.»

«Ich habe angerufen. Du warst nicht da. Bin ich nun verhaftet oder nicht? Soll ich meinen Anwalt anrufen?»

«Jesus Maria, tut mir leid, daß ich dein Leben durcheinandergebracht habe. Ich wollte dir nur einen Gefallen tun. Vergiß es. Keine Anklage. Du kannst jederzeit gehen.»

Das war nun wirklich die Höhe. Mooney wußte, daß ich nie gehen würde, ohne herausgefunden zu haben, was, zum Teufel, eigentlich los war. Er wandte sich einem Aktenordner auf seinem Schreibtisch zu, zog ein einzelnes Blatt Papier heraus und hielt es in der rechten Hand. Er gab sich den Anschein, ein paar Zeilen aufmerksam zu lesen, und schüttelte dann traurig den Kopf.

«Mooney –»

«Na los. Hau schon ab.»

Ich tat die zwei Schritte, die nötig waren, um nahe genug heranzukommen, langte hinüber und riß ihm das Blatt aus der Hand. Ich glaube, er ließ absichtlich locker. Noch beim Lesen ließ ich mich auf den Gästestuhl fallen, ein widerliches Kunststoffmöbel.

Ich merkte kaum, wie unbequem es war. Was ich in der Hand hielt, war das Vorstrafenregister eines gewissen Thomas Charles Carlyle. Und ich sage Ihnen, dieser Thomas Charles Carlyle war ein schwerer Junge, eine Ein-Mann-Verbrecherbande. Einfacher Diebstahl, schwerer Diebstahl: drei Haftstrafen, zwei Verurteilungen. Dreimal wegen illegalen Waffenbesitzes verhaftet. Vergewaltigung. Notzucht. Bewaffneter Raubüberfall. Und so weiter.

Beigefügt waren Kopfbilder. Kopfbilder sind immer übel, aber diese waren einfach schrecklich, denn Thomas Charles Carlyle sah aus, als ob er eine Stunde, bevor der Fotograf eintraf, einen Händel mit King Kong gehabt hätte. Seine Nase war auf einer Gesichtshälfte vermatscht, seine Lippen waren zerschnitten und verquollen. Ein Auge war zugeschwollen. Er trug einen Schnauzbart zur Schau. Wenn er den noch abrasieren würde, könnte ihn nach dem Foto niemand mehr identifizieren. Ich warf noch einmal einen Blick auf das Strafregister und fand zwischen den anderen Verstößen den erwarteten Widerstand gegen die Staatsgewalt.

«Carlotta», sagte Mooney, sobald ich aufblickte, «es gibt keine Immobilienfirma in Cedar Wash.»

Ich klappte den Mund auf und wieder zu.

«Thomas C. Carlyle», fuhr er fort, «*dieser* Thomas C. Carlyle, der Kerl mit dem Strafregister, wird vom FBI gesucht. Sie haben eine heiße Spur. Sie glauben, er steht mit einer Gruppe der radikalen Rechten im Lande in Verbindung, mit der New Survivalist League, den neuen Überlebenskämpfern oder so was.»

Davon hatte ich schon gehört. Sie hatten versucht, ein Waffenlager irgendwo in New Hampshire auszurauben. Schossen mit ihren Knarren herum, machten Krawall, ergatterten ein paar Handfeuerwaffen und eine Kiste Granaten. Ich schluckte und nickte.

«Sie benutzten dieses Preisausschreiben, um ihn auszuräuchern», setzte Mooney hinzu. «Das haben sie vor ein paar Jahren in Florida an ein paar steckbrieflich gesuchten Stinktieren ausprobiert. Ein Haufen dieser Scheißkerle kam wirklich zum Abholen der Preise und landete statt dessen im Knast.»

Durch die Leuchtstofflampen in Mooneys Büro mußte ich die Augen zusammenkneifen. «Ist ja nicht zu fassen. Mein Kater ist Abonnent von *Mother Jones!* Wie konnten sie ihn mit einem Haufen Rechter in Zusammenhang bringen?»

Mooneys Schuhe knallten mit einem dumpfen Geräusch auf den Boden, und er stand auf. Seine Größe wirkte bedrohlich in dem kleinen Raum, und seiner Stimme konnte ich anhören, daß nicht nur ich eine Stinkwut hatte. Er sprach leise, denn er wußte, daß die Bullen auf der anderen Seite der Glastür zwar Arbeit vorschützten, aber die Ohren aufsperrten. «Die FBI-Leute sind angewiesen, uns zu informieren, statt ihren eigenen Scheißzirkus abzuziehen. Was sie hier machen, heißt für mich, daß sie uns für Arschlöcher halten.»

«Also keine 20000», sagte ich. T. C. bekam nun doch nicht sein Festmenü mit Katzenkaviar.

«Nicht einen Pfennig.»

«T. C. hatte sich schon gefreut.»

«Du hast doch diesen Scheiß ohnehin nicht geglaubt, oder?»

«Natürlich nicht.» Verdammt, nein. Ich war gerade mit Roz in Verhandlungen getreten, mir einen Massachusetts-Führerschein zu fälschen. Nicht allein, daß ich jeden verfluchten Carlyle aus dem Telefonbuch angerufen hatte, ich hatte auch noch einem Bullen einen kleinen Betrug vorgeschlagen.

Ich konnte deutlich spüren, daß Mooney ein selbstgefälliges Grinsen unterdrückte. Er schüttelte den Kopf. «Carlotta», sagte er, «weißt du, warum du nicht bei der Polizei durchgehalten hast? Deine Phantasie läuft mit dir davon.»

«Falsch, Mooney. Ich bin nicht klargekommen, weil ich niemandem in den Arsch gekrochen bin.» In dieser Bemerkung liegt soviel Wahrheit, daß sie überzeugend klingt. Ich wäre wohl trotz der Anzüglichkeiten und offenen Feindschaft von seiten der «Jungs» geblieben, wenn der ganze Ärger mit der Verwaltung nicht gewesen wäre.

«Und soll ich jetzt dem FBI sagen, sie wären auf dem Holzweg?» fragte Mooney begierig.

«Nein», sagte ich langsam, «sag gar nichts. Noch nicht.»

Er kämpfte seine Enttäuschung nieder. «Na schön, gut. Wirklich, ich würde es diesen FBI-Scheißern nicht einmal sagen, wenn ihr Arsch in Flammen stünde.»

«Klar.»

«Hör zu, halt mich auf dem laufenden, ja? Wenn sie irgendwas richtig Blödes anstellen, möchte ich die Chance haben, die Zeitungen zu informieren und einem Reporter die Möglichkeit geben, die Sache aus nächster Nähe zu verfolgen, ja?»

In Anbetracht dessen, was Mooney für Reporter übrig hat, mußte er das FBI wirklich zutiefst verachten. Er wippte auf seine Fersen zurück und schaute unwirsch drein, und einen Augenblick lang dachte ich, er wollte mich weiter ausfragen. Aber er sagte nur noch: «Wie geht es deiner alten Dame? Die zusammengeschlagen worden ist?»

«Ganz gut.»

«Läuft die Sache?»

Er sprach betont mitfühlend. Ich nehme an, es tat ihm leid, meine Cedar-Wash-Blase zum Platzen gebracht zu haben. Ich beschloß, mir seine übertriebene Besorgnis zunutze zu machen.

«Mooney», sagte ich, «erinnerst du dich noch an die *Valhalla*, dieses Schiff, das –»

«Mit den IRA-Waffenschmugglern? Du hängst doch hoffentlich nicht *da* drin, oder?»

«Hast du kürzlich irgendwelche Gerüchte von Waffenschmuggel gehört, hat vielleicht jemand von einem Aufleben der IRA gesprochen?»

«Keinen Ton, Carlotta. Soweit ich weiß, sind die vom FBI die einzigen Leute, die sich mit IRA-Waffengeschäften befassen, oder die von der Alkohol-, Tabak- und Schußwaffenabteilung, die ihre Fallen stellen. Warum?»

Diesmal versuchte ich es bei ihm mit der Story vom irischen Gartenzwerg. Er mochte sie ebensowenig wie Jay Schultz.

25

Allmählich bekam ich ein ungutes Gefühl im Magen, wenn ich an Eugene Devens dachte.

Als ich das Taxi mit einem kreischenden Geräusch in die G&W-Parklücke fuhr, besserte sich meine schlechte Laune minimal. Gloria tat so, als bemerke sie nichts. Zweifellos hatte sie Mooney meine Taxinummer durchgegeben. Ich hätte mich vielleicht über ihre

Freigebigkeit bitter beschwert, aber alle drei Brüder einschließlich des ehemaligen Oberliga-Ohrabbeißers lungerten in ihrem Büro herum, einer so finster dreinblickend wie der andere.

Was ich nicht herausbekam, war Sam Gianellis Rolle.

John Flaherty war Jackie, der junge irische Heißsporn, den Pat mir beschrieben hatte. Mooney mochte zwar über meine intuitiven Fähigkeiten spotten, mir war jedenfalls plötzlich etwas aufgegangen, als ich die Silhouette von Flahertys Kopf im Schein des Taxi-Innenlichts gesehen hatte, die Art, wie der Kopf zwischen den Schultern saß, wie die Ohren geformt waren. Ich wußte wieder, wo ich ihn schon einmal gesehen hatte: in einem Spiegel in der Nähe einer Reklame, die «Michelob Light» als das bevorzugte Wochenendbier aller patriotischen Amerikaner anpries. Im *Rebellion*, in der Nacht, als ich hinter den drei alten Käuzen her war. Er war der junge gesprächige Typ dort gewesen. Ich hatte zwar in jener Nacht Flahertys Gesicht nicht sehen können, aber allein an seinen Ohren konnte ich ablesen, daß es sich um Irish Jackie handelte, den rührigen Organisator der neuen GBA.

Warum Sam Jackie angeheuert hatte, war eine andere Sache. Sam wollte nicht ins Bild passen. Wie gesagt, IRA und Gianelli sind zwei Paar Stiefel.

Ich fuhr nach Hause. Es war 7 Uhr 30; die Sonne grüßte. Ich erschrak, doch dann fiel mir ein, daß der Donnerstagmorgen-Volleyball diese Woche wegen der vielen Verletzungen verschoben worden war. Meine spezielle Duftnote aus Taxi und Polizeiwache hätte Chanel vor Neid erblassen lassen, also zog ich mich aus, warf die Kleidungsstücke in den Wäschekorb und blieb so lange unter der brühheißen Dusche, bis das Wasser kalt nachlief. Ich wickelte mein Haar und alles übrige in passende übergroße grüne Handtücher. Das rote Lämpchen an meinem Anrufbeantworter blinkte, als ich ins Schlafzimmer kam.

«Hallo, ganz schön flott, mit Anrufbeantworter und allem, he? Ach so, ja, Detective Schultz am Apparat. Jay. Also, hör mal, du hattest recht mit der Ware, die dein, na ja, dieser Freund verkauft. Und, na ja, wenn du noch mal Aufnahmen machen könntest, wie er irgendwelche Fläschchen verschiebt, das würde uns weiterhelfen. Hm. Oder wenn er in irgendwelche Wohnhäuser geht. Tja, das wär's. Ach ja, tschüs natürlich.» Er hatte beim Hörerauflegen noch weitergesprochen, und ich konnte hören, wie er über all diese

Scheißgeräte fluchte. Scheißgeräte lassen sich von jungenhaften Schönlingen mit glattgestriegeltem Haar nicht sonderlich beeindrucken.

Im großen und ganzen bin ich auch seiner Meinung. Wirklich, wer will schon mit einer Maschine reden? Ich spielte die Mitteilung noch einmal ab. Im Klartext hieß das, Zipfelbart dealte mit Crack, und die Cambridger Bullen sähen es gern, wenn ich ihn weiter beschattete, damit sie sich den wichtigeren Sachen widmen konnten, etwa dem Verhaften von jungen Mädchen am Harvard Square wegen unsittlichen, obszönen Verhaltens.

Da gerade von unsittlichem, obszönen Verhalten die Rede ist: Noch eine eindringliche Stimme war auf dem Anrufbeantworter. Die von Sam, tief und rauh. Täte ihm ja leid, aber er sei die nächsten paar Tage auswärts. Würde mich sofort anrufen, sobald er zurück sei. Mist.

Ich trocknete mein Haar, bis es wirr und halbwegs trocken war, und schlüpfte zwischen die kühlen Laken. Ich stellte mir vor, wie das FBI meinen Kater verhaftete. Ich dachte an Zipfelbart, getauft Horace. Ich schloß die Augen und sah Jackie Flahertys Gesicht auf Sams gebräunten Körper projiziert. Ich fragte mich, ob Margaret Devens wohl den Schock aushalten würde, in ein von Roz und Lemon gesäubertes Haus heimzukehren. Nicht lange, und ich hatte mich bestens um den Schlaf gebracht. Sie kennen das ja, eben brauchte man noch Zahnstocher, um die Augen offenzuhalten, und im nächsten Augenblick ist man wieder hellwach. Mir geht es manchmal so. An der Schlaflosigkeit ist nur eins positiv: daß sie nicht tödlich ausgeht. Ich habe gelernt, nicht um jeden Preis einschlafen zu wollen, wenn ich nicht schlafen kann. Also stand ich auf, fluchte ein wenig, zog mir bequeme alte Jeans und einen langen Strickpullover an, aß Eier mit Speck zum Frühstück oder auch Mittagessen, wenn man so will, und lenkte meinen Toyota nach Cambridge.

Ich lief dem alten Horace Zipfelbart nicht gleich über den Weg. Selbst der Abschaum der Dealer macht ab und zu Feierabend. Er war nicht auf seinem gewohnten Posten nahe Paolinas Eingangstür. Ich nickte im Auto ein und wachte kurz nach 5 Uhr nachmittags mit steifem Nacken und einem schlechten Geschmack im Mund wieder auf. Soviel zur Schlaflosigkeit.

Horace war zur Stelle. In seiner Bewegungslosigkeit sah er aus wie ein Denkmal, wie das «Standbild des unbekannten Drogendealers». Ein Päckchen Zigaretten steckte im aufgerollten Ärmel seines T-Shirts. Seine Haut wirkte noch gelber, als die Sonne hinter grauen Wolken verschwand. Er saß da und starrte mit nichtssagendem Blick ins Leere. Ich machte eine Aufnahme von ihm. Niemand kam in seine Nähe. Kurz nach acht zündete er sich eine Zigarette an. Der rote Lichtpunkt glühte wie ein Leuchtfeuer und setzte sich dann in Bewegung.

Ohne lange zu überlegen, fuhr ich ihm nach. Ich konnte danach immer noch direkt zu G & W fahren.

Wenn er die U-Bahn am Kendall oder Central Square bestieg, mußte ich ihn laufenlassen. Er hielt auf den Central zu. Ich hinterher. Die Portland zur Main Street und weiter zur Mass. Avenue. Einem Fußgänger mit dem Auto auf den Fersen zu bleiben, erfordert Geduld. Ich ließ meine Scheinwerfer eine Zeitlang an, schaltete sie aus, wieder an, zog an ihm vorbei, parkte, drehte ganz von seiner Straße ab und holte ihn an der nächsten Ecke erneut ein. Er schien blind zu sein, wahrscheinlich hatte er ein stärkeres Kraut als Camel geraucht.

Er ging am U-Bahn-Eingang vorbei und überquerte die Mass. Avenue bei Rot, wobei er beinahe von einem silbernen Buick erfaßt worden wäre. Er rannte, um den Dudley-Bus noch zu erreichen.

Ein Glück, daß ich schon eine Woche Taxi gefahren war. Mitten auf dem Central Square eine Kehrtwende zu machen, ließ mich völlig kalt. Ich raste hinter Bus 2654 her, Gott sei Dank einem von der neuen Sorte. Ich war ganz steif, mein Nacken schmerzte, und bald mußte ich auch irgendwo eine Toilette finden. Ich brauchte nur meine Lungen mit den Busabgasen vollzusaugen.

Horace Zipfelbart lümmelte auf der Hälfte einer Sitzbank im Heck des erleuchteten Busses herum. Ich gab abwechselnd Gas und bremste, immer ein Auge auf seinen Rücken geheftet. Er blieb im Bus, bis die Passagiere allmählich gewechselt hatten und die Mehrheit nur noch eine kleine Minderheit war. Der Bus fuhr nach Roxbury.

Ich kenne Roxbury so gut wie jeder andere Weiße. Um ehrlich zu sein, ich fühle mich dort wohler als in Southie. Verstehen Sie mich bitte nicht falsch. Es gibt eine Menge Straßen in Roxbury, die ich nicht entlangfahren würde. Ich zog mir immer eine unsichtbare Grenze. Ich würde zum Beispiel nicht die Sonoma Street hinunterfahren bis in eine Gegend, die bei der Polizei nur «der Schießstand» heißt, wegen des Heroins und der Waffen.

Horace stieg aus dem Bus aus, ehe ich noch Zeit fand, mir einen Plan zurechtzulegen oder mir Sorgen zu machen, und marschierte festen Schrittes die Albany Street hinab. Er ging auf den Seiteneingang eines schmalen Hauses an der Norfolk Street zu und klopfte an die Tür. Ich sah ihn nicht hineingehen, aber auch nicht wieder herauskommen.

Ohne meine Geschwindigkeit zu drosseln, fuhr ich um den Block und parkte in der Parallelstraße hinter dem Haus in der Norfolk Street, im Schatten des höchsten und einzigen Baumes weit und breit. Auf der gegenüberliegenden Straßenseite war ein armseliger Park oder Kinderspielplatz. Turnschuhe, mit den Schnürsenkeln zusammengebunden, zierten die Stromleitungen wie Weihnachtslichter. Der Park muß vor Leuten nur so gewimmelt haben. Ich konnte zwar nicht viel erkennen, hörte jedoch sporadisches Gelächter, den dröhnenden Baß eines Stereo-Portables und ein fernes Quietschen wie von einer rostigen Schaukel.

Ich hätte gern die genaue Adresse des Hauses gewußt. Ich hätte gern Aufnahmen von Zipfelbart gemacht, wie er hineinging und wieder herauskam. Ich hätte gern seine Aktenmappe vorher und nachher gewogen. Ich hätte gern den Inhalt seiner Tasche genauestens untersucht.

Aber es sollte ganz anders kommen.

Die Gegend kam mir bekannt vor, nicht, weil ich schon einmal dort war, sondern weil sie anderen stark bevölkerten Vorstadtvierteln sehr ähnelte. So ein Viertel in der Nähe einer verkehrsreichen Kreuzung, mit einem winzigen Park, überfüllten Wohnungen, verwahrlost wirkenden Häuserreihen, ist nachts viel lebendiger als tagsüber. Die Musik im Park schmetterte plötzlich lauter.

Falls ich Horace zu einem «Crack-Haus» gefolgt war, wo das Zeug hergestellt wurde, konnte ich sicher sein, daß mein vorüberfahrender roter Toyota bereits von einem Aufpasser bemerkt worden war. Mein Wagen würde an sich nicht besonders ins Auge fallen. Ein roter Toyota ist kein Polizeiauto. Selbst die Geheimpolizisten des Rauschgiftdezernats fahren amerikanische Schlitten. Trotzdem, jede weitere Bewegung von mir konnte unter Umständen doch Panik auslösen, und dann landete das Koks im Abwasser.

Der Baum verbarg meinen Parkplatz vor den Blicken irgendwelcher auf dem Dach stationierter Wächter. Auf der Hausveranda hatte ich keinen Wachmann gesehen. Hier also wohnte Horace womöglich; ein respektables Zuhause, soweit ich sehen konnte. Ich stellte mein Radio doppelt so laut und suchte mir einen Sender mit harter Rockmusik. Das schien mir für diese Gegend das richtige zu sein. Ich begann, mein Haar unter die Mütze zu stopfen, und dabei wurde mir erst bewußt, daß ich drauf und dran war, die relative Sicherheit des Autos aufzugeben.

Nun vermag Dunkelheit zwar eine Menge zu verbergen, aber nicht gerade einen einsachtzig großen Rotschopf. Ich wollte Aufnahmen machen, aber dazu mußte ich mich tarnen. Eine Sekunde lang wünschte ich, Roz wäre bei dieser Fahrt dabei, um den richtigen Film in die Canon einzuspulen und das Foto zu schießen. Roz ist ihre eigene Tarnung.

Ich erwog diverse Möglichkeiten. Vielleicht sollte ich einfach zur Eingangstür marschieren und jedermann bitten, «Cheese» zu sagen. Ich konnte mich auch von hinten heranschleichen, aber der Schrotthof des Nachbarn sah wie ein idealer Entsorgungsplatz für Atommüll aus. Ich hatte kein Verlangen, mir von Ratten die Zehen abnagen zu lassen.

Der Baum, der mein Auto so gut versteckte, machte auch das Fotografieren unmöglich. Er war das, was wir früher in Detroit einen hübschen Kletterbaum nannten, mit einer guten tiefsitzenden Gabel und vielen kräftigen Ästen. Ich hatte bestimmt seit zehn Jahren keinen Baum mehr erklettert, verspürte aber auf einmal größte Lust dazu. Ich bezwang mich. Bäume haben keine Hintertüren, und Überraschungsabgänge von Bäumen können sowohl demütigend als auch schmerzhaft sein. Ich lehnte mich auf dem Fahrersitz zurück.

Ich war erschöpft. Autoschlaf zählt nicht soviel wie Bettschlaf. Ich sah auf die Uhr. Fast elf. Mit einigem Vergnügen stellte ich mir vor, wie Gloria vor Ärger heiße Ohren bekam, weil ich nicht pünktlich bei G&W aufkreuzte. Auch Toiletten erstanden vor meinem inneren Auge.

Zwei kichernde junge Mädchen gingen vorbei und unterhielten sich darüber, was Clyde auf der Rückbank des alten Buick mit Germaine gemacht hatte. Und was Germaine mit Clyde gemacht hatte. Und was Howie tun würde, wenn er von Germaine erfahren würde, was Clyde mit ihr gemacht hatte. Daß Germaine es für nötig halten würde, sich Howie anzuvertrauen, davon gingen wohl beide aus.

In einem Haus auf der anderen Straßenseite flammte Licht auf; ich glitt tiefer in den Sitz. Undeutlich war Geschrei zu vernehmen, und die «Verdammt-noch-nie-zu-was-nutze-gewesene» Angela hatte ihr Fett weg.

Das Klappern hochhackiger Schuhe und heiseres Gelächter signalisierte die Ankunft von vier halbseidenen Damen. Ich hatte lange genug in einschlägigen Bezirken gearbeitet, um sie an Kleidung und Gangart zu erkennen. Gejohle aus dem Park bestätigte mein Urteil. Das waren keine Mädchen, die von ihrer Spätschicht im örtlichen Verbrauchermarkt heimkehrten. Ihr Arbeitstag fing eben erst an.

Was ich am allerwenigsten mag, ist den Lockvogel zu spielen. Dazu pflegten sie mich wie einen Köder anzuziehen, mich an der Angel auszulegen und abzuwarten, ob ich irgendeinem Schwanz vor Ort genügend einheizen konnte für eine schnelle Nummer. Wirklich, ich haßte das. Nicht allein, daß ich mir wie ein Stück Fleisch vorkam, mich beschlich jedesmal auch noch der leise Verdacht, die Beamten, die mich deckten, hätten ihren Spaß daran.

Ach, zur Hölle damit. Alle Erfahrungen erweisen sich früher oder später als nützlich. Ich zog meine Mütze vom Kopf und fuhr mit den Fingern durch das Haar. Ich fand zwar einen Lippenstift in meiner Tasche, aber kein Rouge, und so mußte Max Factors Primelrot für beides herhalten. Rückspiegel taugen nicht viel zum Make-up-Auftragen, aber ich schaffte es trotzdem, mir einen Schmollmund zu malen und meine Wangenknochen zu betonen.

Meine Kleider waren absolut unpassend. Ich suchte auf dem Rücksitz nach irgend etwas dort Abgelegtem. Ich verbringe viel Zeit im Auto und bin nicht gerade ordentlich, und da sammelt sich manches an. Mein Sportzeug tauchte auf: Oberteil, Shorts, Turnschuhe, ein Frotteestirnband; nichts besonders Verführerisches. Andererseits war mein Strickpullover eins von diesen überlangen Teilen, die bis zu den Schenkeln herabhängen.

Ich wand mich aus meinen Jeans und zerrte am Pulloverausschnitt, bis er sich weitete und mir über eine Schulter rutschte. Mit sichtbarem BH-Träger hatte der neue Ausschnitt auch nicht unbedingt mehr Pep, deshalb zog ich die Arme aus den Ärmeln, machte vorübergehend ein Zelt aus dem Pullover, griff nach hinten, hakte meinen BH los und stopfte ihn in das Handschuhfach. Die neue Aufmachung schrie förmlich nach einem weiten, messingbeschlagenen Ledergürtel. Ich konnte nur einen knappen Meter Schnur finden. Den band ich mir um die Taille, zog den Pullover etwas hoch und ließ ihn darüberfallen, um die Schnur zu verstecken. Das Blusige wirkte gar nicht schlecht, nur wurde der Pullover dadurch verdammt kurz.

Meine Schuhe waren eine Katastrophe, aber das machte nichts, denn ich habe immer massenweise Schuhe im Auto. Ich hasse unbequeme Schuhe, aber da man bei Größe 43 kaum Auswahl hat, bleibe ich oft auf Modellen hängen, die ich aus lauter Verzweiflung gekauft habe. Schuhe, die Blasen in Aussicht stellen, werden im allgemeinen schon auf dem Heimweg nach hinten geschleudert, denn ich finde es abscheulich, damit zu fahren. Ich fand eine Sandalette mit perfektem Absatz. Es muß zehn Minuten gedauert haben, bis ich die zweite gefunden hatte. Ich war mir nicht ganz sicher, ob sie zusammengehörten. Sie drückten mich, daß es die reinste Folter war. Kein Wunder, daß ich sie nach hinten geschmissen hatte.

Ich beugte den Oberkörper vornüber und schüttelte den Kopf, um die roten Locken zu verwuscheln. Dann stieg ich pfeifend aus dem Auto, die Umhängetasche sorglos über den Arm gehängt, und gleich wurden meine Anstrengungen durch ein anonymes bewunderndes Pfeifen aus dem Park auf der anderen Straßenseite belohnt. Ich drehte mich um und warf meinem unbekannten Bewunderer ein Komm-rüber-Lächeln zu.

Ich ging, wie Nutten zu gehen pflegen, und gesellte mich zu dem schnatternden Haufen an der Ecke. Ich hatte bei dieser Gruppe gerade noch gefehlt. Zwei Schwarze, eine Spanischstämmige von höchstens sechzehn, eine verblichene Blondine, die aussah wie eine entsprungene Schönheitskönigin vom Lande, und nun auch noch Mams jüdische Prinzessin dabei.

«Hallo», grüßte ich verhalten. Ich wußte aus Erfahrung, daß diese Mädchen nicht gern mit Fremden plaudern.

«Hallo», erwiderte die größere der beiden schwarzen Damen, nachdem sie sich unauffällig bei ihren Gefährtinnen vergewissert hatte, ob mich eine von ihnen vielleicht kannte. Sie trug einen Leder-Minirock und ein kurz geschnittenes Oberteil, das auch die unteren Wölbungen ihrer Brüste kaum verhüllte. «Haste Renney heute gesehen?»

Ich nahm mir Zeit für die Antwort, hielt die Augen halb geschlossen, lehnte mich an einen Laternenpfahl und summte ein paar Töne vor mich hin. Die Laterne über mir war kaputt, ein Glück, denn ich sehe zu gesund aus für ein Mädchen, das anschafft, bei all dem Volleyball und Schwimmen. «Renney, ja», murmelte ich mit schweren Lippen, «Renney ist ein Kerl, wirklich. Nichts, was Renney nicht weiß.» Ich nuschelte die Worte in einer Art Singsang herunter. Ich hatte genug Nutten gesehen, die gerade vom High herunterkamen, um das Verhalten zu kennen. Ich kratzte mich am Arm und gähnte. «Jina hat es uns besorgt.»

Es gab da so einen Spitzel namens Renney, der im Bezirk ein paar Puppen laufen hatte. Hoffentlich tauchte er nicht gerade heute nacht auf, um eine Stichprobe zu machen. Jina war eine örtliche Nutte, deren Leiche vor kurzem in South Boston aus einem Eisenbahnwaggon gezogen worden war.

Ich hörte mir das Gequatsche der Damen über Scheißfestnahmen mit 50-Dollar-Bußgeldern an, die gar nicht so schlimm sind, wenn man 500 die Nacht einnimmt. Die ältere Schwarze, Estelle, wollte dieses Leben drangeben, um mehr Zeit mit ihren Kindern zu verbringen. Die spanischblütige Lady lachte in sich hinein und fragte die Schwarze, ob sie denn wüßte, was sie bei McDonald's die Stunde bezahlten. Die Blonde hatte einen Freund, der sich mit AIDS infiziert hatte. Sie hatte daraufhin auch den Test gemacht und war erleichtert, daß er negativ ausging. Nach einstimmiger Meinung der Mädchen lief ohne einen AIDS-Checkup alle sechs Monate nichts mehr. Und nur mit Kondomen. Wurden die Kerle nicht ohnehin immer nervöser, und was, zum Teufel, dachten sich eigentlich die Bullen dabei, die Typen ständig so zu belästigen?

Autos drosselten die Geschwindigkeit, hupten, hielten an. Das spanische Mädchen ging auf Fahrt. Die kurze schwarze Lady mit dem glitzernden schmalen Oberteil und den frechen Shorts machte in Begleitung eines Herrn mit lederner Reisejacke und silberner Sonnenbrille einen Spaziergang in den Park. Fand ich gut, Sonnenbrille um Mitternacht.

Mit dem Haus, das ich beobachtete, tat sich nichts, aber das Licht leuchtete noch, ein gutes Zeichen. Ich hielt die Kamera in der Schultertasche schußbereit in der Hand. Ich wußte nicht recht, ob ich es wagen sollte, an dem Haus vorbeizugehen, um ein gutes Foto zu machen. Und ich wollte auch nicht mein Inkognito für ein Stilleben lüften. Wenn nicht bald etwas passierte, mußte ich entweder mein Nuttenspiel aufgeben oder eine neue Karriere beginnen.

Ich überlegte, wie lange die Mädchen wohl brauchten, um meinen fehlenden Ehrgeiz verdächtig zu finden. Klar, ich ging mal ein Stück die Straße runter, aber nur bis zum nächsten nachts geöffneten Supermarkt, wo man für einen Dollar die schmutzige Toilette benutzen konnte. Ich trat auch mal an ein haltendes Auto heran und flüsterte dem betreffenden Kerl etwas ins Ohr. Ich setzte meinen Preis viel zu hoch für die Gegend an.

100-Dollar-Nummern gehen an der Norfolk Street nicht über die Bühne. Ein Typ war so stoned, daß er mit den hundert einverstanden war. Ich sagte, ich hoffte nur, er hätte ebenfalls Herpes. Ich hatte kaum genug Zeit, meinen Kopf aus dem Fenster herauszuziehen, so schnell zischte er ab.

Ein blinkender Oldsmobile hielt mit kreischenden Bremsen genau vor mir an. Die Tür ging auf, und die Nuttenbrigade erfuhr eine Ergänzung. Ich drehte sofort ab, als ich ihr Gesicht sah. Ich kannte die Dame. Du lieber Himmel, ich hatte sie ein paar Mal eingebuchtet, wie hieß sie doch gleich? Marla? Marlene? Teufel auch, ich hatte sie mir so oft vorgenommen, daß wir uns praktisch bestens kannten.

Ich trat zurück, schloß die Augen, hockte mich hin und lehnte mich gegen den Laternenpfahl.

«Bist du okay, Schatz?» Marla kniete neben mir. Sie war ein mütterlicher Typ. Vielleicht hatte sie deshalb sechs Kinder, alle bei der Fürsorge. Ich machte die Augen nicht auf. Ich konnte sie atmen hören, ihren Moschusduft riechen. «He», sagte sie, «he, kenne ich dich nicht?»

Mein Adrenalinspiegel stieg. Aber ich konnte mich nicht zwischen Kampf oder Flucht entscheiden.

«Laß mal sehen, wie heißt du denn noch mal, Kleine?»

Ich öffnete die Augen. Sie starrte mich mit verblüfftem Stirnrunzeln an, dann holte sie tief Luft. Meine Beinmuskeln spannten sich.

Wir schauten uns einen Augenblick, der wie eine Ewigkeit schien, in die Augen. Dann legte sie die Hand auf den Mund und fing an zu kichern. «Du Miststück, kannst du denn gar nichts mit dem Haar machen?» Sie gab mir einen freundlichen Klaps auf die Schulter, und die anderen Mädchen entspannten sich.

Marlas Haar hatte eine andere Farbe als früher. Ich glaube, sie trug eine Perücke. Vor fünf Jahren hatte sie alle Blicke auf sich gezogen mit ihren hohen indianischen Wangenknochen und den endlos langen Beinen. Sie hatte zugenommen. Tiefe Ringe umschatteten ihre Augen, und um sie zu übertünchen, hatte sie viel zuviel Makeup aufgelegt. Aber in diesem Augenblick fand ich sie schön.

«Marla-Schatz, lange her», sagte ich. «Komm, gehen wir ein Stück.»

Wir schlenderten um den Block. Sie fragte mich, ob sie unter Arrest stehe, mit hoffnungsvollem Unterton, als ob sie für die Nacht keine Bleibe hätte. Ich erzählte ihr, daß ich nicht mehr bei der Polizei wäre, woraufhin sie mir einen erschrockenen, ungläubigen Blick zuwarf.

«Du schaffst doch jetzt nicht an, oder?» fragte sie.

«Hör mal», sagte ich, «willst du ein paar schnelle Dollars verdienen?»

«Was muß ich dafür tun?» Sie ging einem Gewerbe nach, bei dem Vorsicht sich auszahlt.

«Ich brauche ein paar Bilder von einem Haus und von jedem, der dort ein und aus geht. Wenn wir uns da drüben hinstellen, einen knappen Meter von dem Hydranten entfernt, und du mir Deckung gibst, damit sie nicht sehen können, was ich mache, bekommst du 50.»

«75», sagte sie, «wenn ich geschnappt werde, kann ich in dieser Gegend nicht mehr arbeiten.»

«65», bot ich an, denn sie erwartete von mir, daß ich feilschte.

«Du bist eine knickerige Schlampe», sagte sie mit einem Lächeln.

«Und sonst?» fragte ich sie.

«Es geht so», erwiderte sie. «Die Kinder wachsen so schnell. Wo soll ich mich hinstellen? Und wie lange? Wenn irgendwelche scharfen Typen dabei sind, bemerken sie uns mit Sicherheit.»

Das war nur allzu wahr, so wie wir beide gekleidet waren. Neben ihr sah ich durch und durch gutbürgerlich aus. Ihre Satin-Boxershorts waren in der Leiste abgeschnitten und überließen kaum noch etwas der Phantasie. Dazu trug sie ein Mieder aus unechtem Goldlamé, aber nichts darunter, und durch die Maschen wäre auch ein Karpfen entkommen. Ich zerrte an meinem Pullover, um mehr Schulter zu zeigen. Sicherlich wurden wir bemerkt. Aber als Teil der Szene, wenn wir Glück hatten. Wir tarnten uns mitten im Blickfeld als Statuen.

Ich beschloß, Zipfelbart noch eine Stunde zu geben. An meinen Schenkeln hatte ich eine Gänsehaut, und mein Selbstwertgefühl litt allmählich, aber wie gesagt, ich bin starrköpfig.

Manchmal, wenn auch höchst selten, zahlt sich das aus.

Ungefähr zwanzig Minuten später ging es los. Wohl das letzte, was ich erwartet hatte.

Ein Taxi, ein G & W-Taxi, hielt vor dem Haus. Der Fahrer hupte nicht, er saß einfach da und wartete. Ich konnte die Nummer auf dem rechten Kotflügel lesen: 863. Marla und ich waren inzwischen schon gut eingespielt. Wir beugten uns zueinander und kicherten und schwatzten wie alte Freundinnen, und ich drückte den Auslöser der Kamera. 863 war die Taxe von Sean Boyle, dem alten Kauz in Person. Ich erhaschte einen Blick auf sein weißes Haar.

Er wartete ganze zwei Minuten, dann ging das Licht im oberen Stockwerk des Hauses aus. Fünfzehn Sekunden später öffnete sich die Eingangstür. Drei Männer kamen heraus.

Der erste Mann schien die Leitfigur zu sein. Er trug einen konservativen Anzug, ein weißes Hemd, das im Dunkeln leuchtete, und eine modische schmale Krawatte. Seine Gesichtszüge wurden von einem würdigen Filzhut beschattet. Er wirkte irisch. Ich hatte ihn noch nie zuvor gesehen.

Die beiden anderen gingen mit einem halben Schritt Abstand hinter ihm her, wie Leibwächter. Der linke hatte eindrucksvolle Muskelpakete. Er trug eine Sporttasche. Ich hatte schon vier Aufnahmen gemacht, ehe mir klar wurde, daß der rechte Zipfelbart war.

Der gutgekleidete Mann stieg in das Taxi. Die Sporttasche wurde ihm ausgehändigt. Jeder hielt ein wachsames Auge auf diese Tasche.

Ich schoß Fotos, bis das Taxi verschwand und Zipfelbart mit seinem Freund wieder ins Haus zurück ging. Ich gab Marla ihre 65 plus einen 10-Dollar-Bonus aus den Gewinnen der IRA.

Zipfelbart und Sean Boyle. Die beiden gemeinsam.

Feuer und Schwefel.

Oder, wie meine Großmutter zu sagen pflegte: Nicht alle Butter stammt von einer Kuh.

26

Kaum war ich um die Ecke und außer Sicht sowohl der Nutten als auch des Hauses in der Norfolk Street, fing ich an zu rennen und brachte mich beinahe um mit diesen verfluchten Sandaletten bei meinem Sprint zum Toyota zurück. Ich schleuderte sie von den Füßen, sobald ich saß. Dann warf ich den Motor an und gab Gas.

Verdammt. Verdammt. Verdammt. Sean Boyle war nie einzuholen. Hätte ich meine Taxe gehabt, die Taxe, die ich vor zwei Stunden hätte abholen müssen, hätte ich den Funk einschalten, Gloria rufen und herausfinden können, welche Richtung Boyle nahm. Ich kreischte um eine Kurve und gebot mir dann abzukühlen. Ich hatte keine Lust, mich von den Bullen aufgreifen zu lassen; nicht in diesem Aufzug, o nein.

Ich sah ein erleuchtetes Taxischild vor mir und trat das Gaspedal durch. Es war nur ein unschuldiges Red Cab, das ohne Fahrgast auf der Rückbank daherbummelte.

Ich bremste unschlüssig und beschloß dann, zu Green & White zu fahren. Ich bezweifelte zwar, daß Gloria mir freundlich gesinnt war angesichts meiner Verspätung, aber nichts in der Welt würde mich davon abhalten können, einen Kerl mit einer Sporttasche zu verfolgen, der G & W-Taxen nahm und sich mit solchem Abschaum wie Zipfelbart herumtrieb. An der ersten Ampel hupte der Typ neben mir, jagte seinen Motor hoch und schrie etwas aus dem Fenster. Ich fand Papiertücher in meiner Tasche, und es gelang mir, den Lippenstift weitgehend vom Gesicht zu wischen. An der zweiten Ampel knotete ich die Schnur um meine Taille auf und zog den Pullover zu seiner vollen Länge herunter. Ich tastete auf der Rückbank nach meiner Hose, aber ohne Erfolg.

Statt die Abkürzung zu nehmen, entschied ich mich, die Harvard Street hinunterzurasen. Das ist kein großer Umweg, und ich wollte kurz das *Rebellion* abchecken. John Flaherty hatte seine Sporttasche dorthin gefahren wie eine heimwärts fliegende Taube. Warum nicht auch Sean Boyle?

Boyles Taxe stand auf dem Parkplatz.

Ich schoß daran vorbei, sicher, meine Augen täuschten sich. Ein paar von den Taxen, die ich mir in der Nacht vorher notiert hatte, parkten auf der Straße. Der Neonschriftzug der Kneipe bestand jetzt aus leblosen schwarzen Röhren. Die Vordertür war vergittert, und ein Vorhang aus Drahtgeflecht verdeckte die Fenster, aber irgend etwas ging drinnen vor. Genau wie letzte Nacht. Ich spähte in meinen Rückspiegel – hoffentlich hatte Mooney nicht noch mehr Bullen auf mich angesetzt. Die gleichen Gedanken wie vorige Nacht gingen mir durch den Kopf: Was tun? Warten? Aufnahmen machen? Riskieren, in die Bar zu gehen?

Ich stellte den Wagen im Parkverbot um die Ecke ab. Ich faßte einen Entschluß. Da ich meine Jeans nicht finden konnte, zwängte ich mich in meine Sportshorts. Sie waren zwar unter dem langen Pullover nicht zu sehen, aber ich fühlte mich so besser. Ebenso mit dem BH. Ich fand beide Turnschuhe, aber nur einen Socken. Ich warf ihn auf den Rücksitz und zog die Schuhe über nackte Füße.

Ich habe schon öfter Autos geknackt. Mit allem, was mir in die Finger kam, von verbogenen Drahtkleiderbügeln bis hin zu hochspezialisiertem Wunderwerkzeug, das ein Autodieb, den ich einmal verhaftet hatte, mir freundlicherweise hinterließ, ein Mann, der nur zu gern unter Beweis stellte, daß er den durchschnittlichen Autoknackern haushoch überlegen war. Wenn er dem Dope nicht so verfallen gewesen wäre – und sich nicht für den unwiderstehlichsten Herzensbrecher der Welt gehalten hätte –, bezweifle ich, daß er seine Diebesausrüstung mit solchem Besitzerstolz vorgeführt hätte. Er sitzt jetzt fünf Jährchen in der Concord-Besserungsanstalt ab, was sein Verlangen, Mädchen zu beeindrucken, sehr dämpfen dürfte.

In Sean Boyles Taxe einzubrechen war gar nicht so ohne. Der Parkplatz war hell erleuchtet, und die Harvard Street besitzt große Anziehungskraft und wird dauernd von Polizeistreifen abgefahren. Da ich die gestrige Zusammmenkunft der gälischen Brüderschaft nicht hatte beobachten können, hatte ich keine Ahnung, wie lange das heutige Treffen dauern mochte. Ein Adrenalinstoß trieb mich schneller zu der Taxe, als ich eigentlich wollte.

Sean Boyle hatte sich nicht die Mühe gemacht, das Taxi abzuschließen, und damit offen Glorias wiederholte Warnungen in den Wind geschlagen. Er war immerhin nicht so dumm gewesen, auch noch den Schlüssel im Zündschloß stecken zu lassen, was wirklich schade war, denn das Taxi in aller Ruhe «stehlen» und durchsuchen zu können wäre eine feine Sache gewesen. Ich stieg ein und zog leise die Tür hinter mir zu. Nicht nötig, sich durch die automatische Innenbeleuchtung zu verraten.

Ich langte unter den Vordersitz und stieß auf eine Handvoll schmutziges Laub, ließ mich unbeholfen auf alle viere nieder und spähte unter den Sitz. Der rauhe Bodenbelag kratzte mich an der Wange. Es roch nach abgestandener Zigarrenasche und angetrocknetem Schlamm. Ich fuhr mit der Hand in die Polsterfalten und fand eine Kollektion verschiedener Münzen, die ich einsteckte. Das Handschuhfach war abgeschlossen. Ich schließe nie das Handschuhfach in meiner Taxe ab.

Ich kann im Grunde fast jedes Schloß öffnen. Geben Sie mir Zeit und anständiges Licht, und ich schaffe es. In kleinen Fingertüfteleien wie etwa dem Gitarregreifen bin ich gut. Die Zeit war das Problem. Mir schien, als sei ich schon so lange im Taxi 863, daß Boyle schon längst randvoll mit Guinness sein mußte. Meine Hände schwitzten.

Ich holte tief Luft, hievte mich auf den Fahrersitz und stopfte meine Handtasche zwischen meine Beine. Ich fischte meine Taschenlampe auf Anhieb heraus, wühlte jedoch eine Ewigkeit herum, bis ich endlich mein Lederfutteral mit dem Metallkrimskrams gefunden hatte. Ich klemmte die Taschenlampe unter meinen rechten Schenkel und zielte mit dem schmalen Lichtkegel, so genau ich konnte, auf das Schloß.

Die Adrenalinausschüttung lief auf Hochtouren. Immer langsam und mit der Ruhe, redete ich mir zu. Ein Schloß läßt sich nicht zwingen. Es muß so lange gekitzelt werden, bis es fix und fertig ist. Mooney pflegte immer spitze Bemerkungen zu machen über meine Geschicklichkeit im Schloßknacken, aber jetzt wünschte ich, er könnte mich mit diesem Schloß erleben. Wenn ich es als Privatdetektivin nicht schaffe, kann ich immer noch einbrechen.

Ich fuhr zusammen, als plötzlich das Licht im Handschuhfach anging. Es konnte kaum mehr als 5 Watt stark sein, wirkte jedoch auf mich wie ein Scheinwerfer. Beim Anblick des Päckchens beruhigte sich mein wild klopfendes Herz.

Es war eine 10 mal 15 mal 5 cm große, in braunes Packpapier eingewickelte Schachtel. Ohne Adresse. Statt mit Kordel oder Klebeband war sie mit grünen Schmucksiegeln gesichert, in die die Initialen GBA eingeprägt waren. Ich wog sie in der Hand. Leicht. Ich schüttelte sie. Nichts. Ich roch daran. Kein Hinweis. Ich rechnete mir aus, daß eine Sporttasche etwa 30 solche Schachteln fassen konnte.

Ich konnte die Schachtel wegen der verdammten Siegel, eins an jeder Schmalseite und zwei an der Hauptkante des braunen Papiers, nicht öffnen. Ich konnte es klauen, aber das würde Boyle mit Sicherheit merken. Und nicht nur das, ich hörte auch schon förmlich, wie ich Mooney erklären mußte, wie ich an das verdammte Ding gekommen war und er mir daraufhin die Regeln der Beweissicherung vorkaute. Widerstrebend legte ich es in das Handschuhfach zurück, machte Aufnahmen und hoffte nur, daß mein Film für das wenige Licht empfindlich genug war.

Beim Fotografieren fiel mir ein anderes Teil im Handschuhfach auf, ein weißliches Rechteck, das halb unter einem Stadtplan von Boston hervorlugte. Es handelte sich um eine Postkarte aus Irland, eine Landschaft mit grünen Hügeln und zufriedenen Schafen. Sie war unterschrieben mit «Gene».

Das verblüffte mich, und so stahl ich sie. Ich gehe davon aus, daß Postkarten sowieso ständig verlegt werden.

27

Das mußte man Margaret Devens lassen. Kaum aus dem Krankenhaus heraus, und schon war sie die perfekte Gastgeberin. Margarets Wohnzimmer schien weniger unverwüstlich zu sein als die Dame selbst. Die Reste nicht zusammenpassender Möbelstücke füllten den Raum. Roz und Lemon hatten eine alte Couch vom oberen Stockwerk heruntergeholt, um die von den Schlägern ruinierte zu ersetzen. Das wackelige Bein eines Sessels war vorübergehend geschient worden. Der Teppich war in der Reinigung. Von den antiken Schränken fehlten die Türen, sie wurden gerade von einem örtlichen Tischler instand gesetzt. Eine unversehrte Vase stand haargenau in der Mitte des Kaminsimses, völlig fehl am Platz. Dadurch fiel erst richtig auf, daß der andere Nippes fehlte.

Die «Gäste» trafen in Abständen gruppenweise zu zweit und dritt ein. Sie hatten die teigigen Gesichter von Leuten, die nachts arbeiten und tags schlafen.

Sie rutschten auf dem häßlichen Sofa hin und her, wippten mit den Klappstühlen, die eigens für diesen Anlaß herbeigeschafft worden waren, die alten Männer von Green & White, der harte Kern der gälischen Bruderschaft. Margaret Devens hatte die Geladenen sorgfältig ausgewählt, alles Freunde ihres Bruders, zehn an der Zahl.

Wenn Eugene und Flaherty dagewesen wären, hätten wir die Geschworenen-Jury beisammen gehabt.

Sean Boyle, nüchterner als sonst, war einer der ersten Ankömmlinge. Joe Fergus war mürrisch und in streitbarer Stimmung. O'Keefe, O'Callahan und Corcoran folgten als nächste, allesamt Iren. Alle über fünfzig, manche schon an die sechzig, manche noch älter, mit glasigen, glitzernden Augen, die noch die Zeiten gesehen hatten, als Iren in Boston unwillkommen waren und «Micks» und «Harps» hießen oder mit noch weniger schmeichelhaften Namen bedacht wurden.

Die alten Männer ließen den Blick starr über die kahlen Wände und schirmlosen Lampen des Wohnzimmers schweifen, die lange Verlängerungsschnur entlang, die sich zu einem Diaprojektor schlängelte. Sie sprachen bedachtsam und leise mit gespanntem Unterton. Es kam mir vor wie eine Totenwache ohne Leiche.

Ich hatte angeboten, den Anfang zu machen, aber Margaret hatte strikt und höflich abgelehnt. Sie wollte das schon selbst bewerkstelligen, vielen Dank. Mit ihrer netten, liebenswürdigen Fassade war es vorbei, vielleicht ein für allemal. Kein geblümtes Kleid, kein Federhütchen. Sie trug schlichtes Schwarz, bis oben zu einem steifen Kragen hin zugeknöpft. Ihr Gesicht war bleich, ihr rechtes Auge von verblassenden blauen Flecken umgeben. Ein Knie steckte in einem Verband. Kein Begrüßungslächeln, als die Männer pflichtschuldigst durch die Eingangshalle hereinmarschiert kamen. Sie schien gar nicht wahrzunehmen, wie sich ihr Wohnzimmer füllte.

Sie stellte sich an der Tür zum Wohnzimmer unter dem Bogendurchgang auf; ihre Anwesenheit brachte die Männer zum Schweigen. Sie hielt ein Blatt Papier in der Hand. Es knisterte, als sie es zum Lesen hochhob.

«Kein zweites Troja», verkündete sie.

Die Männer auf der Couch warfen sich beredte Blicke von der Art «verrücktes altes Huhn, nichts wie weg» zu.

Ihre Stimme war zittrig, nicht aus Schwäche, sondern aus mühsam niedergehaltenem Gefühl. Sie klang unendlich alt, unendlich müde. «Dieses Gedicht, meine Herren, wurde im Zimmer meines Bruders gefunden. William Butler Yeats hat es geschrieben, über eine Frau, die er mit hoffnungsloser Leidenschaftlichkeit liebte. Sie war eine Heldin im irischen Freiheitskampf. Maud war ihr Name, Maud Gonne. Und aus irgendeinem Grund hielt mein Bruder, der Gedichte nicht gerade schätzte, es für angebracht, es sich abzuschreiben. Wenn er sich die Zeit nahm, es abzuschreiben, können Sie wohl auch so liebenswürdig sein, es sich anzuhören. Vielleicht kennen es manche von Ihnen schon. Bitte, entschuldigen Sie, wenn ich zu leise spreche – oder zu langsam.»

Sie sagte nicht, daß ihr Mund und Kinn noch immer von den Schlägen schmerzten. Das hatte sie auch gar nicht nötig.

Die alten Männer schickten sich ins Unvermeidliche, als seien sie dazu verurteilt, von einer unbequemen Kirchenbank aus einer langen Predigt zu lauschen.

«Kein zweites Troja», wiederholte Margaret.

Kein zweites Troja

Soll ich sie tadeln, daß sie mich verletzt
Tagaus tagein, das blöde Volk so scharf
Zu blindem Eifer und Gewalt verhetzt
Und kleine Straßen nach den großen warf,
Hätte Begierde gleichen Mut entfacht?
Wie kann sie friedlich sein mit einem Geist,
Den Stolz so lauter wie ein Feuer macht,
Gespannt im Bogen ihrer Schönheit kreist,
Die unsren Zeiten nicht geläufig ist,
Erhaben streng und einsam bis zum Rand?
Was hätte ihr gefrommt, so wie sie ist?
Wo findet Troja sie zum zweiten Brand?

Es war still, als das Gedicht zu Ende war. Ein Achselzucken, und hier und da schläfrige, zusammengekniffene Augen.

Margaret ließ das Blatt fallen. Es schwebte in die Eingangshalle. Sie nahm keine Notiz davon. *«Das blöde Volk so scharf zu blindem Eifer und Gewalt verhetzt»,* wiederholte sie noch einmal. «Also –» Sie starrte in die vielen Gesichter im Zimmer und schien den Faden verloren zu haben. Ich fragte mich, ob sie vielleicht jemanden suchte, der nicht da war. Ich überlegte, ob sie nach ihrem Bruder Ausschau hielt. Sie schüttelte den Kopf und zuckte mit den Augenlidern. Dann fuhr sie fort: «Zum Anlaß unserer Versammlung. Ich habe jemanden angestellt, Eugenes Verschwinden aufzuklären, da keiner von Ihnen mir gesagt hat, wohin er ist. Meine Detektivin möchte Ihnen ein paar Dias zeigen. Ich bin sicher, Sie werden sie sehr aufschlußreich finden.» Sie gab ihren Rednerplatz auf und ging stocksteif zum Kamin hinüber. Joe Fergus stand auf, als wolle er ihr seinen Platz anbieten. Sie ignorierte ihn und ging vorbei.

Gemurmel erhob sich, als ich aufstand.

«Immer noch Bulle», brummte Sean Boyle. «Noch schlimmer, ein Spitzel.»

«Halten Sie die Klappe, Sean Boyle.» Margaret Devens fuhr zu ihm herum und stieß die Worte mit einer Kraft aus, die ich kaum noch bei ihr vermutet hätte. «Und daß mir keiner von Ihnen den Mund aufmacht, bis Miss Carlyle fertig ist. Dann haben Sie noch genügend Gelegenheit zum Reden, und ich hoffe, Sie machen davon Gebrauch.»

Ich hatte den Diaprojektor schon frühmorgens aufgestellt und mit Roz – meiner Dunkelkammerfee – als Publikum einen Probelauf veranstaltet, denn ich hasse es, wenn meine Vorführungen nicht klappen. Mein erstes Bild war eine Ansicht von Margarets Wohnzimmer nach der Aktion des Schlägertrupps.

«Denkt daran, daß Miss Devens sich vor allem große Sorgen um ihren Bruder macht», begann ich. «Vielleicht meint ihr, sie wäre verärgert über das, was mit ihrem Haus passiert ist, oder darüber, daß ihr für die IRA sammelt.»

«IRA» ließ einige Männer hochfahren.

«Und wenn Sie das getan haben», unterbrach mich Margaret ruhig, aber bestimmt, «sollten Sie sich wirklich schämen. Erwachsene Menschen allesamt. Sie wissen, was mit IRA-Geld gekauft wird. Bomben, mit denen hart arbeitende Leute auf Urlaubsreisen umgebracht werden, wenn sie endlich genug gespart hatten, um sich einen Aufenthalt am Meer leisten zu können. Plastiksprengsätze, die einen Tag vor Weihnachten in Kaufhäusern hochgehen. Vielleicht auch Maschinengewehre, um Mütter und Väter vor den Augen ihrer Kinder zu ermorden –»

Margaret war bei der Probevorführung nicht dabeigewesen.

«Die Briten haben kein Recht –» fing jemand an zu sagen.

«Kein Recht?» wiederholte Margaret und schnitt dem Betreffenden das Wort ab. «Kein Recht? Wen kümmert es denn, wer recht hat? Kinder mit abgeschossenen Armen und blutigen Beinstümpfen? Sei bloß still, du Dummkopf. Erzähl mir bloß nichts von Rechten!»

«Miss Devens», sagte ich, «darf ich weitermachen?»

«Oh, natürlich», erwiderte sie bitter. «Machen wir weiter.»

Roz, einigermaßen respektierlich in einem ihrer längeren Miniröcke, rückte einen Schritt näher an Margaret heran, um sie auffangen zu können, falls sie in Ohnmacht fiel. Darin ist Roz gut.

Ich warf die Vergrößerung eines polizeilichen Kopfbildes an die leere weiße Wand. Allgemeines verblüfftes Gemurmel.

«Das ist Horace ‹Bud› Harold», erklärte ich. «Er hat ein dickes Vorstrafenregister.» Ich drückte auf den Knopf und zeigte ihn am Schulhof, wie er gerade einem Kind etwas gab. In der Ausschnittvergrößerung war zu erkennen, daß es sich nicht um das Päckchen, den Pergaminumschlag handelte, den ich zuerst erwartet hatte. Vielmehr war es ein kleines Glasfläschchen, etwas, das sicher meinen Cambridger Polizeispezi Jay Schultz interessieren würde. «Er ist ein Dealer. Dieses Fläschchen ist mit Crack gefüllt. Kokain. Er verkauft es an Kinder.»

«Na und?» Die Stimme kam aus dem Hintergrund. Ich sah zu Sean Boyle hinüber. Sein rotes Gesicht blieb ausdruckslos. Er hatte den Leibwächter seines Fahrgastes nicht wiedererkannt.

«Ich will euch erst noch ein paar Dias zeigen», sagte ich und führte sie nacheinander vor. Zuerst wieder das Polizei-Verbrecherfoto, dann die Aufnahme vom Dealen, dann ein gutes Bild von dem elegant gekleideten Mann mit Anzug und Schlips, wie er in Begleitung seiner muskelbewehrten Leibwächter von der Haustür zur Straße ging.

Ich benutzte meinen Bleistift als Hinweispfeil. «Kommt euch dieser Typ bekannt vor?» fragte ich und deutete auf Zipfelbart. Boyle reckte den Hals, um besser sehen zu können.

«Nun schaut mal genau hin», sagte ich und zeigte die Dias von dem gutgekleideten Mann, wie er gerade in Boyles Taxi stieg, sowie von Horace und dem neben ihm stehenden Schläger mit der Sporttasche. Der Schlägertyp gab die Sporttasche dem Fahrgast. Auf einigen Aufnahmen war ein Stück von Marlas Schenkel zu sehen, sonst waren sie im großen und ganzen recht gut.

«Ein Mann hat doch das Recht, ein Taxi zu nehmen», sagte Boyle langsam, «auch wenn er in schlechter Gesellschaft ist.» Ihm war anzumerken, daß er angestrengt nachdachte. «Bist du sicher, daß es sich beide Male um denselben Mann handelt?»

Ich warf beide Bilder von Horace Harold noch einmal an die Wand, so daß er selbst entscheiden konnte. «Ich bin ihm bis zu dem Haus auf den Fersen geblieben. Er hatte eine Aktenmappe dabei. Möglicherweise ist deren Inhalt in die Sporttasche gewandert. Ich nehme an, daß dein Fahrgast wie immer eine Sporttasche in deiner Taxe gelassen hat, die du dann in irgendeine Bar, zum Beispiel ins *Rebellion*, mitgenommen, auf Schachteln verteilt und dann ausgeliefert hast –»

«Moment mal», sagte da Joe Fergus und richtete sich zu seiner vollen Höhe von fünf Fuß sechs Zoll auf. «Wir sollten den Mund halten. Jackie –»

«Ihr seid wirklich Narren», brach es aus Margaret hervor. Sie konnte die Worte einfach nicht zurückhalten, und ihre kalte Wut erstickte Fergus' Stimme. «Tolle Sache, daß Taxifahrer der IRA aushelfen. Damit kann man doch so schön in den Kneipen prahlen. Und dabei handelt ihr die ganze Zeit in der Stadt mit Kokain und Heroin und Gott weiß was für Giften, dumme Ganoven, die ihr seid.»

«Was hat sie da gesagt?»

«Kokain?»

«Rauschgift? Keiner von uns würde doch –»

Geschrei, Dementis, Beschuldigungen, allgemeiner Aufruhr.

«Weiter», rief ich laut, «guckt euch endlich die verdammten Fotos an.» Ich übersprang ein paar Bilder im Rundlaufmagazin des Projektors, denn es kam alles viel schneller ins Rollen, als ich gedacht hatte. Ich haute auf den Knopf, und John Flahertys grinsende Visage erschien auf der Wand.

«Verbessert mich, falls ich etwas Falsches sage», bemerkte ich trocken. «Ich habe aus zuverlässiger Quelle gehört, daß ihr eine Zeitlang die IRA unterstützt habt, nicht gerade im großen Stil, aber immerhin. Ihr habt mit Büchsen Kleingeld in den Kneipen gesammelt, es gewechselt und an jemanden eine Stufe höher weitergeleitet, richtig?»

«Sagt keinen Ton», befahl Boyle seiner Truppe, was mir ganz recht war.

«Dann kam dieser Mann anspaziert. John Flaherty nennt er sich. Jackie.»

«Jackie würde sich nie mit Drogen abgeben –»
«Halt die Schnauze, Corcoran», sagte Boyle. «Ich für mein Teil glaube kein Wort von alledem. Wir kennen Flaherty. Wir sollen nur ausgetrickst werden, damit wir zugeben, daß wir den Provos helfen. Jackie würde sich nie auf Drogengeschäfte einlassen. Kokain, Heroin, woher sollte er das denn eigentlich kriegen, he?»
«Hat Jackie euch je erzählt, wo er vorher gearbeitet hat?» fragte ich.
«In der Republik», erwiderte Boyle stolz. «Im Süden der Insel. Und dann im Norden. Belfast. Derry. Im Untergrund.»
«Ist er irischer Staatsbürger?»
«Ist das ein Verbrechen?»
«Hat jemand seinen Paß gesehen?»
Schweigen.
«Den werden sie im Büro überprüft haben», warf jemand ein. «Als er eingestellt wurde. Das ist bei Ausländern Vorschrift.»
Roz hatte in ihrer notdürftig zusammengeschusterten Dunkelkammer im Keller Wunder gewirkt und tolle Dias aus vergrößerten Schwarzweißnegativen von Flahertys Personalbogen gemacht. Die Bilder, im Eilverfahren von einem professionellen Labor mit 6-Stunden-Service entwickelt, waren zwar körnig, aber lesbar. Jede Spalte war leer, nur beim Namen stand der Eintrag: «John Flaherty», und dann war noch das Adressenkästchen ausgefüllt. Ich hatte die angegebene Adresse in Dorchester überprüft. Das vietnamesische Ehepaar, das die Tür des Apartments 2A öffnete, war außerordentlich höflich. Es lächelte und verbeugte sich, sprach jedoch nur wenig Englisch. Der Hauswart hatte noch nie etwas von einem John oder Jackie Flaherty gehört. Ich erzählte den Männern von der falschen Adresse.
«Na und?» rief Fergus. «Er ist eben immer unterwegs. Eine Menge verfluchter Denunzianten sind unterwegs, und etliche von der Ulster-Sturmtruppe wollen seinen Tod.»
Die Männer pflichteten Fergus durch allgemeines Gemurmel bei.
«Wenn Flaherty irischer Staatsbürger wäre, müßten doch seine Paßnummer und seine Aufenthaltsgenehmigung auf dem Bogen vermerkt sein, richtig? Ihr wißt ja, wie streng Gloria diese Sachen handhabt, nicht wahr? Könnt ihr euch irgendeinen Grund vorstellen, warum sie einen solchen Personalbogen akzeptiert haben könnte, auf dem nichts steht, keine früheren Tätigkeiten, keine

Empfehlungen?» Ich zeigte das nächste Dia. Es war die Vergrößerung von einem weiteren Blatt Papier, auf dem noch weniger stand. Nur ein Name: «John Flaherty». Den Rest des Papierbogens füllte ein Gekritzel: «Einstellen», lautete es. Unterzeichnet war es mit «Sam Gianelli».

Die zweite Vergrößerung war nicht so scharf wie die erste. Ich hatte Roz nicht viel Zeit gelassen, daran herumzufeilen. Ich wollte es möglichst schnell wieder in den verschlossenen Aktenschrank bei Green & White zurücklegen, ehe Gloria gemerkt hatte, daß es fort war.

«Wollt ihr mich nicht noch einmal fragen, wie er denn an Drogen gekommen sein sollte?» sagte ich. «Oder hat der eine oder andere von euch vielleicht schon mal was von den Gianellis gehört?»

«Sam doch nicht», murmelte jemand. Ich war froh, daß nicht ich es war. Dieses Stoßgebet wollte mir nämlich schon seit ein, zwei Tagen nicht aus dem Kopf gehen.

«Hat keiner von euch je die Päckchen geöffnet, die ihr durch die Stadt gefahren habt?»

«Sie waren versiegelt. Zu unserem eigenen Schutz, damit das FBI uns nicht durch unsere Fingerabdrücke auf die Spur kam.» Das war wieder die Stimme von Joe Fergus, barsch und herausfordernd.

«Hört mal», sagte ich, «es hilft alles nichts. Ich habe mit den Bullen gesprochen: Staatspolizei, Boston, Cambridge. Es heißt, daß nichts, weder Geld noch Munition, aus Massachusetts herausfließt, außer legal über den Irland-Fonds. Alles, was nach Irland geht, wird überwacht und gezählt, gezählt und nochmals gezählt seit der *Valhalla*-Sache.»

«Das beweist nur, daß Jackie und die IRA schlauer sind als die Bullen oder daß die Bullen gemeinsame Sache mit ihnen machen. Viele tun das nämlich», tönte es von hinten.

«Könnt ihr mir mal erzählen», sagte ich, «woher die Gewehre kommen? Aus Waffenfabriken? Dem Waffenhandel? Und wie sie nach Irland gelangen? Wo die Schiffe sind? Sie laufen nicht mehr aus Gloucester aus. Vom South Shore aus wird nichts mehr verschifft. Auch nicht von Boston aus. Und wie steht's mit dem Flugtransport? Fliegt Air Lingus mit Waffenladungen von Logan ab? Hat Jackie eine Möglichkeit gefunden, die Metalldetektoren am Flughafen auszutricksen? Vielleicht benutzt er einen Luftwaffenstützpunkt. Gehen irgendwelche Flüge von Hanscom Field? Nach Irland?» Ich ging von einer Seite des Zimmers los und versuchte, jedem einzelnen in die Augen zu blicken, einen jeden mit diesen Fragen anzusprechen. «Ist niemand hier so neugierig gewesen, einmal nachzufragen? Dann will *ich* euch mal was erzählen. In diesem Bundesstaat zirkulieren keine Waffen für Irland. Was in Massachusetts zirkuliert, ist billiges, rauchbares Kokain – Crack – in kleinen Glasfläschchen wie dem, das ihr auf dem Foto gesehen habt. Und ich glaube, daß ihr es unter die Leute bringt, als blinde, unbezahlte Kuriere. ‹Mulis› heißen sie in der Branche.»

«Ich glaube kein Wort», sagte Sean Boyle.

Ich hatte eine Antwort darauf. In Form eines Dias. Die Kopie eines zugegebenermaßen alten Polizeifotos, aber Roz leistet gute Arbeit, und die Ähnlichkeit war unverkennbar.

«Euer untadeliger John Flaherty hat ein Strafregister», sagte ich. «Ein Freund von mir hat den Namen durchlaufen lassen und wurde fündig: 1979 Verhaftung und Verurteilung wegen eines Rauschgiftdelikts. Drei Monate in der Concord-Besserungsanstalt. Und '79 war er auch kein irischer Staatsbürger.»

Er hatte nicht einmal einen falschen Namen benutzt für seine Aktionen bei Green & White. Wie kann man nur so dumm sein.

Die alten Männer sagten keinen Ton. Sie starrten alle den jungen John Flaherty mit der Nummer auf der Brust und dem trotzigen Blick an. Sein Haar war länger und verwuschelt. Ich war auf Protest gefaßt. Ein Strafregister besagt schließlich nicht alles. Es gibt immer Verbrecher, die nicht rückfällig werden. Aber ich war mir sicher, Jackie gehörte nicht dazu.

«Wenn hier jemand vom FBI ist», meldete sich ein Mann hinten im Zimmer zu Wort, einer von den ganz Harten, «sitzen wir alle im Schlamassel, sobald wir etwas zugeben.»

Margaret Devens richtete sich zu voller Größe auf. «Sie haben mein Wort, Dan O'Keefe, und Sie haben keinen Grund, an meinem Wort zu zweifeln. Niemand hier könnte Sie festhalten. Sie können gehen, wenn Sie wollen. Wenn es nach mir ginge, würde ich Sie alle festsetzen lassen für das, was Sie zu tun versucht haben, und für das, was Sie getan haben. Gott weiß, welche Sünde schlimmer ist, aber Übel ist Übel, und auf jeden Fall werden Sie diese Last für immer auf Ihrer Seele herumschleppen.»

Eine volle Minute lang, vielleicht auch zwei, sagte niemand etwas. Ich konnte die Uhr im Eßzimmer ticken hören.

«Also», begann ich wieder, «ich habe euch gezeigt, daß einer eurer ‹IRA›-Kuriere mit einem bekannten Drogendealer herumlungert. Ich habe euch eine Quelle genannt, aus der die Drogen stammen, die Gianellis. Vielleicht habe ich sogar euer Vertrauen in Jackie erschüttert. Jetzt habt ihr die Chance, mir das Gegenteil zu beweisen, mir zu sagen, ‹ich habe das Päckchen aufgemacht, und es enthielt eine automatische Pistole mit einem grünen Schleifchen um die Trommel›.»

Niemand sagte ein Wort.

«Was ist mit dir, Boyle? Willst du mir nicht sagen, daß der Kurier auf dem Foto sich nicht mit dem Namen ‹Maud› meldete, wenn er die G & W-Zentrale rief?»

Schweigen.

«Also niemand von euch war so neugierig, daß er ein Päckchen geöffnet hätte?»

«Mein Bruder Eugene war sein Leben lang ein wißbegieriger Mensch», sagte Miss Devens leise. «Ein forschender Mensch, der nicht blindlings etwas glaubte.»

«O mein Gott.» Sean Boyle war der Wind aus den Segeln genommen, er ließ sich schwer auf die Couch fallen.

Ich sagte: «Erzähl uns, wo Eugene hin ist.»

«Er ist in Irland», sagte Joe Fergus aufgebracht. «In Irland.»

«Du lieber Himmel», flüsterte Margaret, «der Mann glaubt es noch immer.»

«Boyle hat eine Postkarte bekommen», beharrte Fergus.

Während Boyle noch auf seine Jackentaschen klopfte, hielt ich sie hoch. «Ist ja egal, wo ich sie herhabe», sagte ich. «Ist sie das?»

Boyle nahm sie, prüfte beide Seiten und nickte.

«Sagen Sie ihnen, was Sie mir gesagt haben», bat ich Margaret.

«Es ist nicht seine Handschrift», sagte sie, «nicht einmal annähernd.»

Roz hatte den verschmierten Poststempel vergrößert. Ich brachte es nicht übers Herz, ihnen zu sagen, daß die Karte in Dublin, New Hampshire, abgeschickt worden war.

«Mein Gott, wenn das wahr ist», sagte Sean Boyle langsam, «dann ist Eugene nicht – dann ist er vielleicht gar nicht in Irland. Margaret, glauben Sie mir, wir dachten wirklich, er sei mit einer Schiffsladung Waffen unterwegs. Davon hatte er immer geträumt.»

Wie in den Abenteuerromanen seiner Kindheit.

«Aber wo ist Eugene dann?» murmelte Boyle. Die Ellbogen auf die Knie gestützt, ließ er seinen Kopf in die hohlen Hände sinken.

Margaret Devens wußte die Antwort darauf, sie war in ihrem Gesicht zu lesen.

«Margaret», sagte Sean Boyle, «ich weiß nicht... ich weiß wirklich nicht, was ich sagen soll.»

«Ihr solltet alle ins Gefängnis für das, was ihr getan habt –»

«Margaret», unterbrach ich sie. Keine unnötigen Wiederholungen.

«Sie können nur sagen, daß Sie selbst nicht weiter wissen, Boyle», fügte sie bitter hinzu. «Und Sie können jetzt nur dieser rothaarigen Frau zuhören. Tun Sie genau, was sie Ihnen sagt, und Sie sehen vielleicht auf Jahre keine Zelle von innen.»

Ich räusperte mich, um den Männern Zeit zu lassen, ein wenig über das Gehörte nachzudenken, und weil es mir schwerfiel, Margaret zuzuschauen, ohne ihre Schmerzen mitzuleiden. «Ich weiß etwas über das Verteilersystem», sagte ich, «ich weiß, daß es unter dem Code-Namen ‹Maud› aus dem Gedicht über Taxifunk abgewickelt wird.» Ich dankte Pat im stillen, der mich auf die richtige Spur gebracht hatte. Ein Frauenname. Irgend etwas Poetisches.

Ich dachte mit einer Bewunderung, die mir selbst zuwider war, an Jackie Flaherty. Gut, er war so dämlich gewesen, seinen Namen nicht zu ändern, aber immerhin so clever, einen lokalen Geheimbund aufzutun, eine Schar von Männern, die sich im Ort auskannten und alle Viertel durchstreiften, ein zuverlässiges Kommunikationsnetz – eine für den Zugriff reife Gruppe. Was eine anständige Deckung anbetraf – du liebe Güte, die Hälfte von ihnen mußte Vettern bei der Polizei haben. Ein ganzer Trupp unbezahlter, abhängiger Mulis, die längst überholte Ruhmesträume träumten. Eine Armee, die keine Fragen stellte, weil sie nur so vor brachliegender Loyalität strotzte.

Wären Schwerverbrecher immer so smart, wären die Bullen aus dem Geschäft. Ich fragte mich, ob Flaherty die Sache von Anfang an selbst inszeniert hatte. Oder ob sie von oben dirigiert worden war.

«Maud», begann Sean Boyle stockend, an mich adressiert, aber mit Blick auf Margaret. «Maud oder Maudie, das war das Zeichen.

Und immer rief eine Frau die Zentrale an, so daß Gloria keinen Verdacht schöpfte, nicht zu oft und nie zweimal vom gleichen Platz aus.»

28

Am nächsten Morgen zu Hause war Red Emma in reizbarer Stimmung, grub die Klauen in meinen Zeigefinger und hackte auf dem Küchentelefon herum. Ich hielt sie davon ab, damit sie die nette kleine Wanze nicht störte, die ich in der Sprechmuschel entdeckt hatte.

«Sittiche aller Länder, vereinigt euch!» sang ich dem Vogel vor. «Lies es mir von den Lippen ab, mein Schatz!»

Musikberieselung drang aus dem Hörer. Ich hielt ihn ein gutes Stück vom Ohr weg. «Wie steht's mit ‹besser rot als tot›?» fragte ich. Die rote Emma hatte kein Interesse. Sie wollte mir lieber meine Nase abzwicken. «Besser grün als tot?»

«Was haben Sie gesagt?» fragte eine weibliche Stimme vorwurfsvoll. Ich hätte beinahe den Hörer samt Sittich fallen lassen.

«Ich versuche Mr. Andrews zu erreichen», sagte ich höflich, «es ist wichtig. Es ist sogar sehr dringend.»

Klangberieselung.

Ich kann die Laune der roten Emma immer daran ablesen, wie aufgeplustert sie ist. Die wenigen Male, wo sie fröhlich ist, bläht sie sich zu einem grünen Federball auf. Wenn sie stocksauer ist, wird sie so dünn, daß sie kaum zu sehen ist. Sie hieb ihre Krallen in meinen Finger und sah absolut magersüchtig aus. Mit einiger Mühe verscheuchte ich sie. Erbarmungslos bombardierte sie im Sturzflug meinen Kopf.

«Mrs. Carlyle.» Der freundliche Baß gehörte natürlich «unserem Herrn Andrews». Dank Mooney wußte ich ja inzwischen, wer er wirklich war. Ich ließ mir aber nichts anmerken.

«Große Neuigkeiten, Mr. Andrews», sagte ich begeistert. «Ich bin endlich mit Thomas in Verbindung. Besteht die Möglichkeit, daß Sie bis Ende der Woche auf unseren Besuch in Cedar Wash warten? Bis dahin ist er wieder zu Hause, und ich bin sicher, er würde gern –»

Der Mistkerl stolperte vor Eifer über seine eigenen Worte. «Wo, haben Sie gesagt, hält er sich gegenwärtig auf? Hat er angerufen?»

Wenn er angerufen hätte, hätten Sie jede Silbe mitgehört, Mr. FBI-Mann, dachte ich im stillen.

«Er hat einen Freund angerufen, einen Geschäftsfreund, und der hat sich mit mir in Verbindung gesetzt. Aber wichtig ist eigentlich nur, daß Tom Freitag spätestens nach Hause kommt. Meinen Sie nicht, daß Sie Ihre Regeln für uns ein bißchen lockern können? Wir könnten nach Cedar Wash kommen, sobald er da ist.»

«Einen Augenblick bitte», sagte Andrews und ließ mich in der Leitung hängen. Ich stellte mir vor, wie er am anderen Ende der Leitung vor Vergnügen gluckste und seinen Kollegen mitteilte, der große Fisch hätte angebissen.

«Nun ja», sagte er und erlöste mich von der Ungewißheit, «da wir ohnehin schon so weit gegangen sind, können wir die Sache meinetwegen auch zu Ende bringen. Cedar Wash wird von einer Gruppe sehr zuvorkommender Leute geleitet. Darauf sind wir stolz.»

Ich wäre fast erstickt.

«Also», fuhr Mr. Andrews befriedigt fort, «sobald Ihr Mann heimkommt, rufen Sie uns gleich an.»

Klar.

Glauben Sie mir, noch nie sind die Tage so schnell verflogen. Der Freitag, der noch so weit weg schien, als ich mit Mr. Andrews gesprochen hatte, rückte bedrohlich näher. Die Uhren gingen schneller. Die alten Käuze saßen auf heißen Kohlen. Wenn nicht bald Bewegung in die Angelegenheit kam, würde sich bestimmt einer von ihnen, wahrscheinlich Joe Fergus mit seinem hitzigen Temperament, auf Jackie Flaherty stürzen und ihm die Lichter ausblasen. Oder die Cambridger Polizei wachte auf, nahm Zipfelbart fest, versprach ihm Haftverschonung, wenn er sang, und steckte dafür die ganze G & W-Belegschaft ins Kittchen.

Ich war froh, so viel zu tun zu haben. Meine Aktivitäten hielten mich davon ab, über mögliche Schwachpunkte mit katastrophalen Folgen nachzudenken.

Wegen der Wanze konnte ich mein Telefon nicht benutzen. Ich ließ eine Menge Geld in Münztelefonen.

Margaret Devens' Haus war zum Hauptquartier avanciert. Roz und Lemon waren solange zu ihr gezogen – zu ihrem Schutz und als zusätzlicher Arbeitstrupp. Sie brauchten einen ganzen Tag, um die Adressen von allen «Maud»- oder «Maudie»-Lieferanten und -Abnehmern herauszuschreiben.

Ich ließ die Liste von Sean Boyle aufteilen, der mich dauernd um Arbeit anbettelte. Er benutzte meine alte Karte der Polizeibezirke als Stadtplan. Auf einem Blatt Papier wurden alle Adressen von Bezirk A aufgelistet, auf einem zweiten die von Bezirk B, auf dem dritten Bezirk C und so weiter. Joe Fergus fotokopierte alles an einem Selbstbedienungskopierer am Harvard Square.

Was die Taxifahrer in der Hauptsache tun mußten und was sie, wie ich hoffte, auch schafften, war dichtzuhalten und alles seinen gewohnten Gang gehen zu lassen, um Flaherty keinen Grund zum Argwohn zu geben. Sie dienten auch als Beobachtungsposten vor Ort, mit Sean Boyle als Mannschaftsführer. Er teilte sie in drei Bataillone von je drei Fahrern ein. Fergus, O'Keefe und Corcoran waren seine Offiziere. Jede Bewegung Flahertys wurde festgehalten, im Plan verzeichnet und analysiert. Alles hing vom genauen Timing ab. Er würde auf keinen Fall auch nur eine einzige neue Ladung Rauschgift entgegennehmen. Ich hatte mich bereiterklärt, die Polizei herauszuhalten, solange kein Kokain mehr in Umlauf kam. Sobald Koks auftauchte, würden auch die Bullen auftauchen. So war unsere Abmachung. Das war ich den Kindern auf dem Schulhof und Paolina schuldig.

Gloria erzählte ich nur das Allernötigste. Gianelli erwähnte ich nicht. Ich fühlte mich lausig dabei, aber mir fiel nichts anderes ein.

«Was?» Sie schmiß ein angeknabbertes Mars auf ihr Pult, starrte mich an und wiederholte eine Oktave höher: «Was?»

«Ich dachte zuerst, deine Jungs wären Spendensammler für die IRA.»

«Richtig. Das hatte ich noch mitbekommen.»

«Irgendwann letztes Jahr um die Zeit, als Pat aufhörte, haben sie ein neues Mitglied in die Gaelic Brotherhood Association, abgekürzt übrigens GBA, aufgenommen. Dieser neue Bruder hat sie alle mit seinen schönen Reden einwickeln können. Aber statt das Geld an die IRA weiterzuleiten, hat er damit Kokain eingekauft – zuerst vielleicht noch keine besonders große Menge, doch das Geschäft florierte bald. Deinen Fahrern hat er eine Geschichte von Kontakten großen Stils mit der IRA aufgetischt, und es dauerte nicht lange, da haben sie das Geld für ihn gesammelt, ihm seine

Drogen in der Stadt herumkutschiert und sich noch stolz wie die Kings dabei gefühlt.»

Ich teilte ihr in groben Zügen mit, wie Flaherty vorging. Als ich ihr auch von ihrer unwissentlichen Mitarbeit durch Entgegennahme der «Maudie»-Funkrufe erzählte, tat sie etwas, was ich noch nie bei ihr gesehen hatte. Sie warf das kaum angeknabberte Mars in den Papierkorb.

«Mulis», murmelte sie betroffen. Sie klatschte sich mit der flachen Hand an die Stirn. «Ich habe einen ganzen Stall voll beschissener Mulis. Du kannst doch die Polizei nicht da heraushalten, Carlotta.»

Ich fühlte mich kreuzelend. Ich hätte gern den Marsriegel wieder aus dem Papierkorb gefischt. «Du hast ja recht, Glory», sagte ich behutsam, «aber vielleicht kann G & W im Hintergrund bleiben.»

«Ha, ach ja, im Hintergrund.» Glorias kurzes Auflachen war ohne jeden Humor.

«Die alten Käuze wußten nicht, was sie taten, und ich für mein Teil finde nicht, daß sie ins Gefängnis gehören, nur weil sie so dumm und romantisch sind und in einer anderen Zeit leben.»

«Ich will aber auch nicht ins Gefängnis, Carlotta. Der Fraß dort würde mich todsicher umbringen.»

«Es gibt unter Umständen einen Ausweg.»

«Herrgott, Carlotta, ist das die Ouvertüre zu einem deiner verrückten Pläne? Mir bricht jetzt schon der kalte Schweiß aus.»

«Du hast die Wahl, Gloria. Du kannst sofort die Bullen anrufen und die Kerle alle hinter Gitter bringen.»

«Und womöglich mich gleich mit. Was zum Teufel ist das für eine Wahl?»

«Dann spiel mit», sagte ich. «Deine Rolle ist bescheiden, aber ausschlaggebend, Glory. Du hast die Chance, ein Star zu werden.»

«Ein Star, Teufel auch», brummte sie. «Komm mir doch nicht mit so 'ner Scheiße. Als nächstes erzählst du mir, ich soll mir bloß keine Sorgen machen.»

«Beruhige dich doch, Gloria.»

«Was ich gerne wüßte, ist, ob dein Plan meinen Arsch aus dem Knast heraushält?»

«Ich meine ja. Ich hoffe es.»

Sie schaute sich nach ihrem Mars-Riegel um und schüttelte verzweifelt den Kopf, als sie ihn nicht finden konnte. «Warte, bis ich das meinen Brüdern erzähle», sagte sie.

Darauf wollte ich gern lange warten. Ich hatte extra eine Zeit gewählt, wo keiner dieser Schläger da war. Ich wollte wirklich nicht gefragt werden, warum ich ihrer Schwester so einheizte.

«Wenn du Muskeln brauchst», sagte Gloria, «laß es mich wissen. Ich bin sicher, meine Brüder könnten da Abhilfe schaffen.»

Ich schluckte. «Halt sie zurück, ja? Je weniger Leute Bescheid wissen, um so besser.»

«Dieses neue GBA-Mitglied», fragte sie, «ist das einer von meinen Fahrern? Jemand, der etwa um die Zeit ankam, als der alte Pat aufhörte?»

Soviel darüber, wie man vor Gloria etwas geheimhält.

Ich schluckte. «Ich sage lieber nichts dazu.»

«Ach, Scheiße», sagte sie, «ich muß es doch meinen Brüdern sagen.»

«Na schön. Wenn du meinst, daß deine Brüder soviel Selbstbeherrschung haben, dann bitte, sag's ihnen. Aber wenn sie irgendwas machen, bevor ich den Startpfiff gebe, versauen sie den ganzen Plan. Und ich glaube nicht, daß die Wärter am Framingham-State-Knast Care-Pakete zulassen.»

Als ich auf dem Weg zur Tür hinaus war, wickelte sie sich gerade einen neuen Marsriegel aus und schlang ihn in zwei großen Bissen herunter, als wenn es ihr letzter wäre.

29

Einer der vielen Anrufe, die ich von Münztelefonen aus machte, galt meinem Rechtsanwalt, nur für alle Fälle. Wann immer ich das Haus verließ, rief ich peinlich genau alle halbe Stunde daheim an. Roz war die meiste Zeit bei Margaret. Sie hatte strenge Anweisung, mein Telefon nicht zu beantworten, wenn sie einmal zum Kleiderwechseln oder für eine Erdnußbutter-Mahlzeit vorbeikam. Ich benutzte meine Fernabfrage, um eingegangene Gespräche abzuhören. Jemand wollte mir Vinyltapeten verkaufen, und eine Frau machte eine Umfrage über Zahnpasta.

Von meinem Haustelefon aus führte ich keinerlei Gespräche, außer einmal, wie vorher verabredet, mit Roz, die dazu ein Münztelefon in einem Restaurant in Jamaica Plain benutzte. Wir plauderten ein wenig, und ich gab meiner Freude Ausdruck, daß Tom nun endlich heimkehre.

Ich richtete mein Leben nicht total nach dem Fall Devens aus. Ich aß. Ich schlief. Ich spielte Volleyball. Und ich sagte mir, Freitag sei endlich alles vorbei. Am Samstag würde ich ungestört Paolinas Schulkonzert genießen. Ich hatte viel Zeit. Statt sie dann zu unserem regelmäßigen Mittagstreffen abzuholen, war ich auf Punkt 19 Uhr in die Aula der Schule befohlen worden. Solchen Konzerten sehe ich mit gemischten Gefühlen entgegen. Meine Ohren schmerzen, aber mein Herz ist froh.

Nach einem anstrengenden Morgen im YWCA rief ich von *Dunkin' Donuts* aus Mooney an. Ich hatte eigentlich vorgehabt, ihn aufzusuchen, meine Meinung jedoch nach einem harten Duell mit den christlichen Frauen von East Boston geändert. Gegen Ende des Spiels fing ich einen Schmetterball so abrupt mit dem Handballen ab, daß er daraufhin bis zur Decke hochschoß. Mein Team gewann den Punkt, aber wir verloren trotzdem. Hoffentlich war das kein böses Omen. Meine Hand tat weh.

Das erklärt allerdings noch nicht, warum ich keine Lust hatte, Mooney gegenüberzutreten. Sagen wir, er hatte immer so eine Art, meine Fälle zu durchlöchern, als ich bei der Polizei war. Außerdem mag ich seine Stimme am Telefon. Sie ist dunkel und rauh und etwas polternd. Er wäre ein guter Blues-Sänger gewesen.

Ich fragte ihn, ob die Tür seines Büros geschlossen sei.

«Nein.»

«Würdest du sie bitte schließen?»

«Jetzt sofort?»

«Ja.»

«Die Leute werden denken, ich führte ein Privatgespräch.»

Ich konnte mir das breite Grinsen auf seinem Gesicht bildlich vorstellen. «Machst du auch», sagte ich. «Privat und geschäftlich und wichtig.»

Ich hörte den Hörer auf die Holzplatte des Schreibtisches knallen und dann die Bürotür zuschlagen.

«Was soll das alles?» fragte er.

«Mooney», sagte ich, «meinst du nicht, du bist mir immer noch einen Gefallen schuldig?»

Er überlegte eine Weile. «Ich würde sagen, wir sind eigentlich quitt.»

«Und wie hoch ist mein Kredit bei dir?»

«Kommt drauf an.»

«Mooney, willst du nicht etwas für deine Karriere tun und gleichzeitig dem FBI fürchterlich eins auswischen? Wärst du im entferntesten daran interessiert?»

«Könnte sein», sagte er vorsichtig.

«Hör zu, ich brauch hierfür gar nicht meinen Kredit. Nicht, daß ich etwas dagegen hätte, meinen Namen in der Zeitung zu lesen. Ist unter Umständen gut fürs Geschäft. Aber das überlasse ich dir. Was ich will, ist deine Mitwirkung.»

«In welcher Art, Carlotta? Ich kann kein Gesetz übertreten.»

«Erzähl du mir doch nicht, was Bullen dürfen, Moon. Ich weiß, was du darfst. Du darfst auf das Wort eines verläßlichen Informanten hin Pläne machen. Du darfst gerichtliche Entscheidungen erwirken.»

«Weiter.»

«Mooney, ich war mir nie im Leben einer Sache so sicher. Entweder geht am Freitag alles über die Bühne, oder ich geb's ab an dich. Alles. Das ganze Ding. Mein Wort darauf.»

Stille.

«Ich kann es auch ohne dich durchziehen, Mooney. Ich hatte bloß gedacht, du wärst vielleicht gern beim Finale dabei, wenn das FBI dumm aus der Wäsche guckt.»

«Was soll ich denn eigentlich tun bei dem Handel? Und welche Zusagen muß ich machen?»

«Erstens, daß du nicht die Waffe ziehst. Und daß du mir, auch wenn du nicht mitmachen willst, bis Freitag Zeit läßt, offen und ehrlich.»

«Diesen Freitag?»

«Sagen wir, Samstag morgen. Acht Uhr.»

«Hängt es mit T. C. zusammen?»

«Irgendwie schon.»

«Wird es viel Arbeit machen?»

«Das kommt ganz auf dich an, Mooney. Ich vertraue dir. Und du mußt mir vertrauen. Keine hundert Fragen mehr.»

Ich konnte seinen Atem hören. «Topp», sagte er.

Wir besprachen die Details.

Mooney, durch und durch irisch, hatte Verständnis für meinen Standpunkt. Irgendwie waren ihm die alten Käuze sympathisch. Er mochte keinen Haufen alter Onkel und Schwiegerväter von Polizisten verhaften. Und er mochte auch keine fette schwarze Frau in einem Rollstuhl verhaften, schon gar nicht eine mit drei Kolossen von Brüdern. Ich gebe zu, daß ich mit Gloria Schindluder trieb. Sie hätte meine rührselige Version von ihrer mißlichen Lage verabscheut. Doch davon ließ ich mich nicht bremsen. Ich war so überzeugend wie die Hölle selbst. Einmal mußte ich sogar die Stimme senken, weil die Kellnerin von *Dunkin' Donuts* plötzlich Interesse an meiner Vortragskunst zeigte.

Es war manches dabei, was Mooney mißfiel. Er behauptete, ich verließe mich viel zu sehr darauf, daß Cops Informanten ernst nähmen. Ich gab ihm vollkommen recht, eine Taktik, die ihm die Sprache verschlägt. Ich sagte ihm, es könne funktionieren, wenn er mir mitteilte, welche Polizeibeamten den Rauschgiftdealern gerne mal die Hölle heiß machten und welche mit Blick auf ihre Beförderung lieber den Arsch zukniffen.

«Das wird eine Heidenarbeit», knurrte er.

Er willigte ein, die Haftbefehle zu besorgen. Er willigte ein, mir beizustehen. Er wollte mein Telefon anzapfen. Ich mußte ihn daran erinnern, daß es bereits von Kollegen angezapft war.

«Ich ruf dich an», sagte ich. «Ruf du mich bitte nicht an.»

Das hatte ich immer schon sagen wollen.

Er bombardierte mich weiterhin mit Fragen, bis ich einfach auf Wiedersehen sagte und einhing.

Grob, ich weiß. Aber Mooney gibt sich nie zufrieden.

30

Ich war so beschäftigt damit, ein halbes Dutzend Gedankenknäuel zu jonglieren, daß ich beim Summen der Türklingel nie auf die Idee gekommen wäre, Sam Gianelli könnte auf der Matte stehen. Wenn ja, hätte ich nie aufgemacht.

Mit seinem gemusterten Baumwollhemd – beige mit marineblauen Streifen – und khakifarbenen Freizeithosen wirkte er cool, locker und zwanglos. Er hatte Blumen mitgebracht. Violette Iris.

Ich muß die Tür geöffnet haben, denn auf einmal stand er in der Diele. Ich nehme an, ich habe mit ihm gesprochen, höfliches, albernes Zeug, und mich für die Blumen bedankt, aber ich war völlig geistesabwesend.

Ich bin keine Mata Hari. Auf keinen Fall konnte ich mit einem Mann eine Bettszene spielen, dem ich eine ganz andere Nummer anhängen wollte. Wirklich, ich hatte kaum an Sam gedacht in den letzten paar Tagen, bei all den Wahnsinnsvorbereitungen. Ich hatte nur gehofft, er bliebe, verdammt noch mal, möglichst lange weg.

Und da stand er nun, mit Blumen in der Hand und einem warmen Lächeln auf dem Gesicht und wollte wissen, ob ich ihn während seiner Abwesenheit vermißt hatte.

T. C. strich an meinen Beinen entlang, er war sofort und instinktiv eifersüchtig. Ich kniete mich hin und streichelte ihn. Mein unnormales Benehmen muß ihn total schockiert haben, aber so konnte ich mich wenigstens beschäftigen, bis ich mich wieder in der Gewalt hatte.

Es war früher Mittwochnachmittag. Drei Tage waren seit der Zusammenkunft in Margaret Devens' Haus vergangen. Die Lage spitzte sich zu. Alle Vorbereitungen waren getroffen, die Signale, die Codes, alles. Wir warteten nur noch auf einen einzigen Anruf – von «Maud».

Nichts hasse ich mehr als warten. Meine Privathölle wird ein Zahnarztzimmer voll alter, zerblätterter Exemplare der Zeitschrift *Glamour* sein. Um nicht ins Kettenrauchen oder Nägelkauen zurückzufallen, backte ich – bei mir eine Seltenheit. Paolinas Klasse veranstaltete einen Kuchenverkauf, und sie hatte mich gebeten, dafür diese komischen Plätzchen zu machen, die meine Mutter herzustellen pflegte. Es war unglaublich gut angekommen bei den Geburtstagsfesten, und jetzt bin ich dazu verdonnert, sie bis in alle Ewigkeit zu backen. Nicht, daß ich etwas dagegen einzuwenden hätte, für Paolina tue ich alles.

Ich trug weiße Malerhosen, mit Eigelb vollgekleckert, und ein knallbuntes T-Shirt mit ähnlichen Flecken. Ich besitze keine Schürze, und ich bin nicht sonderlich geschickt in der Handhabung eines Schneebesens. Bestimmt hatte ich auch noch Teigspritzer im Gesicht kleben. Weder mein Inneres noch mein Äußeres war auf Sams Gesellschaft vorbereitet.

«Hmm, ich backe gerade», sagte ich sehr vielsagend.

«Du?»

«Allerdings. Ich mache diese Schokoladenbaiserplätzchen. Paolina möchte sie grün und rosa gefärbt haben. In den Klassenfarben. Durch die Lebensmittelfarbe schmecken sie kein bißchen anders, aber sie sehen irgendwie komisch aus.»

Ich geleitete ihn in die Küche. Ich hatte das Radio auf einen örtlichen Blues-Sender eingestellt. Ich drehte leiser. Als ich endlich eine Vase gefunden hatte, schnitt ich die Irisstiele schräg an. Ich arrangierte die Blumen. Ich kam mir vor wie ein Roboter.

«Wie war die Reise?» fragte ich.

«So lala.»

Ob er Kokain beschafft hatte? Das sagte ich nicht laut.

Er bat um ein Glas Wasser, gab zu, daß Orangensaft besser wäre, und pflichtete mir bei, daß auch ein bißchen Wodka dem Geschmack nicht schaden könne. Ich goß einen großen Schuß Smirnoff in meinen Saft. Die Küchenuhr gab ein kurzes Klingeling von sich, das wie die Glocke zum Startbeginn von Runde eins der Boxweltmeisterschaft im Mittelgewicht klang, und ich zog ein Blech Meringues aus dem Ofen, wobei ich mich, wie immer, verbrannte. Für mich müßten sie Topfhandschuhe herstellen, die mindestens bis zur Schulter reichen.

«Riecht gut», sagte Sam und starrte zweifelnd auf die Reihen von rosa Klecksen hinunter.

«Bedien dich. Ich wußte nicht mehr, ob ich das Rezept beim letztenmal verdoppelt oder verdreifacht hatte, also habe ich diesmal die dreifache Menge genommen. Ich habe womöglich genug von diesen Dingern gemacht, um selbst ein Geschäft damit aufzuziehen.»

«Dann kannst du mit dem Taxifahren aufhören. Macht dir das Spaß?»

«Null Problemo», log ich.

«Nimm Gloria die überzähligen mit. Sie kann sicher drei Dutzend davon essen», sagte Sam. «Sag mal, hattest du jemanden erwartet?»

«Nein.»

«Macht es dir etwas aus, daß ich vorbeigekommen bin? Ich hätte wohl vorher anrufen sollen.»

Ich nahm einen weiteren Schluck von meinem mit Wodka versetzten Orangensaft.

«Nett hier», sagte Sam und sah sich in der Küche um.

«Was?» Meine Küche wird nie in *Better Homes and Gardens* erscheinen. In der Spüle häufte sich schmutziges Geschirr. Roz fehlte mir sehr.

«Sehr häuslich alles», sagte Sam mit einem hinterhältigen Lächeln. «Die Frau backt, Mann probiert genüßlich die Leckereien. Ich hätte dich vor Jahren heiraten sollen, als du es nicht anders kanntest. Du hättest mich schon auf die rechte Bahn gebracht.»

Ich warf ihm verstohlen aus dem Augenwinkel einen Blick zu. Denkste. Wahrscheinlich wären wir zusammen auf die schiefe geraten.

«Dieses Zeug ist gar nicht übel.» Er hatte den Mund voller Baiserkrümel.

«Du bekommst nur noch eins. Der Rest ist für Paolina.»

«Muß ein nettes Mädchen sein», sagte er. «Ich möchte sie mal kennenlernen.»

Niemals, dachte ich bei mir.

«Ist sie wirklich so was wie eine Schwester für dich?»

«Sie ist alles, was ich an Familie habe.»

Er schnitt eine Grimasse und sagte: «Ich wünschte manchmal, ich hätte keine Familie.»

Ich schlug Eiweiß und Zucker schaumig und fügte zwei Tropfen grüne Lebensmittelfarbe für das letzte Blech hinzu. Davon bekam die Masse einen Stich ins Gräuliche. Da meines Erachtens ein weiteres Tröpfchen nicht schaden konnte, nahm ich die Flasche noch einmal. Ich muß sie zu stark geschwenkt haben. Acht oder neun Tropfen von dem Zeug flossen in den Schaum. Ich fragte mich, ob wohl jemand lodengrüne Schokoladenbaisers essen würde.

Die Stille fing an, unangenehm zu werden, deshalb fragte ich Sam, wie er mit den übrigen Gianellis zurechtkam. Die übliche Konversation. Es interessierte mich eigentlich gar nicht. Ich wollte, daß er ging.

«Teufel auch, ich sehe sie nicht einmal, außer meiner Schwester.»

«Ich wußte gar nicht, daß du eine Schwester hast.»

«Sie ist älter als ich, die Älteste bis auf einen Bruder. Sie hat einen Außenseiter geheiratet.»

«Einen Außenseiter?»

«Keinen Italiener – keinen –» Er fuchtelte mit den Armen herum, als spielte er eine Szene aus dem Film *Der Pate*. «Keinen sizilianischen Gianelli-Italiener.» Er zwinkerte, brach seine Vorführung ab und lächelte. Seine Zähne waren weiß und ebenmäßig.

Ich rührte Schokoflocken in den Teig, probierte, zog noch mehr darunter. «Deiner Familie gefiel das nicht?»

«Soll das ein Witz sein? Es war eine Todsünde. Der Kerl ist Ire, Gott bewahre. Arbeiterklasse. Und meine Schwester hat ihn selbst ausgesucht, was die Sache noch verschlimmerte. Mein Vater ging an die Decke. Er ist noch von der alten Schule. Ich nehme an, er wollte seine einzige Tochter einem seiner treuesten Gefolgsleute als Belohnung geben. Auf einem silbernen Tablett.»

Ich verteilte kleine Häufchen seltsam grünlichen, mit dunklen Schokoladenstücken gesprenkelten Teig auf dem Backblech. Ich wußte nicht mehr, ob ich das Blech gefettet hatte oder nicht. Ich hatte das verdammte Ding eine halbe Stunde schrubben müssen, nachdem ich es unten in Roz' Dunkelkammer wiedergefunden hatte, mit einer trüben Flüssigkeit gefüllt. Ich hoffte nur inbrünstig, daß ich nun nicht die ganze fünfte Klasse vergiftete.

«Du meine Güte, sind die süß», sagte Sam.

«Ißt du schon wieder eins?»

«Weißt du», fuhr er fort, «an dem Tag, an dem Gina Martin heiratete, kleidete sich meine Mutter in Schwarz. Sie ging nicht zur Hochzeit, aber sie zog das schwarze Kleid an und spazierte damit durch die Nordstadt, so daß jeder sehen konnte, wie sie trauerte. Hat jahrelang kein Wort mit Gina gesprochen, bis Enkel kamen. Die sieht sie ab und zu, aber sie spricht so gut wie nie mit Flaherty. Wenn sie anruft und er ist am Telefon, legt sie den Hörer auf. Darum denke ich manchmal, du hast Glück, daß du dir deine Familie selber aussuchst.»

Mein Löffel blieb in der Luft stehen und verkleckerte dicke Zähren Baiserteig.

«Flaherty», wiederholte ich, «doch nicht –»

«Erzähl bloß nichts in der Firma, hörst du?» sagte Sam und näherte sich mir von hinten. Er legte mir die Arme um den Brustkorb. Ich konnte seinen Atem auf meinem Nacken spüren, seine glattrasierte Wange an meiner. «Der Fahrer, von dem du mal gesprochen hast – Flaherty –, das ist Ginas Sohn.»

O Gott. Kein Wunder, daß er bei der Taxifirma keinen falschen Namen angeben konnte.

«John hat ihr nur Ärger gemacht», fügte Sam hinzu, «und da hat sie mich gebeten, ihm Arbeit zu geben, damit vielleicht alles wieder in Ordnung käme. Er selbst wollte im Grunde nur in – na ja, in Vaters Geschäft einsteigen. Und das wäre Ginas Tod. Sie hat sich von dem Verein ferngehalten und ein recht anständiges Leben geführt. Aber ich weiß nicht. John scheint das Taxifahren nicht besonders zu mögen. Ich glaube, mich auch nicht.»

Er liebkoste meinen Nacken und drehte mich herum. Mein Gesicht fühlte sich wie Eis an.

«He.» Sam hob mein Kinn mit dem Zeigefinger an und zwang mich, ihm in die Augen zu sehen. «John hat dich doch nicht angemacht, oder?»

Ich küßte ihn, um ihn zum Schweigen zu bringen. Der Kuß nahm kein Ende. Er griff mir in die Haare und drückte mich gegen die Anrichte. Schokoflockenmasse kleckste auf meine weiße Hose. Ich atmete zu schwer, um mich darüber aufzuregen.

Ich weiß noch gut, was ich über Mata Hari gesagt habe. Aber was jetzt kam, war nicht kaltblütig und auch nicht geplant. Zu einem Teil war es die Erleichterung. Und zum andern reines Verlangen.

«Deine Kleider sind schmutzig», sagte Sam nach einer Weile. «Ziehen wir sie aus.»

«Nicht in der Küche. Ich habe eine Untermieterin.»

«Warum nicht auf dem Küchentisch?»

Wir setzten statt dessen die Dusche unter Dampf, spielten mit der Seife und miteinander und verloren auf den glitschigen Fliesen beinahe die Balance. Wir wuschen uns gegenseitig mit Riesenmengen Schaum die Haare. Sam kniff die Augen fest zusammen, damit sich keine Seife hineinverirrte. Wir spülten alle Seife weg, frottierten uns ab und gingen ins Bett. Ich drückte auf den Knopf des Tonbandgerätes, und Bonnie Raitt sang «That Song About the Midway». Ihre klagende, hohe Stimme klang einsam und verloren:

> Well, I met you on a midway at a fair last year,
> And you stood out like a ruby in a black man's ear.
> You were playing on horses, playing on guitar strings,
> You were playing like a devil wearing rings.

Wir bewegten uns zu der Musik wie vertraute Liebende und stimmten unseren Rhythmus auf die Lust des anderen ab, aber unsere Gedanken hätten nicht weiter voneinander entfernt sein können. Wir liebten uns sanft und langsam. Intensiv. Das Nachmittagslicht fiel schräg durch die Jalousien. Locken von seinem dunklen Haar kitzelten mich im Gesicht.

Ich weiß nicht, was Sam dachte. Wie soll man je erfahren, was in einer anderen Menschenseele vorgeht? Was mich betrifft, ich habe vermutlich Abschied genommen.

Vielleicht wäre alles anders gekommen, wenn ich ihn gewarnt hätte. Aber die Räder schnurrten ab. Dazu war es zu spät.

31

Der Anruf kam Donnerstag nacht. Eigentlich Freitag morgen. Fünfzehn Minuten nach Mitternacht.

«Maudie» brauchte am Trailways Terminal ein Taxi.

Laut Boyle übernahm Flaherty Busdepot und Bahnhofsfahrten selbst. Jedes GBA-Mitglied durfte zwar einen «Maud»-Ruf mit Privatadresse erledigen und das Abholen und Ausliefern besorgen, aber um Busdepots und Bahnhöfe kümmerte sich ausschließlich Flaherty. Anscheinend waren die Bahnhöfe sein Umschlagplatz, heiße Ware für bare Münze. Clever, Bus und Bahn zu benutzen. Bei all den Gepäckdurchsuchungen heutzutage an den Flughäfen stoßen viele Bundesbeamte auf Rauschgift statt auf Terroristen.

Flaherty dealte nicht über Gianelli-Kanäle. Er mußte eigene Verbindungen geknüpft haben, was nicht allzu schwer gewesen sein dürfte. Ein wahrer Rauschgiftstrom fließt von New York nach Boston hinein. Vielleicht betrachtete Flaherty die ganze G&W-Masche als eine Art Lehrzeit. Vielleicht dachte er, wenn er sich erst im Alleingang Sporen verdient hätte, könnte er zu Papa Gianelli gehen und seinen rechtmäßigen Platz im Familienunternehmen beanspruchen.

Eugene Devens mußte Verdacht geschöpft haben, mußte ihm auf einer seiner Bahnhofstouren gefolgt sein. Wie Eugene den Schatz hatte heben können, wußte ich nicht. Aber warum er das Geld nicht an die IRA weitergeleitet hatte – die er doch als den eigentlichen Eigentümer ansah –, wußte ich. Er hatte es nicht weitergeleitet, weil er tot war. Und wer immer ihn getötet hatte, war so dumm gewesen, ihn zu ermorden, ehe er gesagt hatte, wo das Geld war.

Ich erhielt Glorias Anruf um sechzehn Minuten nach Mitternacht. Ich erkannte ihre Stimme sofort. Sie entschuldigte sich, die falsche Nummer gewählt zu haben. Das war das Zeichen. Sie hatte «Maudie» hingehalten, wie abgemacht, und der Frau gesagt, es würde eine halbe Stunde oder länger dauern, bis ein Taxi frei sei. In einer halben Stunde würde Gloria den Ruf über Funk ausgeben.

Es sei denn, sie hörte von mir, daß irgend etwas völlig schiefging.

Ich wählte die Telefonzelle am Harvard Square an, wo Lemon so viele Nächte lang ausgeharrt hatte, daß ich schon fürchtete, er hätte die Schnauze voll. Aber die Geduld, die er beim Denkmalspielen gelernt hatte – plus das Honorar, das ich ihm aus T. C.s Schatzkiste bezahlte – hatten ihn bei der Stange gehalten. Er nahm beim zweiten Klingeln den Hörer auf.

«Tom», sagte ich, sobald ich seine Stimme hörte, «Tom, Liebling, wie war die Reise?»

«Es ist schön, wieder zu Hause zu sein», sagte Lemon. «Ich habe dich vermißt, Schatz.»

Nicht zuviel Schmalz, Kleiner, dachte ich im stillen.

«Ich habe dich auch vermißt», sagte ich. «Wie wär's, wenn ich dich am Trailway-Terminal abholte? In einer halben Stunde? In Ordnung? Ich kann's kaum erwarten, dich wiederzusehen.»

«Mir geht's genauso, Schatz. Und sieh zu, daß du nicht zu spät kommst. Ich will nicht, daß mich jemand da rumhängen sieht.»

«Machst du denn mit bei diesem großen Preis?» fragte ich.

«Hör zu, Carlotta», sagte er unwirsch, «das haben wir doch alles schon durch. Ich jage nicht mit dir hinter irgendwelchen Ringeltäubchen her. Ich bin in einer halben Stunde an der Bushaltestelle, und dann sehen wir weiter. Vielleicht verlasse ich die Stadt noch heute abend wieder.»

«Heute abend schon», jammerte ich, «aber dann bleibt uns ja überhaupt keine Zeit!»

«Schnauze», sagte er grob. Ich hatte Lemon den wahren Thomas Carlyle so eingehend beschrieben, daß er seine Rolle blendend spielte. «Komm gefälligst zum Depot, und fertig.»

«Zu dem neuen, ja? An der Atlantic Avenue. In einer halben Stunde», wiederholte ich für alle Fälle.

«Ich werde da sein», sagte Lemon. Als sei es ihm nachträglich noch eingefallen, fügte er hinzu: «Bin scharf auf dich.»

Ich legte den Hörer vorsichtig auf die Gabel zurück. Jetzt war es Sache von Lemon und Roz, die anderen Anrufe zu machen, Sache der Taxifahrer, schnell auszuliefern, Sache der Polizei, zu handeln.

T. C. reist nicht gern, außer wenn er gern reisen möchte. Ich hatte ihn nicht mehr in meinem Toyota seit dem Mal, wo er auf das Armaturenbrett gekotzt hatte.

Mooney hatte darauf bestanden.

Ich griff mir den Kater und zwängte ihm mit Mühe ein Halsband um. Er starrte mich mit aufgerissenen Augen ungläubig an und schärfte seine Krallen an mir. Ich hielt ihn fest, und schließlich beruhigte er sich.

Ich nahm die Kanone aus meiner Umhängetasche. Ich überlegte, ob ich sie zu Hause lassen sollte. Ich dachte an Zipfelbart. Ich dachte an die beiden Gangster, die Margaret fertiggemacht hatten. Ich klemmte das Ding ins Kreuz in den Bund meiner Jeans. Äußerst unbequem.

32

Ich kenne mich in der Gegend um den alten Greyhound-Busbahnhof am Park Square aus. Sie pflegte ein Volltreffer für mich zu sein, dieses schlecht beleuchtete, nach Urin und ranzigem Fett stinkende Loch, das Zuhälter magisch anzog. Dort lauerten sie Nacht für Nacht auf die Busse aus Peoria, um die einsamen jungen Ausreißerinnen mit den hungrigen Augen in Empfang zu nehmen. Die Greyhound-Zuhälter waren eine Spezies für sich – ein absonderliches, perverses Bus-Empfangskomitee nach festem Muster, mit einem auswendig gelernten Routine-Spruch auf den Lippen: «He, Mädchen, siehst gut aus. Siehst aus, als könntest du eine Mahlzeit gebrauchen. Haste 'ne Bleibe? Willste 'nen Joint? Oder Koks?»

Der ganze Park Square wurde von Grund auf saniert. Praktisch jedes Gebäude in Sicht wurde dem Erdboden gleichgemacht, nur der Greyhound-Busbahnhof nicht: Er blieb als schäbiges Denkmal stehen. Warum, weiß ich nicht, da prompt ein glanzvolles neues Busdepot in der Nähe des Südbahnhofs entstand. Der Trailways Terminal.

Ich raste die Storrow Street zum Southeast Expressway hinunter, wobei ich immer nach Verkehrspolizisten Ausschau hielt, obwohl Geschwindigkeitsübertretungen in Boston kaum noch geahndet werden. Ich fuhr über 110 und brachte meinen Toyota zum Tanzen. Ich nahm ein kleines bißchen das Gas weg. Zwei schwarze Wagen folgten mir, deshalb setzte ich höflicherweise meine Blinker, um Fahrbahnwechsel und Abbiegen anzuzeigen. Ich nahm die High-Street-Ausfahrt, bog auf der Congress links ab und an der Atlantic Avenue rechts. Ich machte einen verbotenen U-Turn, um auf den Trailways-Parkplatz zu kommen, und quetschte den Toyota zwischen einen alten VW-Bus und einen winzigen Escort. Ich sah auf die Uhr. Glorias Funkspruch mußte vor zwei Minuten rausgegangen sein. Von da an hing das Timing ganz von Flaherty ab.

T. C. und ich starrten uns im Dunkeln an. Nachdem er eine Zeitlang ohrenzerreißend mit dem Funk um die Wette gejault hatte, hatte er nun seine stille, anklagende Tour drauf. Verdammt, ich gab ihm ja recht. Ich hätte ihn zu Hause lassen sollen. Ich machte das Fenster einen Spalt breit auf. Er konnte im Auto bleiben und schmollen.

Genau vor dem futuristischen Bauwerk aus Stahl und Glas war ein Taxistand. Flaherty brauchte nicht einmal einen Parkplatz zu suchen. Green & White Nr. 442 war nirgendwo zu sehen. Noch nicht.

Ich war erleichtert, keine anderen G & W-Taxen in der Nähe anzutreffen. Ich hatte Mühe, die alten Käuze in den letzten paar Tagen im Zaum zu halten, besonders Boyle und Fergus. Sie wollten Flaherty zum Frühstück verspeisen. Es fielen Worte wie «Teeren» und «Federn». Aufhängen war zu gut für das Schwein.

Dieser Bastard. Sams Neffe. Der einzige Sohn seiner einzigen Schwester.

Ich schluckte, sog salzige Luft ein und trat auf die Gummimatte, die den Türmechanismus in Gang setzte. Ich ging schnurstracks geradeaus, als ob ich die Männer hinter mir nicht bemerkt hätte. Ich konnte ihre Blicke auf meinem Nacken spüren.

Die Busstation glich einem Flughafengebäude mit ihren stählernen Dachstreben, den langen Rolltreppen und schmalen Laufbändern durch eine riesige zentrale Halle. Ich knöpfte meine Jacke wegen der klimatisierten Kälte zu. Die Luft war schlecht – eingeschlossen und um und um gewälzt zu einem metallisch riechenden Gebräu. All das Glas, und nicht ein einziges Fenster zum Öffnen.

Ich schüttelte den Kopf, als ich mich umsah. Ein totschicker Neubau, und doch dieselben Zuhälter, dieselben Säufer, dieselben Ausreißer. Auf einer Bank saß eine erschöpfte junge Frau in einem Baumwollfähnchen mit einem Baby auf dem Schoß und ermahnte scheltend einen kleinen Jungen, in der Nähe zu bleiben. Ich erkannte auf den ersten Blick niemanden, wollte aber auch nicht unbedingt jemanden erkennen. Ich wollte nur feststellen, wer wo war, die Aufstellung der Figuren prüfen. Ein kurzer Blick in den Wartesaal – nur irgendwelche Gestalten, und natürlich die gutgekleideten, betont unauffälligen Herren, von denen ich keine Notiz nehmen durfte.

Ich überflog den Fahrplan über dem Trailways-Schalter, dann den der Peter-Pan-Gesellschaft, dann den von Continental. Busse von zweien der drei Buslinien waren in der letzten Stunde aus New York angekommen. Ich mußte nicht im voraus wissen, an welchem Bus Flaherty interessiert war. Er würde es mir schon zeigen. Hoffentlich.

Ich hatte höchstens vierzigmal auf meine Uhr geschaut, als er endlich zweiundzwanzig Minuten später durch die Schiebetür aus Glas hereingeschritten kam. Er hatte zwei Schlägertypen mitgebracht. Mein Herz rutschte mir in die Hose und bis in die Schuhe, als ich feststellen mußte, daß sie nichts bei sich trugen.

Sie bemerkten mich nicht. Ich hatte weite ausgebleichte Jeans an, irgendein T-Shirt, eine formlose Jacke. Jede Strähne meines roten Haars hatte ich unter einem beigefarbenen Kopftuch versteckt. Die Sonnenbrille auf meiner Nase war nur so schwach gefärbt, daß sie bei Sonne nichts nutzte. Keiner der Zuhälter, der Säufer und der Angestellten am Fahrkartenschalter hatte mir einen zweiten Blick gegönnt. Ich fühlte mich geschmeichelt durch die mangelnde Beachtung. Fast kam es mir so vor, als sei ich unsichtbar.

In ein Prospekt vertieft, auf dem Trailways-Überlandreisen angepriesen wurden, gab ich vor, Flaherty und Konsorten nicht zu bemerken. Sie gingen vorbei, ihre Augen auf die Penner, Zuhälter und übernächtigten, erschöpften Reisenden gerichtet. Ich warf einen Vierteldollar in den Geldschlitz und erstand eine Automatenausgabe des *Globe*. Dann folgte ich ihnen in einigem Abstand. Sie gingen eine Treppe hinunter. Ich wollte die Rolltreppe nehmen, aber sie war entweder kaputt oder nachts außer Betrieb. Meine Turnschuhe machten kein Geräusch auf den Metallstufen.

Schließfächer füllten eine Wandfläche. Einige waren groß genug, um einen Schrankkoffer darin unterzubringen, andere wieder zu klein für meine Schultertasche. Schlüssel mit roten Anhängern markierten die unbenutzten Schließfächer. Vielleicht hatte Eugene den Zaster in T. C.s Katzenklo aus einem dieser Schließfächer gestohlen, als er hinter die ganze Gaunerei gekommen war – «konfisziert», hätte er sicher gesagt. Jeder Dummkopf kann ein Busdepotschließfach knacken.

Ich verschwand in einer Damentoilette in der Nähe, weil die beiden Wächter ihren Job taten und den ganzen Verkehr beobachteten, während Flaherty sich an dem Schloß zu schaffen machte. Ich ließ die Tür einen Spalt offen und sah, wie Flaherty eine Aktentasche herausnahm und den Schlüssel im Schloß stecken ließ. Ein guter Trick, ein Schließfach niemals zweimal zu benutzen. Flaherty war fast schon zu clever.

Er hatte lediglich Eugene Devens unterschätzt. Und dessen Schwester.

Flaherty und die Schläger marschierten hintereinander die Treppe wieder hinauf und durchquerten die ausgedehnte Halle. Ich schlug ein paar Haken, blieb ihnen aber auf den Fersen. Ich merkte, daß mir Männer folgten.

Ich habe entschieden etwas für Paradenmärsche übrig.

Verdammt. Hoffentlich ging der Handel nicht in der Männertoilette über die Bühne. Daran hatte ich nicht gedacht. Himmel, man kann ja auch nicht an alles denken.

Der Busbahnhof war wie eine Spinne angelegt. Die Halle war der Körper. Lange, abgewinkelte Verbindungsgänge, die Spinnenbeine, führten zu den Bahnsteigen. Flaherty und seine Begleiter marschierten einen der Korridore hinunter. Auf einem roten Schild an der Decke stand «Continental», Tor 3 bis 7. Sie waren jetzt wachsam, auf Schwierigkeiten gefaßt. Das war an ihren Schultern abzulesen.

Sie gingen eine Ewigkeit, Flaherty vorn in der Mitte und die anderen einen halben Schritt dahinter, mit den Augen nach rechts und links spähend.

Drei Gestalten, fast wie ein Spiegelbild Flahertys und seiner Gesellen, kamen aus dem Schatten auf sie zu. Eine trug eine Sporttasche. Die andern beiden flankierten sie. Eine Frau war dabei, fast noch ein Teenager. Sie hatten eine Frauenstimme für «Maudie» gebraucht. Und mit einer Frau zu reisen erregt weniger Aufsehen. Man konnte nötigenfalls immer miteinander schmusen und so tun, als sei man jungverheiratet und auf Hochzeitsreise. Dieses Mädchen sah nicht gerade wie eine Schmusekatze aus. Es war nicht groß, vielleicht einsfünfundsechzig, aber breit in den Schultern. Eine Narbe zerschnitt ihr die Stirn, und sie kämmte nicht einmal das glatte Haar darüber, um sie zu verbergen.

Der Laufsteg war völlig verlassen. Um 23 Uhr 45 war der Continental-Bus angekommen. «Maudie» hatte offenbar gewartet, bis die Fahrgäste sich zerstreut hatten, und dann erst G & W angerufen.

Ich wartete ab – ein beigefarbenes, an eine Betonwand geschmiegtes Nichts, das kaum zu atmen wagte –, bis das Tauschgeschäft abgewickelt war. Ich wollte sicherstellen, daß alles wie gewohnt ablief. Ich beobachtete Schultern, Arme und Hände. Vier von den Sechsen sah man an, daß sie mehr trugen als ihr eigenes Gewicht.

Ich fühlte meine eigene 38er im Kreuz. Eine Schweißperle rollte mir den Nacken hinunter.

Die Aktenmappe wurde gegen die Sporttasche getauscht.

Der Moment.

Ich holte Luft.

Ich trat von der Wand vor. Nicht zu weit, denn ich hatte nicht vor, mich in irgendeine Schußlinie zu bringen. Ich sprach, so laut ich konnte, Jackie Flaherty an. Hoffentlich merkte «Mr. Andrews» von den Cedar-Wash-Immobilien, wen ich meinte, aber im Grunde war es egal.

«Tommy», schrie ich. Meine Stimme klang hohl, heiser. Die Anspannung hatte sich mir auf die Kehle gelegt, und meine Stimmbänder versagten mir beinahe den Dienst. Ich zwang mich, Begeisterung und Kraft in meine Stimme zu legen. «Tommy, Liebling, es tut so gut, dich wiederzusehen!»

Vielleicht hieß einer der Kerle wirklich Tommy, denn Flahertys Leibwächter zur Rechten drehte sich mit einem erstaunten Ausdruck auf dem Gesicht zu mir herum. Die anderen zuckten die Achseln. Das Mädchen drehte den Kopf, um zu sehen, ob der Tommy dieser Dame wohl durch die Halle angerannt kam.

«Alles fallen lassen.» Die Stimme gehörte «Mr. Andrews» von Cedar Wash, war jedoch verstärkt und verzerrt. Sie schien von überallher zu kommen, quoll aus den Fußbodenplanken und hallte von den Wänden wider. «Hände hoch. Sie sind verhaftet.»

Die sechs drehten sich in verschiedene Richtungen, völlig verwirrt durch die allgegenwärtige, göttlich anmutende Stimme. Zwei griffen fahrig nach ihren nicht gleich erreichbaren Schußwaffen, erstarrten jedoch, als sie sahen, was auf sie zukam. Sie waren gar nicht recht dabei. Allzuoft hatten sie dieses Spiel ohne Probleme gespielt. Die FBI-Beamten bildeten einen scharfen Kontrast dazu, sie waren alles andere als lax. Es müssen acht Mann gewesen sein, Kanonen im Anschlag.

Einen Augenblick lang herrschte eisige Stille. Ich drückte mich immer flacher gegen die Wand und versuchte, mit ihr zu verschmelzen. Ich war beeindruckt. Wirklich, bei einer Dealer-Festnahme in der Innenstadt kann man heute von Glück sagen, wenn zwei halbwegs interessierte Bullen dabei sind. Sie haben ihre anfängliche Begeisterung verloren, und irgendwie kann ich sie verstehen. Es laugt einen aus, immer wieder die gleichen Widerlinge zu verhaften.

Die FBI-Leute sahen höchst interessiert aus. Sie hatten uns eingekreist. Wahrscheinlich hatten sie ihre Dienstmarken aufblitzen lassen und sofort Zugang bekommen. Ich war beeindruckt, wie gesagt, und hoffte nur, daß jetzt nicht ein nervöser junger Beamter aus Versehen abdrückte.

Keiner der Rauschgiftdealer zog eine Waffe. Zwölf Hände hoben sich über sechs verdrossene Gesichter. Meine waren beim ersten FBI-Befehl schon hochgeschossen. Ich war rundum zufrieden. Offenbar wollte niemand das glänzende Linoleum mit Blut besudeln.

Ich atmete wieder normal.

Sehen Sie, ich dachte, das Schlimmste wäre damit vorbei.

33

Mooney konnte nichts dafür.

Es waren einfach zu viele Polizisten und zu viele Gauner da.

Ich sah ihn plötzlich auf einem Brückenlaufsteg über mir und fragte mich, wie lange er wohl schon dort Posten bezogen hatte, ob er die saubere Arbeit des FBI gut fand oder ob er immer noch so sauer auf sie war, daß auch Bewunderung seinen Ärger nicht zu dämpfen vermochte. Er wippte sprungbereit auf den Fersen vor und zurück. Geduldig wartete er ab, bis das FBI die sechs entwaffnet und mit Handschellen gefesselt hatte. Ich hatte recht gehabt. Vier hatten Waffen dabei. Der leitende Beamte des FBI – «Andrews» oder «George Robinson» oder mein alter Schulfreund «Roger Smith» – befahl mir, einen Schritt beiseite zu treten und da stehenzubleiben, und sagte warnend, ich sei mitschuldig. Niemand durchsuchte mich oder die Frau mit der Narbe im Gesicht, vermutlich, weil sie keine weibliche Beamtin mitgebracht hatten und kein Gerichtsverfahren wegen Nötigung riskieren wollten. Das war nur korrekt, aber es legte uns auch niemand Handschellen an, und das war absolut dumm. Glaubten sie denn, daß nur Kerle Kanonen haben?

Ich bekam nicht mit, wie Mooney von seinem Ausguck herunterkletterte. Ich weiß nur noch, daß er unten war und in einem Meer von blauen Uniformen rasch näher kam. Sie blieben drei Meter entfernt stehen, und dann trat er mit einem breiten Grinsen vor. Er hatte nicht allein Blaue mitgebracht. Er hatte auch einen Vertreter des Polizeipräsidenten aufgeboten, vielleicht im Hinblick auf die Presse. Außerdem hatte er einen Ellbogentypen angeheuert, den ich noch vom Rauschgiftdezernat her kannte.

Er sagte: «Vielen Dank. ‹Mr. Robinson›, nicht wahr? Oder ‹Andrews›?» Er ließ seine Polizeimarke aufblitzen und fuhr fort: «Stadtpolizei Boston. Sie haben vielleicht schon von uns gehört. Wir übernehmen jetzt.» Er nickte dem Drogenbeamten zu. «He, Joe, willst du diesen Halunken ihre Rechte vorlesen?»

«Andrews» hatte kaum einen Blick für ihn. «Hauen Sie ab», sagte er. «Diese Leute sind in Bundesgewahrsam. Ich habe einen Haftbefehl zur Festnahme von Thomas C. Carlyle. Wir haben eben einen entscheidenden Schlag gegen die New Survivalist League geführt.»

Jetzt war Flaherty die Erleichterung an der Nasenspitze anzusehen. «Aber das bin ich doch gar nicht – sind wir doch nicht. Hören Sie, irgend jemand hat hier einen Riesenfehler gemacht.»

«Ja», pflichtete Mooney ihm bei, «und zwar Sie.» Er drehte sich zu «Andrews» herum. «Sie können Ihren Haftbefehl als Klopapier benutzen, denn keins von diesen Schweinen ist ein gewisser Thomas C. Carlyle. Sie haben bei einer örtlichen Drogenfahndung assistiert. Das wissen wir zu schätzen. Wir danken Ihnen für Ihre Mithilfe. Schließlich wissen wir ja, wie gut Sie mit Ihrer örtlichen Polizei zusammenarbeiten. Aber jetzt sollten Sie sich verkrümeln. Ich habe ebenfalls Haftbefehle, und zwar auf die richtigen Namen.»

«Hören Sie mal, Mister –»

«Ich bin kein Mister für Sie. Lieutenant Mooney. Von der Stadtpolizei Boston, einem Verein, mit dem sie eigentlich zusammenarbeiten sollten. Mal davon gehört?» Mooneys Blick fiel auf mich an meiner Wand. «Carlotta?»

Ich riß Turban und Sonnenbrille ab, und er schaute mich erleichtert an. Wahrscheinlich hatte er gedacht, ich hätte mir den Kopf rasiert. «Hallo, Carlotta, hast du T. C. mitgebracht, wie ich dich gebeten hatte?»

«Andrews» fiel das Kinn herunter.

«Ich habe ihn im Auto gelassen. Er ist nicht in Stimmung für Belästigungen.»

Gloria und Roz hatten recht gehabt. «Andrews» war wirklich hübsch anzusehen, besonders, wenn er sich ärgerte. Mooney sagte: «Den wahren Thomas C. Carlyle finden Sie in einem roten Toyota auf dem Parkplatz. Im selben Auto, dem Sie hierher gefolgt sind. Keine Angst. Er ist unbewaffnet.»

«Außer mit Krallen», warf ich ein.

«Er ist ein Kater», sagte Mooney. «Sie waren hinter einem Kater her. Schicken Sie einen Ihrer Männer hin, um ihn über seine Rechte zu informieren, jemanden, der nichts gegen ein paar Kratzer einzuwenden hat.»

Auf ein knappes Kopfnicken seines Vorgesetzten hin machte sich ein FBI-Mann davon. Ich war froh, die Türen abgeschlossen zu haben. Obwohl ich nicht glaubte, daß das FBI in mein Auto einbrechen würde, ließ ich doch Mooney einen Uniformierten hinbeordern, um sicherzugehen.

«Andrews» trat näher an Mooney heran. Ich auch. Ich wollte mir nichts entgehen lassen.

«Wollen Sie damit sagen, daß Sie von dieser ganzen – dieser ganzen Farce gewußt haben?» fragte er verhalten. Es lag so viel Wut in seiner Stimme, daß er leise sprechen mußte, um nicht loszupoltern.

«Farce?» entgegnete Mooney laut und genoß jede Minute. «Meinen Sie so was wie ein fingiertes Preisausschreiben?»

Mir gefiel überhaupt nicht, wie Flaherty mich anstarrte. Sein Gesicht war weiß und verkniffen, eine zusammengequetschte, gemeine Visage. Schweiß rann von seiner Stirn, aber seine Augen schätzten Entfernungen ab, und seine Arme zerrten an den Handschellen. Seine Augen wirkten wie die Löcher in einer Pappmaske. Die anderen machten einen ruhigeren Eindruck. Ein Typ bewegte den Kopf schaukelnd hin und her, vielleicht war er high.

Eine erhitzte Diskussion hatte sich darüber entsponnen, welche Behörde nun die Spurensicherung übernehmen sollte. Der Vertreter des Polizeichefs stand abseits und ließ Mooney reden, aber es war ihm anzusehen, daß er seine helle Freude daran hatte. Die Presse wurde erwähnt. Anscheinend stand ein eifriger Lokalreporter bereit, ein Mann, der nichts lieber tat, als in amtlichen Wespennestern herumzustochern. Ein paar FBI-Leute senkten die Kanonen und unterhielten sich leise miteinander.

Ich warf noch einmal einen Blick auf Flaherty. Er hatte Sams Statur, Sams Schultern. Ich wünschte, er säße in einem Polizeifahrzeug draußen, hinter Gittern.

«Hören Sie –» Mooneys Stimme übertönte die von «Andrews» – «vergessen Sie's. Sie haben die Verhaftung vorgenommen, aber wir haben den Haftbefehl. Wir haben Hinweise, daß ein Mordfall mit in der Sache ist.»

Der FBI-Mann, der zu meinem Auto abkommandiert worden war, kehrte zurück. «Stimmt», sagte er, «es ist eine gottverdammte Katze.»

«Verhaften Sie sie ruhig», sagte Mooney, «schließlich haben Sie ja einen Haftbefehl für den Kater.»

Der gesunde Menschenverstand sagt einem, daß schlechte Menschen aufgeben, wenn sie entwaffnet, in der Minderzahl und mit Handschellen gefesselt sind. Der gesunde Menschenverstand hat keine Ahnung.

Flaherty gab das Zeichen. Er stürzte unter geschickten Wendungen und Drehungen mit lautem Gebrüll los, und der ganze Trupp flog auseinander. Schreie wurden laut, aber niemand feuerte. Es waren einfach zu viele Bullen da – Uniformen, hohe Tiere, feingemachte FBIler. Niemand geht das Risiko ein, einen Polizeikollegen zu erschießen. Niemand will einen Verdächtigen in Handschellen erschießen, nicht einmal das FBI, und was noch schlimmer war: Die Gefangenen sprinteten auf die Halle zu, auf den Aufenthaltsort der Zuhälter, Reisenden und Ausreißer.

Ich sprintete sofort hinter Flaherty her. Eine schnelle Reaktion. Ich blieb stehen. Ich dachte an Sam. Dann jagte ich lieber hinter einem anderen Kerl her, hinter dem Schlägertypen, der sich die Sporttasche geschnappt hatte. Von dem Stoff sollte nicht ein Krümel zu Paolina gelangen.

Er konnte rennen, das mußte man ihm lassen. Aber in der hellen, weitläufigen Halle gab es kein Versteck. Er sprang über Tische, konnte jedoch seine Hände nicht dazu gebrauchen, sich abzustützen. Er ließ die Sporttasche fallen. Wir tanzten um eine Bank herum. Ich hätte mit meiner Kanone einen Schlußstrich ziehen können, aber die Frau mit den zwei Kindern saß da und hielt sie beide auf ihrem Schoß umklammert, betete mit größter Lautstärke und ignorierte all meine Bitten, sich zu Boden zu werfen. Ich hörte andere Leute schreien und rufen.

Ich brachte den Mistkerl mit einem weiten Volleyballsprung, der mir fast die Knie zerriß, zu Fall. Sein Kopf schlug mit einem befriedigenden dumpfen Geräusch gegen eine Bank. Ich sprang auf die Füße und aus seiner Reichweite. Er lag zusammengekrümmt da. Ich stellte fest, daß er noch atmete, zog dann meinen Revolver und machte ihm klar, daß Bauchlage die richtige Position war.

Die Frau mit den zwei Kindern war mindestens bei ihrem siebzehnten Ave-Maria. Sie hatte sich nicht gerührt. Ihre Augen waren fest geschlossen.

Flaherty war direkt vor mir. Eine leere Handschelle hing wie ein riesiger Ohrring von seinem linken Handgelenk herab. Vielleicht hatte irgend so ein FBI-Typ sie nicht richtig zuschnappen lassen. Vielleicht hatte er auch einen Bullen niedergeschlagen, sich den Schlüssel genommen und der Frau gegeben. Vielleicht hatte sie die Handschellen aufgeschlossen. Ich weiß es nicht. Es spielte auch keine Rolle mehr. Seine Jackentasche war abgerissen. Seine Stirn war schmutz- oder blutverschmiert oder auch beides. Er zielte mit einem Revolver auf meinen Kopf.

Ich hob die Arme, bis ich mit meinem Revolver auf den seinen zielte.

Er sagte: «Du bist mein Passierschein hier raus.»

Ich weiß nicht, wie lange wir einander so anstarrten. Meine Hände waren feucht. Mein Finger fühlte sich an, als sei er am Abzug festgeklebt. Fünf Kilo Kraft, um abzudrücken. Das ganze Universum konzentrierte sich in diesen fünf Kilo. Ich musterte Flahertys Gesicht. Ich glaube, er wollte nicht feuern. Ich glaube eher, er wollte von mir getötet werden.

Ich hätte es auch beinahe getan. Ich hätte beinahe abgedrückt. Ich hätte abgedrückt. Wirklich. Sam hin, Sam her. Dies hatte nichts mit Sam zu tun. Hier hieß es, er oder ich, und das war etwas, was ich bei der Polizei gelernt hatte. Wenn es heißt, er oder ich – dann auf jeden Fall ich.

«Runter, Carlotta!» Ich kenne Mooneys Stimme wie meine eigene, und ich tauchte zu Boden wie in einem olympischen Schwimmbad. Ein Ellbogen schlug hart auf. Ein Feuerstrahl blendete mich, und gleich darauf betäubte ein Revolverknall meine Ohren. Es waren zwei Schüsse schnell hintereinander, dann Stille. Ich überlegte, ob ich wohl getroffen war.

Ich hob den Kopf. Über Flahertys Körper, etwa zehn Meter entfernt, sah ich den Umriß seines Mörders, zuerst hohe Stiefel, dann muskulöse Schenkel in einem Tarnanzug. Da ich flach auf dem Boden lag, kam mir der Mann ungeheuer groß vor. Meine Augen wanderten nach oben – Gürtel, Hemd –, und dann preßte ich die Lippen zusammen, um einen Schrei zu unterdrücken. Flahertys Mörder hatte kein Gesicht, nur eine schwarze Kapuze mit Sichtschlitzen für die Augen.

Ich habe nie herausbekommen, wer von den irischen Käuzen die echte IRA benachrichtigt hat. Und ich will auch nicht behaupten, daß die Polizei mitgespielt hat.

Aber irgendwie schaffte es Flahertys Henker in der allgemeinen Verwirrung trotz all der Polizisten, in der Menge unterzutauchen und zu verschwinden.

34

Die Stunden verrannen. Ich erzählte immer die gleiche Version der Geschichte. Ich erzählte sie einer endlosen Parade von Polizeibeamten immer höheren Dienstgrades, dann zwei stellvertretenden Staatsanwälten, dann einem richtigen Staatsanwalt, der wie ein Zwölfjähriger aussah, und zuletzt einem gemütlich im Dienst ergrauten verantwortlichen Polizeipräsidenten. Ich trank miserablen Kaffee. Ich aß zwei mysteriöse Sandwiches, die mit Thunfisch oder Geflügelsalat belegt gewesen sein könnten, aber in der Hauptsache aus Mayonnaise bestanden. Nach meinem Schwätzchen mit dem

Polizeichef meinte ich, endlich erlöst zu sein, aber da erschienen zwei weitere Polizeibeamte, und das ganze Theater ging wieder von vorne los. Und noch zwei. Ich hatte kein Gefühl mehr in meinem Mund. Alles, was ich sagte, klang irgendwie falsch. Ich saß da und starrte rissige Wände mit abblätternder Farbe an, auf die ich mich mit gesammelter Aufmerksamkeit konzentrierte, da die Häßlichkeit des Vernehmungszimmers meine Erinnerungen weit überbot.

Wieder und wieder und wieder. Kern meiner Geschichte war, daß ich bei der Beobachtung und Beschattung des Zipfelbarts einen Drogenring aufgedeckt hatte. Nein, ich hatte keinen Klienten. Der Aktionskreis des Drogendealers hatte eine Bedrohung für meine kleine Schwester dargestellt. Fragen Sie bei Officer Jay Schultz von der Cambridger Polizei nach, wenn Sie mir nicht glauben. Da ich einmal bei der Bostoner Polizei war, hatte ich meine Entdeckungen über den zu erwartenden Dope-Handel meinem früheren Vorgesetzten unterbreitet. Er wollte die Sache auffliegen lassen, nur war das schiefgegangen wegen des völlig überraschenden Eingreifens des FBI. Was hatten diese Typen überhaupt dabei zu suchen? Wer war dieser Thomas C. Carlyle?

«Andrews» hatte bestimmt keine Lust, über die Wanze in meinem Telefon zu reden.

Und wer hatte eigentlich diesen Rauschgiftdealer umgebracht – diesen Flaherty oder wie er hieß? Ich wußte es nicht. Wirklich nicht. Manchmal bin ich überzeugender, wenn ich lüge, als wenn ich die Wahrheit sage.

Kein Sterbenswort über das Taxiunternehmen.

Die Story war so simpel, daß man meinen sollte, sie hätten sie gleich beim erstenmal kapiert, aber nein, ich mußte den ganzen Sermon dauernd aufs neue servieren, jedem, der eine halbe Stunde Zeit hatte. Ein Glück, daß ich Polizeiverhöre von der anderen Seite her kannte, sonst wäre ich sicher nervös geworden bei all dem Kommen und Gehen und den sinnlosen, immer gleichen Fragen.

Mooney war beim erstenmal dabei und merkte sich hoffentlich alles – damit er seine Version mit meiner in Übereinstimmung bringen konnte. Flaherty war tot. Was tat es schon, wenn die alten Käuze aus der Sache herausgehalten wurden! Nicht, daß sie Schutz verdient hätten, die verdammten Narren. Aber Gloria. Und Sam.

Ich fragte mich, wer wohl John Flahertys Mutter sagen würde, daß ihr Sohn tot war. Und wer würde es Sam sagen?

Ich wurde zusehends unruhiger, als die Stunden vergingen, nicht weil ich wirklich dachte, sie würden mich festhalten, sondern weil ich Paolina nicht enttäuschen wollte. Langsam sickerten Nachrichten von anderen Drogenfestnahmen durch. Ob es nicht seltsam sei, fragte Bulle um Bulle, daß die Informanten ausgerechnet in dieser Nacht so hilfsbereit gewesen seien? Ja, schwärmte ich, der Anruf des Oberbürgermeisters *Drop a Dime / Stop a Crime* habe doch wirklich Wunder gewirkt, nicht wahr? Ich starrte auf meine Uhr. Ich hörte meinen Magen knurren.

Um fünf nach fünf zog ich Mooney beiseite und erklärte ihm, daß ich unbedingt gehen müsse.

Um halb sieben kam er in das Vernehmungszimmer gestürmt und unterbrach zwei frischgebackene Kriminalbeamte mit der Nachricht, er müsse Miss Carlyle zum Bezirk B hinüberbringen. Ich schwieg still, bis wir sicher aus dem Gebäude heraus waren. Dann fiel mir der Kater ein.

«Keine Sorge. Deine Mieterin ist gekommen und hat ihn erlöst.»

«Hast du sie gesehen?»

Er nickte. «Pinkfarbenes Haar mit einem lila Streifen. Hast eine nette Mieterin.»

«Muß ich mit auf die B-Wache?»

«Nicht nötig. Diese Typen haben dich nur zur Übung befragt. Ich bringe dich nach Hause.»

«Mein Auto –»

«Beschlagnahmt. Du kannst es morgen vielleicht schon wiederhaben. Ich will sehen, was ich tun kann.»

«Danke.» Mein Mund war so trocken, daß ich kaum Worte formen konnte.

Mooneys Auto stand gut einen halben Meter vom Bürgersteig weg im Parkverbot. Er hat einen alten verbeulten spritschluckenden Buick, dessen Beifahrertüren nur von innen aufgehen. Ich schlüpfte von der Fahrerseite aus hinein.

«Wie geht's dir denn?» fragte Mooney, sobald wir es uns bequem gemacht hatten. In all den Stunden seit Flahertys Tod hatte mich das noch kein Mensch gefragt.

Ich schluckte und schnitt eine Grimasse. «Ganz gut. Und dir?»

«Ganz gut.» Er zündete sich eine Zigarette an und schüttelte den Kopf, wie immer, wenn ihm bewußt wird, daß er nach wie vor das Rauchen nicht aufgegeben hat. «Du lügst recht gut.»

«Du auch, nehme ich an, sonst müßten wir uns wohl eine Zelle teilen.»

«Vielleicht muß ich doch die Taxifirma angeben. Wenn wir nämlich den Mord an Devens nicht aus irgendeinem Punk herausquetschen können.»

«Na schön», sagte ich. Mir war es inzwischen gleichgültig. So kriegen die Bullen meistens ihre Geständnisse. Es ist einem einfach egal nach fünfzehn Stunden, in denen man die gleichen braunen Wände angestarrt, die gleichen Fragen gehört und die gleiche stickige Luft eingeatmet hat.

«Was ist denn heute abend so wichtig? Eine dringende Verabredung?»

Ich erzählte ihm von Paolina.

«Willst du direkt zu dem Konzert hin?»

Ich betrachtete kurz meine schludrigen Jeans und die abgetragene Jacke. «Ich muß mich umziehen –»

«Ich warte auf dich.»

«Ich kann ein Taxi rufen.»

«Ich warte gern.»

Mooney hat unendlich viel Geduld, deshalb ist er auch ein so guter Cop. Ich sauste nach oben, zog ein grünes Kleid an, bürstete mir das Haar und war nach genau acht Minuten wieder zurück. Das Bett winkte zwar verführerisch, aber ich wußte, daß ich neun Stunden liegen bleiben würde, wenn ich mich auch nur eine Sekunde hinlegte. Und Paolina rechnete fest mit mir.

Am Harvard Square vorbei rasten wir durch die Broadway-Schlaglöcher nach East Cambridge. Wir sprachen nicht miteinander und hörten auch kein Radio, aber die Stille war warm und angenehm. Lädierte Autos füllten den kleinen Parkplatz in der Nähe von Paolinas Schule.

«Danke schön, Mooney», sagte ich und machte mich zum Absprung fertig.

«Warte noch. Ich finde schon einen Platz.»

«Ich kann doch hier aussteigen.»

«Sag mal, hast du was dagegen, wenn ich mitkomme?» fragte er.

«Ach, Mooney, es ist ein Schulkonzert, ein Kinderorchester. Tu deinen Ohren lieber einen Gefallen.»

«Ich mag Orchestermusik», beharrte er eigensinnig. «Ich würde Paolina gern mal wiedersehen.»

Paolina hat Mooney dreimal getroffen. Das erste Mal trug er Uniform und erschreckte sie so, daß sie ganz still wurde. Das zweite Mal brachte er eine Stunde damit zu, auf der Eingangstreppe der Polizeiwache Seifenblasen mit ihr zu fabrizieren. Beim drittenmal waren sie schon dicke Freunde. Sein Erscheinen würde mein Zuspätkommen mehr als wettmachen.

«Na schön», willigte ich ein.

Er parkte im Parkverbot und ließ sein Schild «Polizeibeamter im Dienst» gut sichtbar an der Windschutzscheibe liegen. Wir gingen hinein.

Alle Grundschulen sind genau gleich, genauso wie alle Krankenhäuser und Flughäfen. Reihenweise Spinde, lange gefliestete Gänge, der typische Geruch von Kreide und Tafeln. Bei mir weckt dieser spezielle Duft stets die Erinnerung an schrille Rufe wie «Im Gang bitte einreihig der Größe nach aufstellen». Was hieß, daß sich all die kleinen Mädchen zuerst aufreihen mußten, dann die kleinen Jungen, und meine Wenigkeit natürlich immer hintenan.

Wir brauchten keinen Wegweiser zur Aula. Der Lärm – das Wort Musik will mir kaum über die Lippen – führte uns auf zwei Doppeltüren zur Linken zu. Wir schlichen hinein wie die beschämten Spätankömmlinge, die wir ja waren, und tasteten im Dunkeln nach Sitzen. Ich erblickte zwei Plätze am Gang weit hinten rechts und zog an Mooneys Hand, bis er sie ebenfalls bemerkte.

Die Bühne war so hoch, daß die Leute in der vordersten Reihe einen guten Blick auf vierzig Paar kleine Füßchen hatten. Das machen sie in den Schulen absichtlich, damit die Vortragenden mehr Autorität haben. Für die Akustik bringt es nichts. Bei der Beleuchtung gab es nur an und aus, und der Vordergrund der Bühne blieb im Halbdunkel, was mich nicht weiter störte, da Paolina ziemlich weit hinten stand.

Die Kunstledersitze waren vielleicht für Zehnjährige geräumig genug. Ich hatte das Gefühl, als küßten meine Knie mein Kinn, und Mooneys Kampf um eine halbwegs bequeme Position erregte mein Mitgefühl.

Normalerweise kann ich bei Musik gut abschalten und das Geschwätz im Gehirn zur Ruhe bringen. Bei Marschmusik, von einem Schulorchester vorgetragen, will's nicht recht klappen.

Ich habe ein musikalisches Gehör. Im allgemeinen empfinde ich das als Segen. Ich bin nicht ganz sicher, ob mein Gehör als absolut durchgeht. Ich trage das eingestrichene C in meinem Kopf herum, und der Rest der Tonleiter hat sich nach diesem Ton zu richten. Heute abend war meine Musikalität kein Segen. Einem der Flötisten hätten sie lieber eine Tröte statt der Flöte geben sollen. Ein paar Violinen waren völlig daneben. Sämtliche Blechbläser hätten es verdient, in einem möglichst schalldichten Raum unten im Foyer eingeschlossen zu werden.

Mooney schlug auf den Knien den Takt zur Musik.

Die Menschen haben ein unterschiedliches Musikverständnis. Mich begeistert ein gezupfter Baß und Stimmen, die sich harmonisch hinzugesellen. Paolina kann nicht besonders gut singen. Paolina hat ein Gefühl für Rhythmus.

Sie spielt Schlagzeug, und ich finde sie toll, besonders diesmal. In weißer Bluse und dunklem Faltenrock, genau wie die Blusen und Röcke aller anderen kleinen Mädchen im Orchester, ragte sie heraus, als sei ein Scheinwerfer auf sie gerichtet. Sie hatte zwei knallrote Plastikspangen im Haar, über jedem Ohr eine. Die meiste Zeit wartete sie auf ihren Einsatz. Sie schien ganz mit der Musik mitzugehen, das Gesichtchen angespannt vom aufregenden Zählen, der schier unerträglichen Spannung des Moments, bevor die Zimbeln, die kleine Trommel oder der Triangel erklangen. Sie hatte mir einmal erzählt, daß sie Musik als abgezählte Schläge hört, wie Schritte. Darum war sie auch so entzückt über das Ballett. Sie kann ohne Zögern zwischen Dreiviertel- oder Vierviertetakt und noch viel schwierigeren Rhythmen unterscheiden.

Ich überlegte, ob Jackie Flaherty wohl in seinem Schulorchester ein Instrument gespielt hatte. Ich merkte, wie mir eine erste Träne die Wange herunterrollte.

Unter den 47 Personen, die in der betreffenden Nacht wegen Rauschgiftbesitzes in Boston und Cambridge festgenommen wurden, war auch mein Freund «Bud» Harold alias Zipfelbart. Bei seinem Vorstrafenregister konnte eine weitere Verhaftung Walpole bedeuten, das Staatsgefängnis, das sie heute anders nennen – Woodsy Glen oder Meadow Marsh oder so ähnlich –, um es von der schönen Stadt Walpole abzuheben. Keine faulen Dealer-Tage mehr auf Paolinas Veranda. Ich beobachtete meine kleine Schwester, wie sie auf ihren Zimbeleinsatz wartete, mit glühenden Wangen und brennenden Augen, den Takt so deutlich im Ohr, als wenn er in ihr pulsierte – und wußte, daß immer wieder ein Dealer dasein würde.

Ich murmelte Mooney eine Entschuldigung zu und verließ die Aula.

Ich konnte die Damentoilette nicht finden. Nur Türen mit der Aufschrift «Jungen» oder «Mädchen», und so betrat ich schließlich die am nächsten bei der Aula gelegene Mädchentoilette. Das Örtchen war unglaublich eng. Es bestand aus vier schmalen Boxen mit Holztüren, die auf 1,20 m Höhe abgesägt und voller Sprüche waren. Der Spiegel warf mein Bild von der Brust abwärts zurück, und das Waschbecken war so niedrig, daß ich mich hinknien mußte, um mir das Gesicht waschen zu können. Ich kam mir vor wie Alice im Wunderland, nachdem sie den Pilz verzehrt hatte, und mußte noch mehr weinen.

Wenn mir heiß ist, schwitze ich, und wenn mir traurig zumute ist, weine ich. Beides ist gesellschaftlich untragbar, aber man kann mir ebensowenig befehlen, mit dem Schwitzen aufzuhören wie mit dem Weinen. Wenn ich schwitzen sage, meine ich auch «Schwitzen», nicht «Duften» oder «Transpirieren» oder eine sonstwie geschönte weibliche Version des Schwitzens. Und ich schluchze auch nicht in ein zierliches Taschentüchlein. Ich jaule. Ich heule. Ich würge und schlucke und schneuze mir die Nase.

Ich kniete auf dem Zementfußboden und drehte das kalte Wasser voll auf. Ein entmutigend dünnes Rinsal floß in das vergilbte Becken.

Ich hörte jemanden an die Tür klopfen.

«Carlotta?»

«Hau ab.»

«Alles in Ordnung?» fragte Mooney.

«Ja.»

Er drückte die Tür auf. Der Raum verkleinerte sich um die Hälfte. Er stieß beinahe mit den Schultern an den Türrahmen.

«Alles in Ordnung?»

«Mir geht's gut, Mooney. Was dagegen?»

«Kann ich dir helfen?»

«Geh bitte.»

Er blieb einfach stehen.

Als ich noch bei der Polizei war, habe ich nie geweint. Das war Ehrensache. Wenn die «Jungs» das als Schwäche auffaßten, war ich eben nicht schwach. Ich würde es ihnen schon zeigen. Und nach einiger Zeit ging es gar nicht mehr anders, die Tränen wallten nur noch in meinem Innern auf und verdichteten sich dort zu einem dauernden nagenden Schmerz.

Als Privatdetektivin hatte ich Frieden mit meinen Tränen geschlossen.

«Hör mal, Mooney, mit mir ist alles in Ordnung. Mir geht's nur an die Nieren, wenn ich jemanden sterben sehe. Das ist alles.»

Er sagte nichts.

«Mooney, du hast mich doch am Busdepot gesehen. War ich gut?»

«Ja.»

«War ich eine gute Polizistin?»

«Ja.»

«Dann ist es doch meine Sache, was ich hinterher mache, ob ich nun schreie, in Ohnmacht falle, Schaum vor dem Mund habe oder mit Sachen werfe, nicht wahr?»

Ich ließ Wasser in meine hohlen Hände laufen und tauchte mein Gesicht hinein. Mooney wartete mir mit einem Stapel rauher Papierhandtücher auf. Als ich meine Augen abtupfte, legte er mir die Hände auf die Schultern.

«Mooney», sagte ich, «ich weiß das ja zu würdigen, aber ich brauche keinen Mann, um mich an ihn anzulehnen. Ich breche nicht in Tränen aus und hoffe dabei, daß gerade einer daherkommt.»

Er lief rot an und riß die Hände von meinen Schultern, als wären sie glühend. «Herrgott noch mal, Carlotta, hör endlich auf, mich wie irgendeinen gottverdammten Vertreter der Männerwelt zu behandeln! Nur weil ich ein Cop bin, nicht wahr? Daß ich ein Cop bin, heißt aber noch lange nicht, daß ich so ein faschistisches Macho-Schwein bin. Ich sehe jede Woche ganze Säle voller weinender Frauen und tröste sie trotzdem nicht. Dich will ich trösten. *Dich,* Carlotta. Ich will dich nicht beleidigen, verdammt noch mal. Auch ich habe den Bastard sterben sehen, verflucht noch mal, und es wäre mir ein Trost, wenn ich dich halten dürfte.»

Er brach jäh ab. Seine Stimme hallte von den Wänden wider. In der Ferne hörte ich eine Posaune falsch spielen.

«Du lieber Himmel, ich glaube, ich fange immer an zu brüllen, wenn ich jemanden sterben sehe», sagte er ruhig. «Tut mir leid.»

«Ist schon okay», sagte ich im Stehen.

Es war kaum Platz genug für uns beide. Die Wände drängten uns zusammen, und da standen wir nun in dem kleinen Mädchenklo und umarmten uns wie Freunde – und vielleicht mehr als das. Er küßte mein Haar, meine Stirn, meine Wange. Ich glaube, er wäre noch bis zu meinem Mund vorgedrungen.

Die Tür quietschte. Ein kleines Mädchen in einem geblümten Trägerkleid kam herein und zog seine schwarzgekleidete Großmutter an der Hand hinter sich her. Das Mädchen blieb mit offenem Mund stehen, gab ein Geräusch wie das Türquietschen von sich und war mit einem Satz wieder draußen. Mooney stand mit dem Rücken zur Tür, deshalb konnte er den Ausdruck höchster Empörung, in dem das knochige Gesicht der Frau erstarrt war, nicht sehen. Sie holte mit ihrem zusammengerollten Schirm aus. Sie sah genau wie meine Lehrerin aus der dritten Klasse aus, und ich fühlte mich plötzlich um Jahre zurückversetzt – ich war zehn, hatte mich auf dem Mädchenklo versteckt und war dort bei meinen Mathe-Hausaufgaben ertappt worden.

«Ich weiß wirklich nicht, was Sie hier zu suchen haben, junger Mann!» kreischte sie.

Es muß schon eine ganze Weile her gewesen sein, daß jemand Mooney in einem solchen Ton «junger Mann» nannte. Ich spürte, wie er zusammenzuckte. Er schaute um sich. Sein Gesicht wurde flammendrot, als er sich ein klares Bild von der Umgebung gemacht hatte.

Er drehte sich zu seiner Anklägerin um. «Alles in Ordnung, Lady», sagte er hastig, «ich bin ein Polizist.»

Ich lachte so, daß ich mich auf den Fußboden setzen mußte.

35

Ich schaffte es, noch vor Mitternacht nach Hause zu kommen, setzte mich eine Zeitlang mit gekreuzten Beinen auf mein ungemachtes Bett und kaute an den Fingernägeln. Dann sprang ich resolut auf und ging durchs Zimmer zum Telefon. Mir kam der Weg sehr lang vor. Ich brauchte Sam wahrscheinlich nicht aufzuwecken. Er ist eine Nachteule; war er jedenfalls früher immer. Das Telefon klingelte und klingelte; zehn-, zwölf-, vierzehnmal. Nicht einmal der Anrufbeantworter meldete sich. Ich dachte, ich hätte vielleicht die falsche Nummer gewählt und versuchte es weiter, wieder und wieder, bis zwei Uhr nachts – spielte Gitarre, wählte, fragte mich, wo er stecken könnte, wählte. Bald konnte ich seine Nummer auswendig.

Am nächsten Morgen, als ich ein Knacken und dann Sams Stimme hörte, fing ich gleich an zu sprechen und merkte erst später, daß ich zum Anrufbeantworter sprach. Er mußte nach Hause gekommen sein, die Maschine angestellt haben und wieder gegangen sein, oder er benutzte das verdammte Ding zum Vorsortieren. Das Telefon piepte mir ins Ohr. Ich geriet in Panik und hängte ein, ohne die zugestandenen 30 Sekunden Sprechzeit zu nutzen. Was zum Teufel konnte ich denn in 30 Sekunden sagen? Ich wählte erneut, gab meinen Namen an und bat ihn, mich zurückzurufen. Ich klang kühl und unpersönlich, selbst für meine eigenen Ohren. Er rief nicht zurück.

Ich las im *Globe* über die Beerdigung. Keine detaillierte Todesanzeige, nur eine kleine alphabetisch eingeordnete Notiz, in der die Leichenhalle aufgeführt war – ein Ort im North End, von dem ich noch nie gehört hatte – und die Besuchsstunden: Mittwochs von 2 Uhr bis 4 Uhr. Bei anderen Todesanzeigen waren Ehemänner, Ehefrauen und Kinder als Hauptleidtragende namentlich genannt. Diese fing so an: «Der Enkel von Anthony Gianelli.» Dann war der Name der Mutter und danach der des Vaters angegeben. Kein Trauergottesdienst. Keine Zeile, daß statt Blumen Spenden erbeten seien.

Ich kaufte in einem Laden auf der Huron Avenue Blumen, lilablaue Iris, die in der zu dieser Jahreszeit ungewöhnlichen Hitze welkten. Mein grauer Wollrock schmiegte sich an meine Schenkel. Es war zu heiß für Wolle, aber ich besaß keine sommerliche Trauerkleidung. Als ich endlich an der Park-Street-Station ankam, war ich naßgeschwitzt und bedauerte, die stickige Red-Line-U-Bahn genommen zu haben statt meinen Toyota. Ich hatte mir einmal geschworen, nie mit dem Auto ins North End zu fahren. Die Straßen sind dort so eng, und Parken ist völlig unmöglich.

North End ist kein Ort für eine irische Beerdigung. Es ist das italienische Viertel, dicht bevölkert und durch eine Hauptverkehrsader vom übrigen Boston abgeschnitten. Die Straßen sind von holprigen Gehwegen gesäumt, die direkt an die schmalen dreistöckigen Reihenhäuser stoßen. Keine Rasenflächen, keine Bäume. Aber die Gebäude sind erstaunlich gut in Schuß, sauber und frischgestrichen. Geranientöpfe zieren die Blumenkästen an den Fenstern und die eisernen Feuertreppen. Alte Männer sitzen auf den kleinen Eingangsveranden und vertreiben sich mit Zeitunglesen die Zeit. Espresso-Bars und Bäckereien verströmen ihren Duft. In den Bäkkereischaufenstern liegen Bleche mit cremegefüllten Canolli aus.

Die Leichenhalle war ungewöhnlich, von der Straße zurückgesetzt, ein niedriges Backsteingebäude mit drei Stufen zu einem Säulenportal hoch, von den Nachbarhäusern durch fußbreite Gäßchen getrennt. Ein Leichenwagen stand vor dem Bordstein, dahinter drei schwarze Limousinen. Sie verwandelten die zweispurige Straße in ein einbahniges Schlachtfeld. Sechs Bostoner Polizisten verstärkten das Durcheinander noch.

Ein stetiger Menschenstrom floß den Eingang hinauf, die Frauen devot, die Männer in dunklen Anzügen, mit weißen Hemden und dunklen Krawatten. Die meisten waren älter. Wenn sie eintraten, schwang die Tür auf, und dann konnte ich eine dämmrige Eingangshalle sehen und zwei Männer in schwarzen Anzügen, die dort drinnen eine Flügeltür flankierten.

Autos hupten. Der Lieferwagen einer Gas-Gesellschaft, auf der anderen Straßenseite geparkt, zwei Räder auf dem Bürgersteig, mit blinkenden gelben Warnlampen, vervollständigte das Verkehrschaos. Er hatte getönte Seitenfenster. Das FBI filmt gern Cosa-Nostra-Beerdigungen. Ich wunderte mich, daß sie nicht einfach mitten im Blickfeld eine Kamera aufgepflanzt hatten.

Ich holte einmal tief Luft und bewegte mich auf den Eingang zu. Ich war schon über eine Meile zu Fuß gegangen von Park Street Station bis hier. Meine Schuhe drückten mich. Mein Rock fühlte sich schwer an. Meine Strümpfe scheuerten. Ich hätte einen Hut aufsetzen sollen. Mein Haar wirkt auf Beerdigungen fehl am Platz. Die meisten der alten Damen hatten ihren Kopf mit schwarzen Spitzenschleiertüchern verhüllt.

Die Luft in der Eingangshalle war angenehm kühl. Ich spürte einen leisen Druck an meinem rechten Ellenbogen. Dann wurde mein linker Ellenbogen sanft gepackt, und schon war ich geschickt abgedrängt worden, mit einem Schlägertypen auf jeder Seite.

Dideldidu sagte: «Nur Familienangehörige, Miss.»

Dideldida sagte: «Wir werden Ihre Beileidswünsche weiterleiten.»

Ich versuchte sie abzuschütteln. Sie hielten fest. Ich sagte: «Ja. Was für einen Namen wollen Sie denn angeben?»

Der Druck auf meine Arme verstärkte sich. Ich ließ mein Bukett fallen. Hoffentlich hob es einer der beiden auf, aber das waren Profis. Sie ließen es auf den Fliesen liegen, eine schlappe Iris zusammengeknickt.

Die Innentüren waren zur Hälfte aus Glas. Ich konnte hindurchsehen in einen schmalen Empfangssaal mit dunkelroter Textiltapete, Eichentäfelung und einem Kristallüster. Ein vergoldeter Spiegel über dem Kamin reflektierte Marmorstatuen und in Gruppen zusammenstehende, miteinander plaudernde Trauergäste. Auf einem reichverzierten Büfett stand eine Kristallvase mit Lilien. Ich meinte, Sams Hinterkopf zu sehen. Er hatte sich die Haare schneiden lassen. Sein Nacken war bleich.

«Sagen Sie Sam Gianelli –» begann ich.

«Nur Familienangehörige, Miss», sagte Dideldidu hart. «Sie wollen doch sicher keine Szene machen.»

«Eine Riesenfamilie», murmelte ich.

Der hochgewachsene Mann wandte den Kopf. Es war Sam, das Gesicht so starr wie die Marmorbüste auf dem Kaminsims. Durch die Glastür sah er aus, als ob er sich in einer anderen Welt befinde, an einem traurigen, ernsten Ort, wo niemand lächelte. Ein stattlicher Herr klopfte ihm auf die Schulter und schüttelte ihm die Hand. Sam starrte mich über den Kopf des korpulenten Mannes hinweg an. Er konnte mich nicht übersehen haben. Seine Lippen öffneten sich leicht und preßten sich gleich darauf zu einer dünnen Linie zusammen. Er schluckte. Er sah nicht weg. Er sah auch nicht zu Boden. Er sah geradewegs durch mich hindurch.

Ich schloß nur für eine Sekunde die Augen. Als ich sie wieder öffnete, war er fort.

Ich wandte mich an den Schläger zu meiner Rechten. «Würden Sie bitte Mrs. Flaherty die Blumen geben?» bat ich. Meine Stimme zitterte, aber ich glaube, er verstand mich.

Ein dritter Mann bahnte sich mit den Ellbogen einen Weg durch die Empfangshalle, schnappte sich den Blumenstrauß und schob ihn mir in die Hand. Sie drehten mich um und warfen mich auf eine etwas würdevollere Art hinaus als einen Penner.

Da stand ich nun blinzelnd unter dem Portal und legte eine Hand auf eine kühle Säule, mehr zu meiner Beruhigung als haltsuchend. Ich nahm dumpfes Stimmengemurmel und hochgezogene Augenbrauen wahr.

Ich ließ die verfluchten Blumen auf dem Leichenwagen liegen.

Die Aufregung legte sich nach einiger Zeit wieder, trotz der Titelschlagzeilen im *Herald* von der Art «Kapuzen-Mörder auf freiem Fuß». Etwa eine Woche nach Flahertys Bestattung erhielt jemand einen heißen Tip und kam vorbei, um Gloria auszufragen. Sie sagt, ihr großer Bruder habe auf das Klingeln hin die Tür aufgemacht, ein Stück rohes Fleisch kauend. Ich glaube kein Wort davon, aber was immer auch geschehen sein mag, nichts von der Verschwörung der alten Käuze kam in die Presse.

Ich sprach anfangs noch mit Reportern, weil ich mir dachte, Publicity könne dem Geschäft nicht schaden. Ich wurde das Spielchen aber müde, ehe die Presse genug hatte. Deshalb ließ ich nach einiger Zeit den Sittich ans Telefon.

Vorher entfernte ich die Wanze aus dem Hörer. Ich gab sie Mooney als Andenken an seine Begegnung mit dem FBI. Mooney kam auch ganz gut weg in den Zeitungen, und der Polizeichef erklärte sich ihm zu Dank verpflichtet für den unterhaltenden Abend, zumindest dessen ersten Teil. Und der überraschende Todesschuß mochte zwar Mooney ein paar schlaflose Nächte bereitet haben, aber die Dienststelle selbst scherte sich nicht weiter darum. Na ja, was bedeutet schon ein Drogendealer mehr oder weniger? Flahertys Tod machte keine Schlagzeilen, nur die spezielle Art und Weise, wie er abgetreten war. Niemand weint einem toten Rauschgifthändler nach – nur seine Familie.

Sechs Tage nach der Busdepotnacht wurden die sterblichen Überreste von Eugene Devens aus dem Hafenbecken gezogen, in der Nähe der Stelle, wo sein Taxi leer aufgefunden worden war, nicht weit vom Busbahnhof entfernt. Einer der angeheuerten Schläger wurde zum Sprechen gebracht.

Alle alten Käuze kamen zu Eugenes Beerdigung. Und eine Menge unbekannter Leute bezeigten ihm ebenfalls ihre Hochachtung. Ich fragte mich im Nachhinein: Wer hatte wohl Jackie Flaherty umgebracht? Welches dieser Gesichter, die sich in O'Briens Leichenhalle drängten, mochte ich kürzlich mit einer schwarzen Kapuze maskiert gesehen haben?

Was das Geld betrifft... Margaret Devens meinte es nicht nur bitterernst damit, nichts davon haben zu wollen, sie erklärte auch mit allem Nachdruck, daß die alten Käuze und die IRA überhaupt nichts von seiner Existenz erfahren sollten. Sie wollte es auch nicht der Kirche spenden. Es gab keine wohltätige Einrichtung, der sie im Gedenken an Eugene etwas zu stiften wünschte. Sie wollte einfach nichts mehr davon wissen.

So konnte sich T. C. schließlich doch noch seine Pfoten vergolden.

Nachdem ich ausgerechnet hatte, wieviel Zeit ich gebraucht und welche Ausgaben ich gehabt hatte, zahlte ich mein Honorar plus einen Bonus auf mein Konto ein. Dann überwies ich dem Tierschutzverband im Namen T. C.s eine Spende. Ferner gönnte ich mir zwei Sets neue GHS-Gitarrensaiten, ein neues Plattenalbum von Chris Smither und ein altes von Lightnin' Hopkins. Dann erhielt noch der YWCA eine hübsche Summe, anonym, versteht sich. Sonst lassen sie einem ein Leben lang keine Ruhe mehr.

Den Rest betrachte ich als Ausbildungsrücklage für Paolina.

Ich hoffe, «Mr. Andrews» ist noch immer irgendwo da draußen und sucht nach Thomas C. Carlyle.

Linda Barnes

«Carlotta Carlyle ist eine großartige Bereicherung der schnell wachsenden Gruppe intelligenter, witziger, verführerischer, tougher, aber dennoch verwundbarer Privatdetektivinnen ...»
The Times

Carlotta steigt ein
(thriller 2917)
Carlotta Carlyle, Privatdetektivin, Ex–Cop und Hin–und–wieder–Taxifahrerin, bekommt von der alten Dame Margaret Devens den Auftrag deren spurlos verschwundenen Bruder zu suchen...
«Linda Barnes' Stil gefällt mir ungemein gut: klar, straff und aufregend.»
Tony Hillermann

Carlotta fängt Schlangen
(thriller 2959)
Zwei Fälle halten Carlotta in Atem: in Fall 1 sucht sie im Auftrag ihres kürzlich suspendierten Freundes Mooney eine Entlastungszeugin. Hauptmerkmale: Wasserstoff–Blondine, attraktive Nutte, Schlangen–Tätowierung. Fall 2 beschert ihr eine halbwüchsige Ausreißerin, Tochter aus gutem Hause und Schülerin der ebenso teuren wie angesehenen Emmerson–Privatschule. In beiden Fällen führen die Spuren in Bostons üblen Rotlichtbezirk.

Früchte der Gier *Ein Michael Spraggue-Roman*
(thriller 3029)
Michael Spraggue, Schauspieler und Detektiv (auch wenn seine Lizenz schon abgelaufen ist) bekommt es in seinem ersten Fall mit gleich drei Kofferraum–Leichen zu tun.

Marathon des Todes
(thriller 3040)
Jemand will die Wahl von Senator Donagher verhindern und Spraggue einen Mord...

Blut will Blut
(thriller 3064)
Wer goß Blut in den Bloody Mary, wer enthauptete Puppen und Fledermäuse? Und wer legte den toten Raben ins Büro des Theaterdirektor? Michael Spraggue wird wieder einmal gefordert.

Im Wunderlich Verlag ist erschienen:

Carlotta jagt den Coyoten
Roman
288 Seiten. Gebunden

Carlotta spielt den Blues
Roman
288 Seiten. Gebunden

rororo thriller wird herausgegeben von Bernd Jost. Ein Gesamtverzeichnis der Reihe finden Sie in der *Rowohlt Revue*. Jedes Vierteljahr neu. Kostenlos in Ihrer Buchhandlung.

Barbara M. Gill

«Bestechende Logik, gekonnte Dialoge und atemberaubende Handlungen.»
Saarbrücker Zeitung

Nocturno für eine Hexe
(thriller 2926)
«Das ist eine Fahrstuhlfahrt in den Abgrund. Angetrieben von Mißverständnissen, gekränkter Eitelkeit und Haß. Ausgelöst durch ein Mädchen, das auf geheimnisvolle Weise der Frau auf einem alten Foto gleicht ... ein Thriller, der einen frösteln läßt.»
Frankfurter Rundschau

Seminar für Mord
(thriller 2775)

Herzchen
(thriller 2818)
Die kleine Zanny ist ein reizendes Mädchen mit blauen Augen und blonden Locken. Aber Zanny kann es nicht ertragen, wenn ihr jemand etwas wegnimmt ...

Die Zeit danach
(thriller 2968)
Maeve Barclay ist an ihrem siebenundzwanzigsten Geburtstag aus der Haft entlassen worden. Die Rückkehr in ihr Haus ist ein ebensolcher Kulturschock wie das Gefängnis, das unauslöschliche Spuren bei ihr hinterlassen hat. Ihr Mann, erfolgreicher Börsenmakler, möchte dieses dunkle Kapitel so schnell wie möglich vergessen, doch die Vergangenheit holt Maeve immer wieder ein ...

Der zwölfte Geschworene
(thriller 2738)

Die Rapunzel-Morde
(thriller 3046)
Der tödlich verunglückte Bradshaw hat durch seinen Bericht wesentlich zur Überführung des fünffachen Frauenmörders Hixon beigetragen. Aber Hixon gesteht nur vier Morde, den fünften habe er nicht begangen. Seltsamerweise ist genau bei dieser Toten Bradshaws Bericht unpräzise. Chief Inspector Maybridge ahnt bald, daß er vor einem bizarren Mordfall steht.

Blind in den Tod
(thriller 3053)

rororo thriller wird herausgegeben von Bernd Jost. Ein Gesamtverzeichnis der Reihe finden Sie in der *Rowohlt Revue*. Jedes Vierteljahr neu. Kostenlos in Ihrer Buchhandlung.

Paula Gosling

«Es sieht so aus, als seien zur Zeit die besten Krimi–Autoren weiblichen Geschlechts. **Paula Gosling** zu versäumen wäre ein Fehler für Krimi–Fans.»
Frankfurter Rundschau

Ein echtes Gaunerstück
(thriller 2939)
Wahrscheinlich hätte die schöne Ariadne noch ein paar fröhliche Jahre vor sich gehabt, mit einem Mann, der sie anbetete und einer liebevollen Stieftochter – wenn sie nicht im unpassenden Moment gelacht hätte...
«Ein spannender und amüsanter Krimi für Strandkorbtage.»
Frankfurter Rundschau

Tod auf dem Campus
(thriller 2858)
Professor Aiken Adamson war ein gehässiges, hinterhältiges Ekel. So hat Lieutenant Stryker beim Motiv ein Dutzend Verdächtiger, beim Alibi aber keine – zunächst jedenfalls...
«Bildung schützt vor Dummheit nicht – zum Vorteil des Lesers, der in genußvoller Spannung gehalten wird, wenn Selbstüberschätzung die Wissenschaftler zu verhängnisvollen Begegnungen mit dem Täter führt, wenn überraschend akademische Fassaden bröckeln und aus der wütenden Gegnerschaft zwischen dem Polizisten und einer Verdächtigen eine Liebesgeschichte entsteht.»
FAZ

Alpträume
(thriller 3070)
Ein Autounfall raubt Tess Leland nicht nur den Ehemann: Wohnungseinbrüche folgen und anonyme Telefonanrufe, sodaß schließlich auch die Polizei nicht mehr an einen simplen Autounfall glaubt.

Der Polizistenkiller
(thriller 2971)
In Grantham versetzt eine Mordserie Polizisten in Panik. Drei Kollegen sind schon tot, aus dem Hinterhalt erschossen. Den ersten Tip gibt kein Informant, sondern der Polizeicomputer...

Blut auf den Steinen
(thriller 2826)
Wychford ist ein kleines verträumtes Städtchen am Ufer des Flusses Purle – bis grausame Frauenmorde die Idylle zerstören.

Tony Hillerman

«Bei **Tony Hillerman** wird das Erkunden fremder Welten zum Abenteuertrip. Nach wie vor gibt es keinen aufregenderen Weg, die Kultur und die Denkweise der Navajos und Pueblos kennenzulernen, als Tony Hillermans Kriminalromane, in denen endlich einmal nicht nur tote Indianer gute Indianer sind.»
Hannoversche Allgemeine Zeitung

Die Wanze
(thriller 2897)
Vorwahlkampf in einem US-Bundesstaat. Erst stürzt ein Reporter im Capitol in den Tod, dann wird ein zweiter Opfer eines angeblichen Verkehrsunfalls. Der Journalist Joseph Cotton hat zunächst nur eines im Sinn – sein eigenes Leben zu retten...
«Eine Mordsgeschichte.»
Darmstädter Echo

Der Wind des Bösen
(thriller 2849)
Ein Privatflugzeug stürzt im Reservat der Hopi- und Navajo-Indianer in New Mexico ab. Offenbar ist bei einer Schmuggelaktion mit Rauschgift etwas schiefgelaufen. Im Flugzeugwrack findet Navajo-Polizist Jim Chee einen Toten und einen sterbenden Mann... «eine faszinierende Story, gut geschrieben und spannend bis zum letzten Buchstaben.»
Norddeutscher Rundfunk

Wolf ohne Fährte
(thriller 3022)
Neuauflage des lange vergriffenen Erfolgs-Thrillers. Der erste Ethnokrimi von Tony Hillerman (1970).

Tod der Maulwürfe
(thriller 2853)
Während Chee redete, kurz die Tat, den Mörder und dessen Pistole beschrieb und hinzufügte, daß der Mann vermutlich mit einem neuen, grün-weißen Plymouth unterwegs wäre, tastete er mit der linken Hand das Haar der Schwester ab. Knapp unter dem Rand der Haube entdeckte er ein kleines, kreisrundes Loch...

Wer die Vergangenheit stiehlt
(thriller 2931)

Das Labyrinth der Geister
(thriller 2857)

rororo thriller wird herausgegeben von Bernd Jost. Ein Gesamtverzeichnis der Reihe finden Sie in der *Rowohlt Revue*. Jedes Vierteljahr neu. Kostenlos in Ihrer Buchhandlung.

Ruth Rendell

«Mich fasziniert jedesmal wieder, wie leise–harmonisch die Romane von **Ruth Rendell** beginnen, wie verständlich und normal die ersten Schritte sind, mit denen die Figuren ins Verhängnis laufen. Ruth Rendells liebevoll–ironisch geschilderte Vorstadtidyllen sind mit einer unterschwelligen Spannung gefüllt, die atemlos macht.»
Hansjörg Martin

Eine Auswahl der thriller von Ruth Rendell:

Dämon hinter Spitzenstores
(thriller 2677)
Ausgezeichnet mit dem Gold Dagger 1975, dem begehrtesten internationalen Krimi–Preis.

Der Pakt
(thriller 2709)
Pup ist sechzehn und möchte seine Stiefmutter loswerden. Aus dem Spiel mit der Schwarzen Magie wird tödlicher Ernst...

Flucht ist kein Entkommen
(thriller 2712)
«... ein sanfter, trauriger Thriller. Mit einer Pointe wie ein Feuerwerk.»
Frankfurter Rundschau

Die Grausamkeit der Raben
(thriller 2934)
«... wieder ein Psychothriller der Sonderklasse.»
Cosmopolitan

Der Kuß der Schlange
(thriller 2934)

Die Masken der Mütter
(thriller 2723)
Ausgezeichnet mit dem Silver Dagger 1984.

Durch Gewalt und List
(thriller 2989)

Den Wolf auf die Schlachtbank
(thriller 2996)

Mord ist des Rätsels Lösung
(thriller 2899)

In blinder Panik
(thriller 2798)
«Ruth Rendell hat sich mit diesem Krimi selbst übertroffen: die Meisterin der Spannung ist nie spannender zu lesen gewesen.»
Frankfurter Rundschau

Die Tote im falschen Grab
(thriller 2874)

Mancher Traum hat kein Erwachen
(thriller 2879)

Der Herr des Moores
(thriller 3047)

«**Ruth Rendell – die beste Kriminalschriftstellerin in Großbritannien.**»
Observer Magazine

Crime Ladies

«Es liegt in der Tradition des Kriminalromans, daß Frauen bessere Morde erfinden. Aber warum? Diese Frage kann einen wirklich um den Schlaf bringen!»
Milena Moser in «Annabelle»

Patricia Highsmith
Venedig kann sehr kalt sein
(thriller 2202)
Peggy liegt eines Morgens tot in der Badewanne. Niemand zweifelt, daß sie sich selbst die Schlagader aufgeschnitten hat. Nur für den Vater ist klar: der Ehemann muß schuldig sein...
«Unter den Großen der Kriminalliteratur ist Patricia Highsmith die edelste.»
Die Zeit

Nancy Livingston
Ihr Auftritt, Mr. Pringle!
(thriller 2904)
Pringle vermißt eine Leiche
(thriller 3035)
«Wer treffenden, sarkastischen, teils tief eingeschwärzten Humor und exzentrische Milieus schätzt, komm mit Privatdetektiv G.D.H. Pringle, einem pensionierten Steuerbeamten, der die Kunst liebt, ganz auf seine Kosten.»
Westdeutscher Rundfunk

Anne D. LeClaire
Die Ehre der Väter
(thriller 2902)
Herr, leite mich in Deiner Gerechtigkeit
(thriller 2783)
Peter Thorpe zieht an die Küste von Maine und hat zum erstenmal in seinem Leben den Eindruck ehrlichen, rechtschaffenden Menschen zu begegnen. Hier gibt es keine Lügner, Diebe, Mörder. Oder doch?

Jen Green (Hg.)
Morgen bring ich ihn um! *Ladies in Crime I - Stories*
(thriller 2962)
Diese Anthologie von sechzehn Kriminalgeschichten von Amanda Cross über Sarah Paretsky bis Barbara Wilson zeigt in Stil und Humor die breite schriftstellerische Palette der Autorinnen.

Jutta Schwarz (Hg.)
Je eher, desto Tot *Ladies in Crime II - Stories*
(thriller 3027)

Irene Rodrian
Strandgrab
(thriller 3014)
Eine Anzeige verführt so manches Rentnerpaar, die Ersparnisse in ein traumhaftes Wohnprojekt im sonnigen Süden zu investieren. Sie können ja nicht ahnen, daß sie nicht nur ihr Geld verlieren, sondern auch ihr Leben aufs Spiel setzen...
Tod in St. Pauli *Kriminalroman*
(thriller 3052)
Schlaf, Bübchen, schlaf
(thriller 2935)

rororo thriller